Thomas Hoeps
Die letzte Kur

Thomas Hoeps, geb. 1966, lebt und arbeitet in Krefeld und Mönchengladbach. Nach mehreren Buchveröffentlichungen wechselte er 2006 ins Krimifach. Mit dem Niederländer Jac. Toes bildet er seitdem ein internationales Krimiautoren-Team, dessen erster Roman gleich für den Niederländischen Krimipreis *Gouden Strop* nominiert wurde. Nach dem Abschluss ihrer *Patati&Spijker*-Trilogie legt Hoeps mit *Die letzte Kur* nun wieder einen Solo-Krimi vor – das außergewöhnliche Ergebnis eines 2003 gestarteten kuriosen Reiseprojekts, in dessen Rahmen der Autor bereits mehr als dreißig Kurorte in ganz Deutschland besucht hat.

Thomas Hoeps

Die letzte Kur

KBV

Originalausgabe

www.kbv-verlag.de
E-Mail: info@kbv-verlag.de
Telefon: 0 65 93 - 998 96-0
Fax: 0 65 93 - 998 96-20
Umschlagillustration: Ralf Kramp
unter Verwendung von: © creAtive · www.fotolia.de
Druck: Aalexx Buchproduktion GmbH, Großburgwedel
Printed in Germany
ISBN 978-3-942446-83-9

Der einzig wahren Suzie Wong
&
dem Kurbadbruderst PSchanz

1. Kapitel

Der Mann lag tot in der Badewanne wie damals Barschel in Genf. Dieser hier war allerdings nackt. Also doch mehr wie der Franzose auf dem Gemälde, das Monk nicht mehr vergessen konnte, seit er es als Kind im Schulbuch gesehen hatte. Französische Revolution, Jean Paul Marat. Der war auch Politiker. Nackt und tot in der Wanne. Allerdings erstochen. Dieser hier war nackt und tot, aber nirgendwo war ein Stich zu sehen, geschweige denn Blut. Nur die reine Sole und darin die welke, beigefarbene Haut eines aus der Form geratenen Endfünfzigers.

Hoffentlich war wenigstens dieser Wannentote kein Politiker. Es war so schon kompliziert genug. Die Wanne stand in einem Trakt des Hotels, der abends abgeschlossen wurde, und der Mann musste sich nachts irgendwie Zugang verschafft haben.

Monk sah auf die Uhr. Er hatte jetzt eigentlich gar keine Zeit für so etwas. Mal hören, was der Arzt sagte. Vielleicht gab es ja überhaupt kein Problem. Ein sauberer, natürlicher Tod und der Fall wäre erledigt, ehe er begonnen hatte.

Hinter ihm räusperte sich jemand. »Viktor Monk, nehme ich an?«

Er drehte sich um. Die junge Polizistin mit dem Pferdeschwanz sah ihn an, als wäre es nicht normal, vor einer Leiche ein paar Minuten lang seinen Gedanken nachzuhängen.

»Waren Sie als Erste am Tatort?«, sagte er unwirsch.

»Nein, das war der Arzt. Frau Metz hatte ihn gerufen.« Ihr Ton war überfreundlich, als wollte sie ihm zeigen, wie das so ging, das mit der zwischenmenschlichen Kommunikation.

»Und der ist jetzt wo?«

»Frau Metz hatte einen Schwächeanfall. Er hat sie nach unten begleitet.«

»Dann schaffen Sie ihn mir bitte jetzt ganz schnell hierher, Frau ... äh ...«

»Jenny van Dooren.«

»Irgendwann soll mal Mittlere Reife für die Schupo gereicht haben ...«, sagte Monk und stöhnte innerlich auf. Der Spruch hatte eigentlich eine Art Scherz werden sollen, um seine Knurrigkeit und garstige Siezerei der jungen Kollegin ein wenig abzumildern. Sie konnte schließlich nichts dafür, dass der Mann hier mit komplett falschem Timing in der Wanne lag.

»Ehe Sie sich weiter anstrengen: Ich kenne schon alle Adelswitze. Und nein, mein Blut ist ganz normal rot«, unterbrach sie ihn und verließ den Raum eine Spur zu aufrecht.

Monk seufzte und sah sich um. Alles vom Feinsten hier oben im siebten Stock des *Belle Epoque*. Goldene Armaturen, elegant geschnittene Badewanne, wahrscheinlich waren die Terracottafliesen mundgeblasen. Die Wände waren mit Jugendstilkacheln verziert. In den Nischen standen Flötenvasen aus Muranoglas, aus deren langen Hälsen sich exotische Blumen in die Höhe wanden. Und in den Edelholzregalen stapelten sich weiße Handtücher, die so wolkig wirkten wie frisch geschlagene Sahne.

Monk öffnete eine Tür, die von der Badekammer direkt in den Spa- und Entspannungsbereich führte. Die geschwungenen Panoramafenster boten einen exquisiten Blick auf Bad Nauheims Kurzentrum. Er reichte nördlich über den Kurpark bis hin zum Großen Teich und östlich über die gesamte Jugendstilanlage des Sprudelhofs.

Man wusste nicht, wer kühner gewesen war: die Architekten, die dreist den Stil eines angesagten amerikanischen Kollegen kopiert hatten, die Investoren, die so viel für das Grundstück bezahlt hatten, dass die Stadt ein Jahr ohne Kreditaufnahme auskam, oder die Politiker, die im Gegenzug ein ordentliches Stück vom Kurpark mit altem Baumbestand preisgegeben hatten.

»Herr Hauptkommissar?«

Monk zuckte zusammen. »Der Herr Doktor. Wie geht es Frau Metz?«

»Den Umständen entsprechend. Dieser Herr«, er wies auf den Toten in der Wanne, »ist nicht gerade ein Werbeträger für ihr neues Luxushotel.«

»Warum haben Sie uns gerufen?«

»Na ja, ich hab gedacht, sicher ist sicher. Immerhin hat der Mann sich nachts an Orten herumgetrieben, wo er nichts verloren hatte.«

»Und die Todesursache?«

»Noch ungeklärt. Ich habe die Leichenschau unterbrochen, weil mir das alles nicht geheuer erschien und ich keine Spuren zerstören wollte.«

»Sehr lobenswert. Gab es außer dem Fundort noch etwas, das Sie misstrauisch gemacht hat? Spuren von Gewaltanwendung?«, fragte Monk.

»Bis jetzt ein paar kleinere Blutergüsse, die aber sonst woher stammen könnten. Vielleicht ist ja auch alles in Ordnung. So wie er riecht, hat er Alkohol getrunken. Wenn er stark betrunken in der Sole eingeschlafen ist, könnte das bei schwacher Konstitution für einen Kreislaufkollaps mit Herzversagen ausreichen.«

Monk schob die Hände in die Hosentaschen. Das war unbefriedigend. Vermutlich verplemperte er gerade seine Zeit mit der Hasenfüßigkeit eines *Tatort*-sensibilisierten Arztes. Gerade heute, da er verdammt noch mal Wichtigeres zu tun hatte.

Er schaute zu der Kleidung des Toten hinüber. Sie lag extrem ordentlich zusammengelegt auf einem Hocker: Unterhose, Unterhemd, gefaltete Socken obendrauf, Hose und Hemd sorgsam über die Lehne gelegt. Da fehlten nur perfekt ausgerichtete Schuhe unter dem Hocker. Monk sah sich um, keine Schuhe.

»Okay«, sagte er, ich werde mal mit Frau Metz sprechen und mir das Zimmer des Toten anschauen. Wenn sich da nichts Ungewöhnliches ergibt, können Sie die Leichenschau fortsetzen. Bis jetzt sehe ich noch keinen Grund, die Leiche zu beschlagnahmen.«

»Aber mein ganzer Zeitplan gerät durcheinander«, beschwerte sich der Arzt.

Monk winkte nur ab. »Wem sagen Sie das.«

Claudia Metz lag mit geschlossenen Augen auf einer Récamière in ihrem Büro. Das Lieblingsmöbel ihres Großvaters, der ihr das einstmals bedeutende, dann aber ziemlich heruntergewirtschaftete *Kurhotel Metz* vererbt hatte. Monk erkannte es gleich wieder, als er eintrat. Ein paar ungenaue Erinnerungen klopften sich den Staub ab und projizierten in seinem Kopfkino Bilder aus Schulzeiten: Freistunden, die Claudia und er auf dieser Liege alles andere als totgeschlagen hatten. Monk sah sich um. Die Liege und ein imposantes Schlüsselregal waren zusammen mit Claudia Metz anscheinend die einzigen Überbleibsel des alten Kurhotels, die den Aufstieg in das brandneue Wellnessresort *Belle Epoque* geschafft hatten.

Zwei Mitarbeiterinnen kümmerten sich um ihre Chefin. Die junge Kommissarin, deren Name Monk schon wieder vergessen hatte, stand mit einem Notizblock in der Hand daneben.

»Viktor, es ist so schrecklich!«, rief Claudia, als sie mühsam die Augen geöffnet und Monk entdeckt hatte. Sie richtete sich auf, als wollte sie sich ihm in die Arme stürzen, aber Monk trat unwillkürlich einen Schritt zurück, sodass ihre Bewegung in sich zusammenfiel.

»Ich habe den Mädchen so oft gesagt, sie sollen die Badeabteilung abends abschließen. Und jetzt – es ist alles vorbei!«

»Na, na, na, das ist doch sicher etwas übertrieben«, beschwichtigte Monk.

»Ich habe die Mitarbeiterinnen schon vernommen. Die verantwortliche Abteilungsleiterin schwört, abgeschlossen zu haben«, schaltete sich die Kommissarin ein.

»Einbruchspuren gab es keine, Frau ...?«

»Immer noch van Dooren, Jenny van Dooren, nicht adelig. Und nein, keine Einbruchspuren.« Sie schüttelte den Kopf und Monk wusste nicht, ob das ihre Aussage bekräftigen sollte oder seiner Vergesslichkeit galt.

»Viktor, könnt ihr das nicht für euch behalten?« Claudia sah ihn mit großen Augen an. »Wir sind doch auf vier Monate ausgebucht. Lauter Prominenz aus Frankfurt, München, Berlin. Und dann die Trendsetter des internationalen Jetsets: Russen, Araber, sogar Chinesen. Von deren Urteil hängt alles ab. Wenn die erfahren, dass bei uns in der Bäderabteilung ... Viktor, die sind scheuer als Rehe«, sie sank kraftlos in ihre Kissen zurück.

»Hat ihr der Arzt denn nichts gegeben?«, wandte sich Monk unwirsch an die Polizistin.

»Ich denke schon.«

»Ich denke schon, ich denke schon ... Ich kann hier nicht noch eine Tote mit Herzversagen gebrauchen«, raunzte er, und Claudia Metz schlug erschreckt die Augen wieder auf. »Ich meinte mich, Claudia, weil ich mich so aufrege. War nur eine Redensart, entspann dich.« Monk tätschelte ihr die Hand.

Kein Wunder, dass sie so fertig war. Das Resort hatte nach einer Rekordbauzeit gerade erst vier Wochen zuvor eröffnet. Claudia hatte alles auf eine Karte gesetzt. Ein Fünf-Sterne-Superior-Hotel, das hätte sich der alte Metz nicht träumen lassen, als er sein Testament schrieb. Obwohl er seiner Enkelin sicher eine Menge zugetraut hatte. Aber Claudia hätte niemals das nötige Geld zusammenbekommen, um das marode Kurhotel zu retten. Doch als dann eine Investorengruppe aus Frankfurt an sie herangetreten war, hatte sie ihre Chance genutzt.

Für das geplante Wellness-Resort brauchten die Investoren nämlich zusätzlich zum städtischen Grund auch die Fläche, auf dem das Kurhotel Metz mit dem Charme des Motels aus Hitchcocks *Psycho* auf Gäste wartete. Um ein angemessenes Entree von der Straße aus zu schaffen und um baurechtlichen Konflikten mit dem klapprigen Hotelnachbarn aus dem Weg zu gehen. Monk hatte nicht ohne Bewunderung verfolgt, wie seine frühere Schulfreundin Claudia den Geldhaien eine Teilhaberschaft und den Posten der Hoteldirektorin abgehandelt hatte.

Jenny van Dooren winkte Monk nach draußen. Er versprach Claudia, sein Bestes zu tun, und folgte dem Pferdeschwanz.

»Nach Ihrer Bemerkung eben ist der Mann also an einer natürlichen Todesursache gestorben?«

»Bis jetzt gibt es jedenfalls keine Anhaltspunkte für ein Verbrechen.«

»Wäre nur die Frage, wie er ohne Schlüssel in den Trakt kam.«

»Und wieso er nur auf Strümpfen dahin ist«, gab Monk zu.

»Vielleicht haben sie hier keine Badelatschen.«

»Sehr witzig, Frau Kollegin. Haben Sie seine Personalien besorgt?«

»Und seine Suite versiegelt, Herr Kollege. Gehen wir hin?«

Monk nickte. »Wenn Sie dann bereit wären, Ihr Wissen mit mir zu teilen?«

»Werner Schmickler, geboren 30. März 1955, wohnhaft Mülheim-Kärlich, Meisenweg 29b.«

»Beruf?«

»Er war Inhaber eines größeren Betriebs für Sanitär- und Heizungstechnik, hat den Laden aber vor ein paar Jahren verkauft.«

»Und bringt die Kohle jetzt in solchen Suiten durch. Handwerker müsste man sein.«

»Die Suite kostete ihn keinen Cent. Er arbeitete nebenher als Hoteltester.«

»Oh Mann, die Schlagzeilen-Texter werden jubeln. Arme Claudia.«

Sie fuhren mit dem Personalaufzug zurück in den siebten Stock. Neben den Behandlungsräumen, der Saunalandschaft und dem Spa hatte man hier oben drei exklusive Wellness-Suiten mit Hydromassagewanne, Dampfbad, Solarien und Lichtduschen eingerichtet, deren luxuriöse Ausstattung nur noch von der darüber gelegenen Fürstensuite – einem Penthouse mit Dachgarten und eigenem Pool – übertroffen wurde.

»Stammt Ihre Familie eigentlich aus Holland?«, fragte Monk, während Jenny das Siegel abnahm und die Tür zur Suite von Werner Schmickler aufschloss. Die Stimmung im Aufzug war eisig gewesen, und er wusste, dass ganz allein er dafür die Verantwortung trug.

»Meine Großeltern, oder Urgroßeltern, keine Ahnung«, antwortete sie knapp.

»Ich finde es sehr wichtig zu wissen, wo man herkommt.« Monks Satz kam direkt aus dem Herzen, klang aber wie aus dem Großen Buch der Merksätze für Oberlehrer. Da würde wohl kaum mehr was zu retten sein. Scheißtag.

»Ich komme aus Friedberg. Und man sollte auch wissen, dass es nicht Holland, sondern Niederlande heißt.«

»Schon okay«, sagte Monk resigniert und betrat die Suite.

Überrascht von der Größe und Ausstattung der Räume blieben sie eine Weile an der Türschwelle stehen. Auch hier war ein bis zum Boden reichendes Panoramafenster eingebaut. Direkt davor stand frei eine große Badewanne mit Massagedüsen.

»Warum schleicht sich einer nachts in die Behandlungsräume, wenn er so ein Ding in seinem Zimmer stehen hat?«, fragte Monk ungläubig.

»Vielleicht sind hier keine Solebäder möglich. Und ihn hat irgendein Hautproblem gequält.«

Er schaute sie irritiert an. »Ein Hautproblem, hm.«

»Gott, was weiß ich. Vielleicht war er auch einfach nur besoffen. Ich weiß nicht, wie solche Typen ticken.«

Sie durchstreiften die Suite. Dafür, dass Schmickler erst vor einem Tag angereist war, herrschte schon ein erstaunliches Chaos. Überall lagen gebrauchte Kleidungsstücke, Bonbonpapiere, Zeitungsteile und andere Kleinigkeiten herum.

»Da hat der Herr Schmickler in der Badekammer aber deutlich mehr Ordnungssinn bewiesen«, sagte Jenny van Dooren.

»Entschieden mehr«, bestätigte Monk und nickte. Das hatte sie gut beobachtet. Er ging weiter in den Wohnbereich. »Seine Quelle«, sagte er und wies auf eine leere Flasche Rotwein auf dem Couchtisch. In dem Burgunderkelch daneben befand sich noch eine Pfütze mit etwas Weinstein. Monk ging vor dem Glas in die Hocke und winkte van Dooren zu sich. »Sehen Sie das?«

»Auf dem Glas? Nein, ich sehe nichts.«

»Genau. Nichts. Keine Lippenspuren, keine Fingerabdrücke. Aber die Schale mit dem Gebäck dort ist fast leer. So fett- und krümellos kann ja wohl das leichteste Wellnesszeug nicht sein.«

Die junge Polizistin sah sich um und ging zu einem edlen Sideboard, in dem eine Phalanx von Gläsern für diverse Getränkearten bereitstand. Sie wollte zum Hoteltelefon greifen, besann sich aber und nahm ihr Handy, während Monk weiter hinten neben einer Liege eine Aktentasche entdeckte.

Er zog Einmalhandschuhe aus seiner Jacketttasche und streifte sie über, ehe er die Tasche öffnete. Ein Päckchen Taschentücher und ein Ordner. Er holte ihn heraus und begann zu blättern.

Nach ihrem Telefonat kam Jenny van Dooren zu ihm und schaute ihm über die Schulter. »Was ist das?«

»Anscheinend haben wir es mit einem Schriftsteller zu tun.« Er blätterte auf die erste Seite zurück.

»*Bring mir die Asche der dänischen Königin. Kriminalgeschichte von Werner Schmickler*«, las sie laut.

»Außerdem liegt ein Einladungsbrief für Schmickler im Ordner. Von der Zeitschrift *Der Kurbad-Kompass*. Wenn ich richtig verstanden habe, wollen die in einem Kurzkrimi-Wettbewerb ihren neuen Chefredakteur bestimmen. An diesem Wochenende.«

»Und wo?«

»Richtung Wehrheimer Wald. *Schlosshotel Raabe*. Ab 9.30 Uhr.«

»Also ab jetzt.« Sie hielt ihm ihre Armbanduhr vor die Nase, und er fluchte leise. Ihren fragenden Blick ignorierte er. »Und was haben Sie da hinten herausgefunden?«

»Der Inventarliste zufolge fehlen zwei Weingläser. Ich habe alle Müllkörbe gecheckt. Kein Glas, nicht mal eine Scherbe. Dafür schaute aus seinem Kulturbeutel das hier heraus. Digitalis. Schmickler war herzkrank.«

»So ein Mist. Ich habe an diesem Wochenende für so etwas gar keine Zeit.«

»Ich weiß.« In ihrem Blick mischten sich Mitleid und Belustigung.

»Dass es in dieser Stadt jeder weiß, macht den Irrsinn für mich komplett.« Monk presste die Lippen aufeinander. Das hatte jetzt doch beinah mitleidheischend geklungen. Er räusperte sich. »Also mal sehen. Was haben wir? Einen Hoteltester, der sich mit zwei Gläsern parallel betrinkt. Anschließend lässt er die Gläser verschwinden und ersetzt sie durch ein Alibiglas, ehe er in die Bäderabteilung einbricht, um sich ein ausgedehntes Solebad zu gönnen. Gut gegen Neurodermitis, aber Gift für Herzkranke. Ach ja, und er hinterlässt sein Schlafzimmer wie Sau, aber in der Bäderabteilung legt er seine Sachen zusammen wie ein Soldat mit Schiss vor der Spindkontrolle. Also, wissen Sie was, Frau van Dooren, ich möchte die Sache gerne zu den Akten legen.«

»Aber ...« Sie sah ihn erstaunt an.

»Ja?«

»Aber das geht doch nicht. Sie müssen doch weiter ermitteln!«

»Genau, Frau Kollegin, das Leben ist kein Wunschkonzert. Wir müssen beide also weiter ermitteln. Sie beschlagnahmen die Leiche, versiegeln die Suite, nein, am besten die ganze Etage. Ich fahre derweil mal kurz nach Hause, fordere aber von unterwegs aus die KTU und den Rechtsmediziner an.

Wenn Sie hier fertig sind, fahren Sie zum Schlosshotel. Aber Sie gehen noch nicht rein, sondern warten auf mich. Ich komme so schnell wie möglich nach.«

»Unmöglich. Ich muss zurück zur Hauptstraße, Herr Monk. Der Polizeiposten ist schon seit Stunden unbesetzt. Alle Kollegen sind wegen des Elvis-Festivals im Streifendienst.«

»Und ich bekomme im Augenblick keinen Kripokollegen zur Unterstützung. Ich verlasse mich auf Sie!«

»Ich fühle mich geehrt.«

»Frau van Dooren!«

»Nein wirklich! Nach allem, was man in der Zeitung so über Sie liest.« Sie sah ihn mit betont unschuldigem Blick an.

Monk öffnete den Mund, schloss ihn wieder und winkte resigniert ab.

Eine gute Stunde später lenkte Monk sein silbernes 81er *Datsun*-Coupé auf den Waldpfad, der in langen Windungen zum *Schlosshotel Raabe* führte. Van Dooren wartete in einem Seitenweg vor dem schmiedeeisernen Tor. Monk nickte ihr zu, während er im Schritttempo an ihr vorüberfuhr, um den Lack seines Wagens nicht durch aufspritzenden Split zu beschädigen. Ihr Handgelenk, das sie demonstrativ hochgehoben hatte, um anklagend auf ihre Uhr zu tippen, sank in Zeitlupe herunter, und sie starrte ihm ungläubig hinterher.

Als sie ihren Wagen vor dem Schlossportal neben seinem Datsun abstellte und ausstieg, schienen elektrische Ströme ihr Gesicht zu durchzucken. Sie kämpfte auf heroische Weise, das hätte selbst Monk zugeben müssen, aber schließlich verlor sie doch und musste so heftig herausprusten, dass ihr sogar etwas Schnodder aus der Nase tropfte, während sie weiter lauthals lachte und mühsam nach Luft schnappte.

Monk zog mit süßsaurer Miene ein Taschentuch aus seiner Hosentasche und hielt es ihr hin.

Sie nahm es dankbar nickend an und putzte sich, immer noch von kurzen Glucksern geschüttelt, die etwas stupsig geratene Nase. »Entschuldigen Sie, Herr Monk, bitte ganz ehrlich um Entschuldigung«, japste sie Silbe für Silbe heraus und zeigte auf seinen Anzug. »Aber ... aber das ist nicht Ihr Ernst, oder?« Sie brach erneut in ein unbändiges Lachen aus.

Davon angelockt erschien der Portier des Schlosshotels an der Tür und sah Monk mit unbewegter Miene an, wie es sich für einen Mann seines Metiers gehörte.

2. Kapitel

Der tugendhafte Dengler. Auf seine Art war er doch ein schräger Typ. Stil hatte er zwar, und das hieß schon etwas in einer stillosen Welt. Aber er hatte einfach keine klare Linie, so wenig wie ein Architekt, der alle Epochenstile wild durcheinander mischt. So stand er jetzt da in seinem Tweed-Anzug, mitten in dem auf englische Club-Bibliothek getrimmten Salon des Schlosshotels. Absolut 19. Jahrhundert. Aber dann auf dem Tisch vor ihm dieses riesige Goldfischglas mit den weißen Pappkapseln darin, in denen Zettelchen mit ihren Namen steckten. Das war wiederum perfekt kopierte Fernsehkultur des 20. Jahrhunderts, Sportschau, Ernst Huberty, Pokalauslosung. An solchen Kuriositäten hatte Dengler Spaß. Na ja, irgendwie liebenswert. Aber gut auch, dass er bald abtrat. Denn das 21. Jahrhundert würde er stilistisch sicher nicht mehr erreichen.

Götz Keitels Gedankenstrom zerstob in den Schallwellen eines grässlichen Geräuschs. Der junge Hecker hatte seine Beine von der einen Lehne seines ochsenblutfarbenen Sessels auf die andere geworfen und dabei ein unerträgliches, knarzendes und quietschendes Ledergeschmurgel erzeugt. Nur Luftballons hatten eine üblere Wirkung auf Keitels empfindsames Gehör. Konnte dieser miese, kleine Karrierist nicht mal fünf Minuten ruhig sitzen?! Eines Tages würde er ihn, nein, nein, Keitel durfte sich jetzt nicht ablenken lassen. Das bezweckte der Ehrgeizling mit seinem Herumgehampel doch nur!

»Bevor wir mit der Auslosung Ihrer Lesepositionen beginnen, möchte ich Sie mit dem Ablauf unseres kleinen Wettbewerbs vertraut machen«, hob Dengler jetzt an. »Die Vorleserunden beginnen heute und morgen jeweils um zehn und um fünfzehn Uhr hier in der Bibliothek. Pro Termin werden jeweils zwei Geschichten vorgelesen. Da der Kollege Schmickler es offenbar doch vorgezogen hat, nicht teilzunehmen, ist jetzt eine Kapsel zu viel im Glas. Wir legen den Namen dann einfach beiseite. Ohne Herrn Schmickler werden wir den Sieger oder die Siegerin nun schon am Sonntagmorgen küren können. Ihre Vorlesezeit ist, wie ich Ihnen ja schon geschrieben hatte, auf fünfundvierzig Minuten begrenzt. Jeweils im Anschluss an die zweite Lesung bitte ich Sie, miteinander zwanzig bis dreißig Minuten über die vorgetragenen Geschichten zu diskutieren. Die Vorleser dürfen sich zu ihren eigenen Geschichten dabei nicht äußern.«

»Wir sollen uns von unseren Konkurrenten kritisieren lassen?«, fragte eine zittrige Stimme.

Da war sie ja schon, die Heulboje, dachte Keitel. Uwe Weinrich, der leider gleich im Sessel neben ihm saß, hatte natürlich schon jetzt die Hosen voll. Dabei sollte selbst ihm klar sein, dass er hier keine Chance hatte und Dengler ihn nur aus Mitleid eingeladen haben konnte.

»Ganz genau, lieber Herr Weinrich«, nickte Dengler der Heulboje aufmunternd zu. »Damit komme ich zu den Auswahlkriterien. Wie Sie wissen, muss ein guter Chefredakteur nicht nur gut schreiben können, er muss auch ein kompetenter Leser sein. Und vor allem: Er muss Kritik so üben können, dass sie den Kritisierten nicht vernichtet, sondern aufbaut, ihm Wege aufweist, wie er sich und seine Texte verbessern kann.«

Und wieder musste Keitel aufpassen, dass er nicht laut aufstöhnte. Elendes Gutmenschenwischiwaschi. Entweder man hatte es drauf, oder nicht. Man hielt was aus, oder eben nicht. Die Leute brauchten eine klare Ansage. Dass das in diesem

Land einfach niemand begreifen wollte: Es war keinem damit gedient, wenn die Talentlosen immer mit durchgeschleppt wurden.

»Deshalb habe ich beschlossen«, fuhr Dengler fort, »nicht nur Ihre Kriminalgeschichten zur Grundlage meiner Entscheidung zu machen, sondern auch die Art und Weise, wie Sie auf die Texte Ihrer Kolleginnen und Kollegen reagieren. Es ist Ihnen nicht nur erlaubt, sondern ich fordere Sie ausdrücklich dazu auf, die Beiträge der anderen kritisch zu analysieren und auf kollegiale Weise Positives und Negatives zu benennen. Dieser Teil Ihrer Aufgabe wird die Wahl meines Nachfolgers zu vierzig Prozent bestimmen.«

»Oder Ihrer Nachfolgerin«, ergänzte Anna Wallner in ihrer typisch überlauten und überaufgeräumten Art.

»Oder meiner Nachfolgerin, natürlich«, lächelte Dengler.

Nachsichtig wie immer, der Alte.

»Wenn Sie dann keine Fragen mehr haben, beginne ich jetzt mit der Auslosung.«

Da zeigten sich dreißig Jahre ARD-Zuschauererfahrung. Dengler quirlte wirklich in dem Goldfischglas herum wie weiland Astrid Kumbernuss als Sportschau-Ehrengast, ehe er die erste Kapsel herausholte, öffnete und ihnen mangels einer Kamera das Namensschild direkt entgegenhielt. »Hubert Waterhuus. Und sein Lesepartner oder seine Lesepartnerin ...«, Anna Wallner nickte beifällig, Denglers Hand quirlte wieder im Glas herum und fischte die nächste Kapsel heraus, »... ist Kai Hecker.«

Das war gut, Hecker ganz früh und jedenfalls vor ihm. Keitel nickte zufrieden. Hecker gehörte zu den Besseren hier, aber Keitel würde nun die Chance haben, den möglicherweise starken Auftritt Heckers später mit seiner eigenen Lesung vergessen zu machen.

Die nächste Paarung interessierte Keitel kaum: Weinrich, die Heulboje, würde dafür sorgen, dass einem der Nachmittag verdammt lang vorkam, ehe das große, junge Talent des *Kurbad-Kompass* seinen Auftritt bekäme. Nina Kinzig, Heckers Mal-ja-mal-nein-Freundin. Ihre Hotel- und Bäder-Rezensionen hatten einen spritzigen, frischen Ton, aber sie war mit Mitte zwanzig sicher noch zu jung für den Chefredakteursposten. Also alles weiter gut, Keitel würde erst am zweiten Tag dran sein.

Als Dengler gerade die Hand für die dritte Runde im Glas versenkte, öffnete sich die Tür und Keitel glaubte seinen Augen nicht trauen zu können. Nur die irritierten Blicke und Tuscheleien seiner Reporterkollegen bestätigten ihm, nicht an einer Halluzination zu leiden.

In der Tür stand ein Typ mit schwarzem Haar und schwarzen Cowboystiefeln – und dazwischen einem glänzenden, goldenen Anzug, dessen Nähte und Revers mit silbernen Paillettenbändern abgesetzt waren. »Ist dies hier der *Kurbad-Kompass*-Wettbewerb?«, fragte er mit einer dunklen, sonoren Stimme.

»Auf jeden Fall nicht der Elvis-Look-Alike-Contest«, konterte Keitel stolz über seine Schlagfertigkeit.

Im Gesicht des Goldfasans zeichnete sich plötzlich eine große Müdigkeit ab, als hätte er in seinem Leben schon zu viele derbe Scherze hätte hören müssen. Er ging ein paar Schritte weiter, eine Polizistin erschien hinter ihm.

»Sind Sie Siegfried Dengler?«, fragte sie.

Als der Chefredakteur nickte, wies der Elvis-Verschnitt auf die Tür. »Mein Name ist Monk, Kripo Friedberg. Ich würde Sie gerne alleine sprechen. »In der Zwischenzeit«, er wandte sich Keitel und den anderen zu, »bitte ich Sie, sich der Kollegin van Dooren gegenüber auszuweisen.«

»Warum sollten wir das tun?«, fragte Hecker gereizt.

»Das werden Sie etwas später erfahren«, antwortete Monk und lud Dengler ein, voranzugehen.

Kurz bevor die Tür ins Schloss fiel, gelang es Keitel aufzutrumpfen: »Ladies and Gentlemen, Elvis has left the building!«

Kinzig, Waterhuus und ein, zwei andere lachten. Keine schlechte Quote, wenn man bedachte, dass ihn mit den meisten hier eine herzliche Antipathie verband und sie eh keinen guten Witz verstanden. Eins war jedenfalls klar: Wenn sie in der Wetterau solche Freaks bei der Polizei beschäftigten, brauchte man sich hier als Täter wohl keine großen Sorgen zu machen.

* * *

»Verzeihen Sie meine unangemessene Kleidung. Aber ich wollte es selbst übernehmen, Sie zu informieren, habe aber gleich eine anderweitige Verpflichtung, bei der ich dieses Ding tragen muss«, entschuldigte sich Monk auf möglichst komplizierte Art.

»Ich weiß schon. Bei Ihnen läuft ja gerade das *European Elvis Festival*. Worüber wollen Sie mich denn informieren?«

»Es geht um Werner Schmickler.«

»Oh Gott, hatte er einen Unfall? Er ist heute nicht erschienen. Ohne abzusagen.«

»Ich muss Ihnen leider mitteilen, dass Herr Schmickler in der Nacht verstorben ist.«

»Nein!« Dengler sank auf einen Stuhl. Er hob mehrfach die Hand und öffnete den Mund, ohne einen Ton herauszubringen.

Dengler war ähnlich wie Schmickler Ende fünfzig. Trug eine zu große Brille, sein graues Haar war kurz geschnitten, etwas gewellt, korrekter Scheitel, ein leichter, aber für die Jahreszeit immer noch deutlich zu warmer Tweedanzug. Typ britischer Gentleman.

»Er war einer Ihrer Mitarbeiter«, bot ihm Monk einen Einstieg, als Dengler immer mehr in sich versank.

»Ja.«

»Ein besonders guter.«

»Nein. Ehrlich gesagt, nein.« Dengler schüttelte den Kopf, als überprüfte er noch einmal sein Urteil.

Es war ein mühsames Geschäft mit diesem Dengler. »Aber Sie mochten ihn«, versuchte Monk es weiter.

Wieder hob der Mann hilflos die Hand. »Ach, na ja, Werner ist kein ... er war kein wirklich sympathischer Mensch, aber er war die letzte Verbindung zu meiner Frau.«

Monk sah ihn fragend an.

»Sie starb vor zwei Jahren. Die Bauchspeicheldrüse. Sechs Wochen nach der Diagnose war es vorbei. Wir hatten noch ... wir wollten noch ...« Ein Schluchzen entrang sich ihm, aber Dengler fasste sich sofort wieder.

Das Ergebnis von zwei Jahren Training, dachte Monk mitleidig. Das unvermittelte Auftrumpfen einer verdrängten, unwiderruflichen Tatsache, die verzweifelte Erkenntnis, dass man nie mit ihr fertig würde. Eine Realität wie ein Fels, an dem man sich den Kopf zerschlägt. Und dann der Befehl, es wieder beiseite zu drängen, weil das Leben einfach so weitergeht, weil es sich einen Dreck darum schert. Monk hätte sein Wissen darüber lieber aus Büchern und nicht aus seinem eigenen Leben gehabt. Er musste sich beherrschen, Dengler nicht die Hand auf die Schulter zu legen. Leidensverwandtschaften. *Well, I'm so lonely, I'll be so lonely, baby, I could die.* An Herzschmerzliedern hatte Elvis wahrhaftig keinen Mangel gehabt.

»Werner war ihr einziger Bruder. Er hätte Zweitklässleraufsätze schreiben können, und ich hätte ihn nicht fortgeschickt. Wie ist er ...?«

»Die genaue Todesursache ist noch nicht ermittelt. Er wurde in Bad Nauheim im Hotel *Belle Epoque* aufgefunden.« Monk räusperte sich. »Es gibt einige Merkwürdigkeiten. Wenn ich Ihnen ein paar Fragen stellen dürfte, würde sich manches sicher klären lassen.«

»Fragen Sie.« Dengler schaute versunken auf seine Hände.

»Wenn ich den Einladungsbrief richtig verstanden habe, den wir bei Ihrem Schwager gefunden haben, bestimmen Sie bei diesem Treffen Ihren Nachfolger. Herr Schmickler wollte auch an diesem Wettbewerb teilnehmen?«

»Unbedingt. Ich hätte ihm eigentlich sagen müssen, dass er kaum eine Chance gegen die anderen haben würde. Aber man weiß ja nie, wie einer über sich hinauswachsen kann, wenn er etwas wirklich möchte.«

»Aber laut Rezeption sind alle anderen neun Teilnehmer inklusive Ihnen bereits gestern Nachmittag angereist, und Sie hatten beim Hotel auch nur eine Kaffeetafel für neun Personen bestellt. Warum sollte Herr Schmickler erst später zu Ihnen stoßen?«

»Das geschah auf seinen eigenen Wunsch. Er wollte den Wettbewerb mit einem Testbesuch im *Belle Epoque* verbinden, wo es doch hier gleich um die Ecke liegt. Mein Schwager war ein Effizienz-Fanatiker. Wenn es die Fließbandarbeit nicht schon gäbe, er hätte sie erfunden.«

»Hatte Ihr Schwager ein Alkoholproblem?«

»Gott, er hat gerne Wein getrunken, aber ein Problem? Davon weiß ich nichts.«

»Aber das Trinken war nicht gerade gut für seine Gesundheit, oder?«

»Er hatte zwei Herzinfarkte, aber ob das vom Alkohol kam? Am einen Tag schreibt doch die Zeitung, dass Rotwein das Leben verlängert, und am nächsten Tag wieder das Gegenteil.«

»War er vielleicht lebensmüde? Hat er schon mal Andeutungen gemacht?«

Dengler schaute ihn erstaunt an. »›Schon mal‹ ist gut. Aber das war doch nur leeres Geschwätz. Als Doris noch lebte, versuchte er immer, ihre Aufmerksamkeit damit zu gewinnen. Doris, das ist meine Frau. Er hatte nicht viel Glück bei Frauen, wissen Sie, er war etwas, etwas, na, vielleicht: grob, ja ›grob‹ trifft es wohl. Und wenn es wieder mal schiefgelaufen war, hat er sich besoffen und nachts Doris angerufen und angekündigt, dass er sich auf die Schienen legen würde. Das war anstrengend, aber ernst haben wir das nie genommen. Meinen Sie, er hätte ...?«

»Ich versuche mir nur ein Bild zu machen, Herr Dengler. Hatte er Streit mit jemandem?«

»Leider, immer wieder. Wie gesagt, er war nicht gerade der Feinfühligste. Aber ich wüsste von nichts wirklich Schlimmem.«

Monk hasste es, so im Nebel herumzustochern. Wenigstens eine vage Richtung hatte er sich von dem Gespräch mit Dengler erhofft. Noch ein Versuch: »Wie standen denn seine Kollegen vom *Kurbad-Kompass* mit ihm?«, fragte er.

»Meine Reporter sind alle freiberuflich tätig. Und jeder hat sein eigenes Revier. Sie begegnen sich eigentlich nur bei unserem jährlichen Redaktionsworkshop und bei der Weihnachtsfeier. Werner war als Verwandter sicher häufiger als die anderen in der Redaktion, aber soweit ich weiß, gab es keine besonders engen Kontakte.«

»Vielleicht hat einer der Reporter im Konkurrenzkampf um Ihren Job das Maß verloren.«

»Unvorstellbar!« Dengler sprang vor Erregung von seinem Stuhl auf. »Das sind alles absolut integre Leute. Mit den meisten von ihnen arbeite ich seit Jahren, mit manchen sogar seit Jahrzehnten zusammen. Ich würde für jeden von ihnen meine Hand ins Feuer legen.«

Wie viele verkohlte Armstümpfe hätte er in seinem Polizeileben schon gesehen, wenn er die Leute beim Wort genommen hätte, dachte Monk.

»Sie glauben also, dass es Mord war?«, fragte Dengler.

»Wie gesagt, wir müssen in jede Richtung ermitteln. Derzeit liegen aber keine Hinweise auf einen gewaltsamen Tod vor«, sagte er beschwichtigend. »Nur noch eine letzte Frage, Herr Dengler. Warum wählen Sie Ihre Nachfolge in solch einem Wettbewerb aus?«

»Ich weiß zwar nicht, wie Ihnen das weiterhelfen soll ...« Dengler stutzte, als hätte Monk eine absolute Selbstverständlichkeit in Frage gestellt. »Mein Lehrer – der zugleich mein Vater war, Edmund Dengler – hat immer gesagt, der wahre Journalist beweist sich erst in der großen Form. Aber die große Form ist für den Journalisten nicht der Roman – wenn Sie mich fragen, es wäre besser, wenn Journalisten nicht immer glaubten, sie müssten der Welt auch noch einen epochalen Roman hinterlassen –, die große Form für den Journalisten ist die Kurzgeschichte. Sie ist nah an der Reportage. Sie bringt das Wesentliche verdichtet zum Ausdruck. Und sie berichtet von einem besonderen Augenblick in einem sonst vielleicht vollkommen unaufgeregten Leben. Deshalb der Kurzgeschichten-Wettbewerb. Und da ich meine, dass dem *Kurbad-Kompass* ein wenig Spannung guttäte in einer Zeit, die immer mehr auf das Spektakuläre setzt, habe ich mir von meinen Reportern Kriminalgeschichten gewünscht.«

»Ein ziemlich ungewöhnliches Verfahren. Oder gibt es so etwas häufiger?«, wunderte sich Monk.

»Es ist ungewöhnlich, weil unser Magazin ungewöhnlich ist. Die Geschichte des *Kurbad-Kompass* reicht bis ins neunzehnte Jahrhundert zurück. Mein Vater, mein Großvater, mein Urgroßvater, sie haben diese Unternehmung nur sicher durch die Wirren der Zeiten steuern können, weil sie das Blatt immer wieder neu erfunden haben.«

Monk staunte, wie sich der eben noch so zerstörte Dengler jetzt an der großen Tradition seines *Kurbad-Kompass* wieder aufrichtete. »Dann fürs Erste vielen Dank«, sagte Monk. »Wir melden uns, wenn wir die Ergebnisse der rechtsmedizinischen Untersuchung haben und die Lei... die sterblichen Überreste Ihres Schwagers freigegeben werden.«

»Ja«, Dengler schien für eine Sekunde wieder in seiner Trauer zu versinken, aber dann stellte er doch noch eine Frage: »Sagen Sie, haben Sie im Gepäck meines Schwagers eine Geschichte gefunden?«

»Ja, so etwas haben wir gefunden.«

»Ich würde sie hier gerne vorlesen. Im Gedenken an ihn. Wäre das möglich?«

»Im Augenblick kann ich Ihnen das nicht versprechen. Aber ich kümmere mich.«

»Vielen Dank, Herr Kommissar. Und Ihnen viel Glück für das, was Sie noch vorhaben.« Er wies auf Monks goldenen Anzug, und Monk schaute erschreckt auf seine Uhr.

»Sie entschuldigen mich«, sagte er. Er öffnete die Tür zur Bibliothek und schob nur schnell den Kopf hinein: »Frau van Dooren, ich muss los. Wir treffen uns gegen Mittag im Polizeiposten.« Ohne ihre Antwort abzuwarten, drehte er sich um und lief los.

Das Grinsen der Kurbadreporter nagte an seinem Nacken.

3. Kapitel

Das billige Elvis-Imitat hatte noch einmal seine Nase ins Zimmer gesteckt und war davongerauscht, ohne wenigstens einen einzigen ordentlichen Hüftschwung zu zeigen. Schlimm, wer sich so alles berufen fühlte, die Ikonen der Popgeschichte zu kopieren. Allerdings fand sich Keitel durch den Abgang der jungen Polizistin mehr als entschädigt. Nachdem sie enervierend umständlich alle Personalien aufgenommen hatte, hatte sie die Bibliothek mit einer kecken Drehung verlassen, die sogar ihren blonden Pferdeschwanz zum Wippen gebracht hatte.

Hecker wäre beinahe der Sabber aus dem Maul gelaufen, was auch Nina Kinzig nicht verborgen geblieben war, die Hecker seitdem mit Nichtachtung strafte. Es war und blieb ein Kindergarten, und Keitel war jetzt doch froh, seine Bemerkung über die Vorteile zu klein gewählter Uniformen heruntergeschluckt zu haben. Man durfte sich mit diesen Leuten nicht zu sehr gemein machen. Vermutlich wäre es auch ziemlich dumm gewesen, sich gerade jetzt mit den Ordnungsbehörden anzulegen.

Dengler hatte seinen Platz hinter dem Tisch mit der Glaskugel wieder eingenommen. Er schenkte sich ein Glas Wasser ein und trank es gedankenverloren in kleinen Schlucken bis zur Neige, als würde er einen Schluckauf bekämpfen. Als sich ihm aber Laetitia Weidenfeld, das Seelchen mit der Lizenz zum Trösten, näherte, hob Dengler freundlich abwehrend die Hand und stand schnell auf. »Liebe Kolleginnen und Kollegen«, er machte eine Pause, um neue Kraft zu sammeln, »soeben wurde mir mitgeteilt, dass unser Kollege Werner Schmickler nicht mehr unter uns weilt. Die genauen

Umstände sind noch unklar, die Polizei wird uns auf dem Laufenden halten. Sie werden verstehen, dass mir der Sinn im Augenblick wenig nach einer Fortsetzung des Wettbewerbs steht.«

Was hieß denn hier Fortsetzung, fragte sich Keitel, er war noch nicht mal losgegangen. Dengler würde doch jetzt wohl nicht … bloß wegen Schmickler?

»Es fällt mir also nicht leicht ...«

Nein, nein, nein! Das wirst du nicht tun, das wirst du nicht tun.

»... wenn ich jetzt erkläre, unser Treffen nicht abzubrechen.«

Ja! Keitel jubelte innerlich. Dengler hatte also doch Eier in der Hose, wenn es drauf ankam.

»Es wäre ganz in Werners Sinn gewesen, der, obwohl ja nur eingeheiratet, sein Engagement für den *Kurbad-Kompass* immer als Frage der Familienehre betrachtet hatte. Wir wollten an diesem Wochenende die Weichen für die Zukunft stellen, und wir werden dies von nun an im Angedenken an Werner Schmickler tun.«

Keitel sprang auf und begann heftig zu applaudieren. Ein paar folgten zögerlich: Hecker, Kinzig, sogar der verklemmte Weinrich und das Seelchen Weidenfeld schlugen die Patschhändchen zusammen.

Jetzt waren sie nur noch zu acht. Das war ein Fortschritt, selbst wenn Schmickler ohnehin ein talentloser Kretin gewesen war.

Dengler musste sich erkennbar einen Ruck geben, ehe er wieder in die Glaskugel griff und die letzten zwei Paarungen ausloste. Am Samstagmorgen würden sich demnach die beiden mittelalten Grazien des *Kompass* die Ehre geben: Anna Wallner und Laetitia Weidenfeld. Das hieß – Keitel formte jetzt innerlich vor Freude die Becker-Faust – es hieß also, dass er in der letzten Abteilung am Samstagnachmittag lesen würde, ein unglaublicher Vorteil. Und es wurde geradezu perfekt, als Jens Jensen, der tödliche Schweiger aus dem ostfriesischen Rheiderland, auf Platz Sieben gezogen wurde. Welche der beiden letzten Kapseln auch immer Dengler jetzt aus dem Goldfischglas zog, es würde Keitel sein, der als Letzter lesen würde. Denn der Träger des Namens auf dem Zettel in der anderen Kapsel war seit dieser Nacht so tot wie ein Stück Beefsteak.

Keitel würde sein Bestes geben, er würde den glorreichen Höhepunkt dieser Leserunde setzen, der die zuvor gelesenen Geschichten heller überstrahlen würde, als ein goldener Elvis-Anzug in der Sonne glänzen konnte. Ja, das war eine sehr gute Formulierung, ein absolut treffender Vergleich, Keitel ließ seine Handgelenke knacken, Keitel war in Höchstform, er würde sich das später in der Pause sofort notieren, das würde er bestimmt noch mal in einem Text verwenden können.

»Gut, nachdem die Reihenfolge nun feststeht, sollten wir keine Zeit verlieren und mit dem Vorlesen beginnen. Vielleicht wird uns das ein wenig ablenken«, erklärte Dengler mit leiser Trauer in der Stimme. Ich bitte also nach vorne«, er überprüfte seine Liste, »unseren lieben Kollegen Hubert Waterhuus.«

Man kannte Waterhuus eigentlich nur mit Tweedjackett. Diese Vorliebe teilte er mit Dengler, auch wenn Waterhuus, ziemlich genau zehn Jahre jünger als der Chefredakteur, es in aller Regel mit einem Paar Blue-Jeans kombinierte. Für den August war ihm das Jackett allerdings offenbar zu warm gewesen, und er trug nur ein weißes Two-Ply-Hemd mit Umschlagmanschetten.

Waterhuus war ein sympathischer Kerl, und vielleicht war das der Grund, warum Keitel ihn nicht mochte. Entspannt, empathisch, wertkonservativ, humorvoll. Alles, was Keitel selbst hätte sein können, wenn er nicht von den negativen Zügen eines Charakters beherrscht worden wäre, den ihm sein Vater als Erblast mit auf den Weg gegeben hatte.

Waterhuus trat an das Vorlesepult, schüttete sich ein Glas Wasser ein, trank einen Schluck, und schaute mit einem freundlich-ironischen Lächeln in die Runde. So unaufgeregt würde er morgen auch herüberkommen, nahm sich Keitel vor.

»Liebe Kolleginnen und Kollegen, ich möchte Sie mit meiner kleinen Erzählung in das Bad Pyrmont der vergangenen Jahrtausendwende entführen.« – Dass er »Erzählung« und nicht »Kurzkrimi« sagte, weckte in Keitel einen feinen Nervositätsstrom. Dieser superentspannte Waterhuus war erklärtermaßen ein Literaturkenner, der wusste, was einen Klassiker ausmachte. Vor dem würde er sich in Acht nehmen müssen.

»Nun fangen Sie schon an«, rief Keitel, aber es gelang ihm nicht, Waterhuus aus dem Konzept zu bringen.

»Es geht um einen jener Menschen, die fern der Heimat Tag für Tag auf den kleinen und großen Bühnen der Kurbäder stehen, und doch weiß kaum jemand etwas von ihnen und ihren kleinen und großen Tragödien. Meine Geschichte heißt: ...«

Gelatine. Eine Kuranwendung

Der Himmel lag schwer über den Dächern Bad Pyrmonts. Seit einer Woche hatte sich die Wolkendecke keinen Millimeter fortbewegt. Es sah aus, als begänne es jede Sekunde zu regnen. Aber es regnete nicht. Die Nervosität wuchs. Immer wieder gruben die Kurgäste ihre Knirpse aus den Handtaschen, ließen Stockschirme aufschnappen, hasteten unter Palmendächer, weil gerade irgendwer im Park einen Tropfen auf der Stirn gespürt zu haben meinte.

Regen hätte alles verändert. Regen hätte die Last von der Stadt genommen und die Menschen aus dem Wartestand gerissen. Gewiss wäre sogleich ein böiger Wind aufgekommen, hätte heftig an den Schirmen gezerrt, sie fortgerissen, und man wäre ganz durchnässt ins Hotel zurückgelaufen, so gut es eben ging, mit Schmerzen in den Hüftgelenken, einer Erkältung im Anzug. Aber all das wäre immer noch besser gewesen als die blauschwarzgraue Trübnis, die die Verbrechen der Nachkriegsarchitekten noch ein wenig verbrecherischer wirken ließ.

Ohne hinzusehen, fischte Laszlo mit seinen virtuosen Fingern nach einem Fruchtsaftbären mit natürlichem Vitamin C. Die Gummitiere waren der einzige Luxus, den er sich leistete. Jeden Tag eine Tüte für 4,50 Mark. Ein Kurgast hatte ihn einmal auf der Allee angesprochen, sein exquisites Repertoire gelobt und ihm einen Fruchtsaftbären aufgedrängt. Seitdem verzichtete Laszlo auf die Flasche Cola, die er seit seiner Ankunft 1985 aus einem nicht näher erklärbaren Pflichtgefühl seiner neuen Heimat gegenüber täglich getrunken hatte, und ersetzte sie durch Bärengelatine. Der Ekel, der ihn dabei erfasste, hatte sich inzwischen tief in seine Gesichtszüge eingegraben. Denn Laszlo hatte Süßigkeiten schon als Kind gehasst und nur seinen Onkeln und Tanten zuliebe in sich hineingestopft. Nun waren die Kurgäste seine Onkel und Tanten.

Laszlos feingliedrige Finger ertasteten drei Bären. Sanddorn, Zitrone, Kirsche. Er hatte irgendwann nach der zweihundertsten Tüte bemerkt, dass die Bären, drückte man sie, je nach Sorte unterschiedlich stark nachgaben. Unvorsichtigerweise hatte er bei einer Probe davon erzählt und war im selben Moment zum Gespött des Orchesters geworden. Er, der Orchesterleiter.

Der Kontrabassist bot ihm bis ins Falsett lachend eine Wette an. Um seine Autorität zu wahren, bestimmte er mit verbundenen Augen die Bären einer ganzen Tüte. Fehlerquote: Null. Er gewann hundert Mark, doch er verlor die Würde seines Amtes. Sobald das Kurorchester im Frühling auf fünfzehn Mitglieder aufgestockt wurde, gaben die Festangestellten nicht eher Ruhe, bis er den aus Russland, Rumänien und Bulgarien angereisten Saisonmusikern sein besonderes Talent vorgeführt hatte.

Jahr für Jahr wiederholte sich von nun an diese Schmach. Und wenn er sich über die Nachlässigkeit seiner Mitmusiker erregte, wieder zu spät gekommen, Turnschuhe zum schwarzen Anzug, morgendlich zitternde Finger nach einer Nacht im *Mon Cheri Club*, zückte nun garantiert jemand eine Tüte und bot ihm zur Beruhigung Fruchtsaftbären an. Es war nicht einmal als Affront gemeint. Nein, sie glaubten wirklich, er würde sich auf diese Weise schneller beruhigen. Ein Dirigent und Erster Violinist, von dem man annahm, er ließe sich mit Süßigkeiten besänftigen, war keiner mehr.

Noch drei Bären. Wenn die Tüte leer sein würde, wenn er sie glatt gestrichen und auf den Stapel des Jahres 1999 gelegt haben würde, dann wäre es soweit. Laszlo würde aufstehen und hinausgehen, um *die Angelegenheit* zu erledigen.

Er hatte schon oft vorgehabt, *die Angelegenheit* zu erledigen. Eigentlich jeden Tag, wenn er mit langen Zähnen dasaß und die Gummitiere zermalmte. Aber er wusste, dass die Zeit noch nicht gekommen war. Dann musste er wenigstens über *die Angelegenheit* reden. Mit ihr. Wenn sie gute Laune hatte, nannte sie ihn Idiot. Er verzieh ihr das, denn sie konnte nicht wissen, was ihn noch hinderte.

Anfangs hatte sie ihn noch erschreckt angesehen, mit der Polizei gedroht, geweint, gefleht, ihm einmal sogar angeboten, mit ihr zu schlafen, wenn er dann nur Ruhe gäbe. Was er selbstverständlich ausgeschlagen hatte. Fürchten sollte sie ihn durchaus, doch schlafen sollte sie mit ihm nur, weil sie ihn begehrte. Aber sie begehrte den anderen.

Wenn man das, was man begehrt, ständig empfängt, kann man dann überhaupt noch von Begehren sprechen? Laszlo begehrte sie, mit jeder Pore seiner einstmals stattlichen, nun nach Jahren des Süßigkeitenverzehrs arg gedrungenen Statur.

Es hatte lange gedauert. Vor vier Jahren begriff er endlich, was sich buchstäblich hinter seinem Rücken getan hatte. Während er vorne am Mikrofon stand und in routinierter Raffinesse k.u.k.-monarchistische Eleganz und postsozialistische Ironie zu Conferencen verband, begann sie, am Flügel sitzend, wortlos mit Pattloch zu flirten.

Mit Pattloch! Dem deutschen Klotz am Kontrabass! Mit Wurstfingern, die jede Aufnahmeprüfung für ein Z-Orchester zur Katastrophe werden ließen! Verdammt seien alle Eltern, die ein Kind solchermaßen in die Irre gehen lassen.

Laszlos Herz hätte eigentlich eine Hornhaut bekommen müssen in der endlosen Vorstellung, wie diese Wurstfinger Gabrieles Körper bespielten. Aber es war so sehr von Liebe durchpulst, dass sie ihm ständig neue Wunden riss. Gabriele begann, über Nacht fortzubleiben. Eine Folter, die nur noch zu steigern war, indem sie die Wohnung über dem Palmenhaus ganz verließ, um in Pattlochs Dachmansarde über dem *Kurtreff bei Hilla* einzuziehen. Von da an konnte sich Laszlo nur noch zu den drei täglichen Konzerten sowie dienstags zur Probe um acht für eine kleine Stunde sicher sein, dass sich Gabriele gerade einmal nicht von Pattlochs voluminösem Körper erdrücken ließ.

Hatte er bis dahin die leeren Fruchtsaftbärentüten achtlos in den Mülleimer geworfen, begann Laszlo sie nun zu sammeln; ohne jede Idee, warum er dies tat. Er fand es selbst beunruhigend, doch eine weit verbreitete, auch bei ihm anzutreffende psychoanalytische Viertelbildung ließ ihn annehmen, er wollte die durch Gabrieles Fortgang entstandene Leere irgendwie füllen.

Ein Jahr verging. Pattloch scheute sich nicht, mit dem Kontrabass zum Flügel hin Bewegungen auszuführen, die das geübte Musikerauge als unbedingt obszön erkennen musste. Laszlo mühte sich vergeblich, während der Konzerte niemals nach hinten zu blicken. Der Tütenberg in seiner Wohnung wuchs.

Winter kam, die Taxis fuhren leer durch Bad Pyrmont, im Kurtheater saßen weniger Zuhörer, als Musiker auf der Bühne standen, und in der Wandelhalle wurde das Wasser schal. Laszlo saß zu Hause und überlegte zum ersten Mal seit '89, nach Ungarn zurückzukehren. Etwas Besseres als den Tod finden wir allemal, probierte er seine Stimme aus, die rau klang, und griff nach der Tüte Fruchtsaftbären. Sie war leer.

Er legte sie nicht zu den anderen Tüten, suchte einen freien Platz auf dem Wohnzimmerteppich, hier begann der Stapel des Jahres 1996. Wäre Pattloch doch nur aus Gelatine! Er würde ihn mit seinen Schneidezähnen vierteilen, mit den Backenzähnen zermahlen und Gabriele den ganzen Brei zu Füßen speien. Dann würde alles wieder wie früher sein können.

Die bekannte Verzweiflung war im Begriff, Laszlo zu überwältigen. Da erreichten seine Worte auch die entfernteren Hirnregionen, und Laszlo spürte, wie ihn jene eigentümliche Kraft erfasste, die ihn elf Jahre zuvor in den Westen katapultiert hatte. Er ging zum Regal und zog den Band *Gart-Grie* seines Lexikons hervor: *Gelatine (lat.: gelare = erstarren, steif) wird aus Kollagen produziert, das u. a. aus Knochen, Knorpel, Sehnen und Haut von Nutztieren gewonnen wird. Nach einem aufwendigen Produktionsverfahren (Säuberung, Extraktion und Erhitzung) bleibt ein gelbliches Pulver zurück, das vielfältige Einsatzgebiete findet.*

War Pattloch nicht eine Art Nutztier? Ein Rhythmuskuli? Laszlo sah wieder diesen schrecklichen Film ablaufen. Einmal hatte er gegenüber vom *Kurtreff bei Hilla* auf dem Dach des Sanatoriums gestanden und im schamlos offenen Mansardenfenster den nackten Pattloch über etwas gebeugt entdeckt, das der Grazie der Bewegungen nach nur Gabriele sein konnte. Ja, Pattloch war ein Tier, Pattloch musste Gelatine werden!

Laszlo nahm sich zur Freude des Kurdirektors ein paar Tage unbezahlten Urlaub und besuchte einen alten Schulfreund, der früher an der Fachhochschule für Nahrungsmitteltechnologie in Szeged und nun seit ein paar Jahren an der Göttinger Universität als Chemiker forschte. Er wolle eine Firma für exklusiven Gelatineleim gründen, erzählte Laszlo. Es sei der beste Klebstoff für historische Streichinstrumente, heute kaum mehr zu bekommen. Aber bevor er investiere, müsse er, um am Ende nicht übers Ohr gehauen zu werden, genau wissen, wie Gelatine herzustellen sei.

Als Laszlo zurückkam, war er ein Gelatine-Experte, der alle Tricks zur Beschleunigung des Produktionsvorgangs kannte. Jetzt galt es, herbeizuschaffen, was er benötigte. Laszlo ging in kein Geschäft. Er sammelte die übrig gebliebenen Zuckerwürfel auf den Caféhaustischen und ließ sich hausgemachten Fruchtsirup von der Tante aus Szeged schicken. Die Laborausrüstung stahl er sich nach und nach in den Kliniken zusammen. Dann begann er in einfache Holzbretter Pattlochbärenformen zu schnitzen. Es waren hunderte von Gussformen. Pattloch sollte mit einem Mal verarbeitet werden.

Immer wieder stellte er sich den großen Tag vor. Der Gärtner würde anklopfen, ihm mitteilen, zur Geburtstagsfeier seiner Mutter reisen zu müssen, und ihn bitten, ab und zu einen Blick auf die Befeuchtungsanlage im Palmenhaus zu werfen. Dann wäre Laszlo ganz allein im Haus. Er würde Pattloch herlocken, ihn zersägen und in die großen bottichartigen Pflanzenkübel werfen. Und wenn die Chemie ihr Werk getan hätte und die Pattlochgelatine mit Zucker und Sirup aufgekocht wäre, würde Laszlo die Pattlochmasse in die Pattlochformen gießen und die erkalteten Pattlochbären in die ehemaligen Fruchtsaftbärentüten füllen, die nun zu Pattlochbärentüten würden.

Es musste nur ein Tag sein, von dem an Pattloch ein paar Tage lang nicht vermisst würde. Wenn sich Pattloch in der kleinen Wohnung über dem Palmenhaus erst einmal in Tüten stapelte, wäre Laszlo aus dem Schneider. Gabriele würde zurückkehren. Und Laszlo würde nur für sie eine Tüte öffnen und ihr die bunten, herauskollernden Pattlochbären anbieten.

Es war 18.35 Uhr. Laszlo zog, den letzten Fruchtsaftbären seines Lebens zerkauend, den Frack an, schloss sorgfältig die Wohnungstür hinter sich ab, schaute noch einmal kurz nach der Befeuchtungsanlage und ging, den Schirm in der einen, den Violinkasten in der anderen Hand, durch den Park zum Kurtheater.

Wie jeden Mittwoch und Samstag standen die *Beliebten Operettenmelodien* auf dem Programm. Danach würde er dem Orchester einen guten Abend wünschen und zügig das Theater verlassen. Er wusste, dass Gabriele ihren heiligen Bridgeabend im Kaiserhof haben würde. Pattloch, der im Orchester nicht zu den Beliebtesten zählte, müsste also alleine nach Hause gehen. Er würde die Koffer packen wollen, denn am nächsten Tag plante er, für eine Woche nach Fehmarn zu reisen. Der von Laszlo bestellte Ersatzmusiker war noch nicht eingetroffen. Das war gut so, denn es war geplant.

Am Hylligen Born würde Laszlo Pattloch abpassen und ihm vorwerfen, seinen Urlaubsantrag nicht unterschrieben zu haben, sodass Laszlo ihn nicht fristgerecht bei der Kurverwaltung hätte einreichen können. Nach einigem Hin und Her und gegenseitigen Vorwürfen würde sich Laszlo dazu herablassen, *die Angelegenheit* auf sich zu nehmen und Pattloch in seine Wohnung mitzunehmen, um den Antrag noch schnell zu unterzeichnen.

Laszlo dachte an die vielen Wunden, die er sich beim Schnitzen der Gussformen zugezogen hatte und die ihn im privaten Geigenspiel zu Hause behindert hatten. Das alles war Geschichte. Er gähnte. Er hätte sich lieber etwas schlafen legen sollen, es würde eine lange Nacht werden.

Als er das Kurtheater gerade betreten hatte, begann es plötzlich in biblischem Ausmaß zu schütten.

Glück gehabt, dachte Laszlo.

Waterhuus schaute ein paar Sekunden schweigend auf sein Manuskript und nickte dann. »Vielen Dank.«

Weidenfeld und Wallner begannen zu applaudieren, die anderen stimmten zögerlich ein.

Das ging doch jetzt zu weit, oder? Dass man die Konkurrenten noch beklatschen sollte. Selbst, wenn es eine ganz ordentliche Story gewesen war, die Waterhuus da vorgetragen hatte.

»Ja, wie?«, krähte Hecker, der ebenfalls nicht applaudiert hatte, »bringt der Typ den Fettsack jetzt um oder nicht?«

»Selbstdenken macht fit, Hecker!«, fuhr Keitel ihn instinktiv an. Das hätte gerade noch gefehlt, dass dieser Schnösel Charaktere vom Kaliber eines Waterhuus blöd von der Seite anquatschte. Andererseits, vielleicht hätte Keitel besser die Klappe gehalten. Sollten sie sich doch untereinander zerfleischen.

»Bitte«, schaltete sich Dengler jetzt ein, »wir wollen doch die Umgangsformen unseres Hauses nicht vergessen, Herr Keitel. Wie angekündigt, werden wir außerdem erst nach der zweiten Lesung über die Texte sprechen. Wir machen jetzt eine Pause von zehn Minuten, ehe Herr Hecker an der Reihe ist.«

Bloß, weil Hecker gestänkert hatte, kassierte Keitel jetzt einen Rüffel des Chefredakteurs? Der smarte Herr Hecker, der sollte mal schön aufpassen. Sonst würde Keitel sich ihn noch mal ganz anders vorknöpfen.

4. Kapitel

So lange er im Auto gesessen hatte, war alles gut gewesen. Monk hatte das Jackett sorgfältig auf dem Rücksitz platziert und zum ersten Mal, seit er an diesem Tag den Anzug trug, hatte ihn niemand angestarrt. Bis er das Studio des Hessischen Rundfunks in Frankfurt erreicht und das Jackett auf dem Parkplatz wieder angezogen hatte, damit das Spießrutenlaufen aufs Neue beginnen konnte.

Und jetzt stand die Moderatorin der Nachmittagssendung vor ihm und setzte dem Ganzen das i-Tüpfelchen auf. »Das ist also der berühmte 10.000-Euro-Anzug. Wirklich beeindruckend«, versuchte sie ihrem Gast etwas Respekt zu erweisen, aber Monk hätte kein Polizist sein müssen, um zu erkennen, dass sie nur mühsam Haltung bewahren konnte. Umso intensiver beeilte sie sich, seinen Auftritt mit ihm durchzusprechen, und sich in die Maske zu verabschieden. Kaum fiel die Tür hinter ihr ins Schloss, hörte Monk sie draußen auf dem Flur vor Lachen bersten. Es klang schlimm, Jenny van Doorens Lachanfall war ästhetisch und herzlich dagegen gewesen.

Monk kochte. Die hatten doch gewollt, dass er das Scheißding anzog! Er hatte nur höflich sein wollen, nachdem er sich zuvor schon eisern geweigert hatte, während der Sendung zur Gitarre zu greifen und *Love me tender* zu spielen. Solchen Leuten fiel ja nie etwas Besseres ein als *Love me tender*, wenn sie an Elvis dachten. Und das sagte, verdammt noch mal, einzig und alleine etwas über *sie* aus und nichts über Elvis. Na ja, fast nichts.

Monk hatte größte Lust, sich das alberne Papierlätzchen, mit dem sein Hemdkragen bis zum Auftritt vor der Schminke geschützt bleiben sollte, vom Hals zu reißen und zurück nach Hause zu fahren. Aber das hätte nicht nur dem Bad Nauheimer und Friedberger Elvis-Presley-Verein geschadet, sondern ihm auch eine Menge Ärger mit dem Polizeipräsidenten eingebracht.

Als die Anfrage vom Hessischen Rundfunk für die Sendung gekommen war, hatte Monk sie gegen den Rat seines Kripoleiters auf dem Dienstweg an den Präsidenten weitergeleitet, in der starken Hoffnung, dass ihm eine Teilnahme höchstamtlich untersagt würde. Den Auftritt eines Elvis imitierenden Hauptkommissars konnte der doch nur als Gefahr für das öffentliche Ansehen der Polizei bewerten. Doch der Präsident ließ Monk seine herzliche Gratulation ausrichten und bat ihn darum, an allen diesbezüglichen Aktivitäten mitzuwirken, um die tiefe Verbundenheit der Sicherheitsbehörden mit der Bevölkerung sichtbar zu dokumentieren.

»Siehste«, hatte Monks Chef Krüger nicht ohne Mitleid, aber doch mit einem Grinsen im Gesicht gesagt, »aber meine Unterschrift reichte dir ja nicht. Du bist einfach zu hierarchiegläubig.«

Monk hatte ihn nur düster angestarrt.

»Komm, Monk, das musst du mir mal gönnen, dass ich das wenigstens ein Mal von dir behaupten darf.«

Jemand führte Monk jetzt ins Studio und verkabelte ihn mit einem Kopfmikrofon.

Die Sendung sollte ganz im Zeichen des *European Elvis Festivals* stehen. Der Vorsitzende des Elvis-Vereins würde der Hauptgast sein, dazu kämen Gespräche mit dem Leiter des Nauheimer Stadtmarketings, mit einem Barmixer aus Bruchköbel, der unter dem Motto »Aloha from Hawaii« exotische Cocktails vorstellen würde, und eben mit Viktor A. Monk, dem singenden Hauptkommissar.

Zwanzig Minuten nach Beginn der Aufzeichnung erhielt Monk das Zeichen, sich auf das graue Sofa in der Studiodekoration zu setzen. Zuvor hatte der Vereinsvorsitzende im Interview Anekdoten über Elvis' Zeit als G.I. in Deutschland zum Besten gegeben und für das viertägige Festival geworben, und jetzt wurde ein Film eingespielt, in dem Elvis zum millionsten Mal mit geschultertem Seesack die Gangway des Truppentransporters *General Randall* herunterswingte und Bremerhavener Erde betrat.

Monk nahm Platz, die Moderatorin, die noch mit dem Vorsitzenden an einem Tisch stand, las ihre Überleitung vom Teleprompter ab: »Und heute Abend ehren Sie einen ganz besonderen Künstler beim Festival. Jemanden, der in Bad Nauheim eigentlich nicht ganz unbekannt sein dürfte, und trotzdem hat bis vor Kurzem niemand gewusst, welches Talent in ihm schlummert.« Während der Vorsitzende stolz nickte, ging sie jetzt in die Ecke mit der Sitzgruppe. »Und der ist natürlich heute auch bei uns zu Gast: Hauptkommissar Viktor A. Monk von der Kriminalpolizei Friedberg, der deutsche Überraschungssieger des *National Elvis Song Contest* in Liverpool.« Sie schaute ihn jetzt mit einer Begeisterung an, als wäre er Elvis höchstselbst. Heuchlerin!

»Herr Monk, erzählen Sie mal. Wie ist das gewesen? Niemand hat Sie je vorher auf einer Bühne gesehen. Und dann fliegen Sie nach Liverpool, um mal eben diesen Wettbewerb zu gewinnen, bei dem einige der erfolgreichsten Elvis-Imitatoren Großbritanniens auftraten?«

»Na ja, ich bin eigentlich gar nicht wegen des Wettbewerbs dahin.« Monk wurde unwohl.

»Und warum dann?«

»Na, ich war natürlich wegen der Beatles in Liverpool, ich bin ein riesiger Beatles-Fan.«

»Das müssen Sie uns erklären.« Das übergeschlagene Bein der Moderatorin begann leise zu wippen.

»Den Zusammenhang zwischen den Beatles und Liverpool?«, fragte Monk verwirrt, »oder warum ich Beatles-Fan bin?«

Jetzt begann ihr Bein unrund zu schwingen. »Wie Sie zum Wettbewerb kamen.«

»Es gab da eine Ausstellung. *Elvis und die Beatles*. Und in der Ausstellung konnte man an einem Karaokestand Elvis-Songs singen. Da habe ich halt aus Spaß mal ein paar Lieder gesungen.«

»Aber das war doch nicht der große Wettbewerb, oder?«, sie schaute ihn immer verwirrter an.

Schlecht vorbereitet, dachte Monk. »Nein. Aber die Contest-Organisatoren hatten als Werbeaktion eine Wild Card für den besten Karaoke-Sänger in der Ausstellung spendiert. Ich war so ziemlich einer der Letzten, die da sangen. Ohne von all dem etwas zu wissen. Während ich durch die Ausstellung ging, traf sich die Jury. Ich war schon fast am Ausgang, da riefen sie mich über die Lautsprecheranlage des Museums aus. Und dann war der Gewinn eben die Teilnahme an dem großen Contest.«

»Und Sie sind wirklich nie zuvor öffentlich aufgetreten?«

Monk schüttelte den Kopf. Der Moderatorin traten kleine Schweißperlen auf die Stirn, sie sah ihn fragend an, fragte aber nichts – und Monk schwieg.

»Aber Sie haben zu Hause geübt?«, fiel ihr endlich ein.

»Ach, geübt kann man kaum sagen. Ich habe schon als Kind mitgesungen, wenn ich Elvis-Platten gehört habe. Da lernt man halt die Texte und Melodien.«

»Ja, Wahnsinn, und damit haben Sie die führende Garde der englischen Elvis-Imitatoren ausgeschaltet. Sie sind anscheinend ein echtes Naturtalent.«

Monk zuckte mit den Schultern.

Die Moderatorin gab sich einen Ruck und drehte sich zu einer anderen Kamera. »Und was für ein Talent da neben mir sitzt, liebe Hessen, das wollen wir Ihnen jetzt einmal zeigen. Die Organisation des *National Elvis Song Contest Liverpool* hat uns freundlicherweise einen kleinen Ausschnitt des Konzertes von Viktor A. Monk zur Verfügung gestellt.«

Der Film wurde eingespielt, und die Moderatorin sank erschöpft in die Sofakissen. Eine Maskenbildnerin kam, um ihr den Schweiß von der Stirn zu tupfen und sie nachzuschminken. Als sie wiederhergestellt war, richtete sie sich auf und sah Monk mit einem erzwungenen Lächeln an. »Entspannen Sie sich, Herr Monk. Vergessen Sie das Studio und die Kameras. Stellen Sie sich einfach vor, wir beide wären hier ganz alleine. Erzählen Sie mir ein bisschen mehr. Mehr als einen Satz pro Frage.«

Monk nickte freundlich, obwohl ihn die Vorstellung, mit der Moderatorin ganz alleine zu sein, eher hemmte. »Danke, ich bin eigentlich ganz entspannt. Es ist nur, ich rede eben nicht so viel.«

»Tun Sie's ausnahmsweise. Für mich, ja?« Sie versuchte vergeblich, die Verzweiflung aus ihrer Miene zu vertreiben und ein verführerisches Lächeln aufzusetzen.

Auf den Monitoren vor ihnen war Monk zu sehen, wie er in einem schwarzen Anzug und mit Gitarre auf einem Barhocker sitzend vollkommen hingegeben an die Musik und mit beinah jugendlicher Unbeschwertheit sang.

»Gebt mir mal einen Ton, ja?«, bat sie die Technik und Monks Version von *That's allright* hallte durch das Studio. »Herr Monk, das müssen Sie doch geprobt haben.«

»Was soll ich sagen. Es war einfach in mir drin, verstehen Sie.«

»Nicht wirklich«, sagte sie, an seiner Ehrlichkeit zweifelnd, während jetzt der Film langsam ausgeblendet wurde. »Wahnsinn«, sprach sie in die Kamera. »Und das Tollste ist ja, wenn ich das so sehe, dass Sie auf diese ganzen Elvis-Kostümgeschichten und Bühnenshowelemente verzichtet haben.«

»Das kann man so nicht sagen«, widersprach Monk. Er hatte jetzt beinahe Mitleid mit ihr und zwang sich zu ein paar Sätzen mehr. »Der Elvis, der mir am nächsten ist, ist der des großen 68er Comeback-Fernsehauftritts. Da war er streckenweise auch ganz zurückgenommen, auch in Schwarz gekleidet, allerdings in Leder, aber das passt nicht so zu mir.«

»Dafür hatten Sie diesen schicken schwarzen Show-Anzug. Wenn alles Zufall war, konnten Sie den ja nicht im Gepäck gehabt haben, oder vielleicht doch?«, sie zwinkerte ihm übertrieben zu.

»Den habe ich in Liverpool gekauft, als mir klar wurde, wo ich da hineingeraten war«, antwortete Monk ernst.

»Da hatten Sie dann also doch ein bisschen Blut geleckt?«

Monk schwieg kurz, die Augen der Moderatorin weiteten sich mit jeder Zehntelsekunde mehr, aber in dem Moment, als sie den Mund öffnete, räusperte sich Monk und antwortete: »Es war eher eine Herausforderung. Ich dachte plötzlich, dass es an der Zeit sei, mich dem zu stellen.« Monk musste lächeln, das Gefühl war noch stark in ihm.

Über das Gesicht der Moderatorin huschten nach seinen kryptischen Andeutungen wieder Blitze der Irritation. Ein Assistent hielt ihr schnell eine Pappe entgegen, auf der in großen Buchstaben drei Wörter in drei Zeilen standen: *Goldanzug, World Contest, Aloha!!!*

Aber die Moderatorin trotzte der Regieanweisung und schämte sich nicht, für eine Handvoll Würmer mehr einen Reinhold-Beckmann-Seelenausbeutersatz anzuwenden. »Als dann plötzlich bei der Siegerehrung Ihr Name genannt wurde, das muss doch ganz tief reingegangen sein. Beschreiben Sie doch mal, wie dieser Moment war ...«

»Hm, es war – befremdlich.« Monk rutschte tatsächlich weiter zurück in die Situation. »Das rollte alles so über mich hinweg. Ich hatte das Gefühl, Elvis endlich ein wenig besser zu verstehen. Nach all den Jahrzehnten, wo er mir so fremd geblieben war! Ich hatte da oben nur für mich gesungen und plötzlich war es ein öffentliches Ereignis, das nicht mehr zu stoppen war.« Monk unterbrach sich, als er in der Mimik der Moderatorin einen Hauch von Triumph aufscheinen sah, gepaart mit dem tumben Ausdruck des Nichtverstehens. Und er wusste plötzlich, dass es absolut unsinnig war, in einer Fernsehsendung von echten Gefühlen zu sprechen, von Gefühlen, die er selbst noch gar nicht richtig verstehen konnte. Und er beschloss, die Sache jetzt einfach selbst zu beenden, indem er die Bitte der Moderatorin übererfüllte und mehr Wörter aneinanderreihte, als ihr lieb sein würde: »Tja, und dann habe ich hier eben diesen goldenen Anzug gewonnen, ja, das wollen Sie sicher wissen: Es sind echte Goldfäden, der Anzug hat den irrsinnigen Wert von zehntausend Euro und ist eine exakte Kopie des Zehntausend-Dollar-Anzugs, den der berühmte ukrainischstämmige Hollywood-Schneider Nudie Cohn 1959 für Elvis entworfen hat und den Elvis auf dem Cover der LP *50,000,000 Elvis Fans Can't Be Wrong* trägt.«

Die Moderatorin saß paralysiert da wie nach einem Beinahe-K.-O.-Schlag und bemühte sich, eine Frage zu bilden, aber Monk hatte nur einen schnellen Atemzug genommen und fuhr schon wieder fort. »Na ja, aber das war noch nicht alles. Zu meinem großen Erschrecken ist nämlich mit dem Sieg in Liverpool die Teilnahme am Weltfinalwettbewerb in Memphis im nächsten Jahr verbunden. Aber, wenn Sie mich so fragen, im Augenblick glaube ich gar nicht, dass ich da mitmachen möchte. Da gibt es zum Beispiel ganz furchtbare Fotosessions, wo diese vierundzwanzig Vorausscheidungselvisse alle in weißen Jumpsuits und mit schwarz gefärbten, gleich frisierten Haaren nebeneinanderstehen wie die Klone, und das muss ich mir ja nun wirklich nicht geben. Aber jetzt gerate ich hier ins Plaudern und Sie müssen doch schon längst rüber, um die Aloha-Cocktails zu mixen, nicht wahr? Vielen Dank für die Einladung und das nette Gespräch.« Monk lehnte sich zufrieden zurück ins Sofa und lächelte die Moderatorin an.

»Wir machen dann jetzt mal eine kurze Pause«, fiel die metallene Stimme des Regisseurs aus dem Off auf den Tisch vor ihnen.

Monk stand auf, hielt einem Assistenten seine Hüfte hin, damit er ihn von dem Sender seines Mikros befreite, und reichte der Moderatorin die Hand, »ich muss jetzt leider dringend wieder den Bürger schützen gehen. Ich hoffe, ich habe im zweiten Teil meine Schüchternheit ein wenig überwinden können.«

Nie! Nie! Nie hatte ihm so etwas noch einmal passieren sollen. Das hatte Monk sich schon als Elfjähriger geschworen. Und jetzt war es doch geschehen. Weil er ein einziges Mal – hunderte Kilometer von Zuhause entfernt – seinem Gefühl, seiner Geschichte, seiner Sehnsucht nachgegeben hatte. Und prompt steckte er in diesem Räderwerk, das gnadenlos angelaufen war und ihn von nun an immer tiefer in die Maschinerie hineinziehen würde. Das eben war ja nur der spielerische Anfang gewesen. Es würde nicht lange dauern, bis die harmlose Neugier von bösartiger Sensationslust und Enthüllungswut abgelöst würde, das war so sicher wie das Amen in der

Kirche. Vielleicht würde es schon heute Abend so weit sein. Alle Nerven in Monk waren auf Flucht programmiert, aber er wusste, unterzutauchen würde nichts ändern.

Er fuhr zu unkonzentriert, zu schnell, zu aggressiv, und es war ihm egal, dass seine alte Reisschüssel weder ABS noch ESP noch sonst einen modischen Schnickschnack unter der Haube hatte, der einem das Leben retten konnte. Monk wollte nur noch nach Hause, diesen Anzug loswerden, vernünftige Klamotten anziehen und irgendeine Strategie zur Schadensbegrenzung für seinen Auftritt am Abend entwickeln. Ein paar geistreiche Sätze, die den Spöttern ebenso souverän ironisch wie unbeholfen charmant den Wind aus den Segeln nehmen würden. Er schlug mit einer Hand im Takt der Musik auf das Lenkrad, bis er realisierte, dass das Radio aus war und es der Takt des Beatles-Songs *I want to tell you* war, den er im Augenblick als Klingelton auf seinem Handy hatte.

Er bremste viel zu scharf und zog auf die rechte Spur rüber, erntete ein panisches Hupkonzert der nachfolgenden Autos und fischte hinter sich greifend nach dem Handy in seiner Jacketttasche. Der Anrufer hatte schon aufgegeben, als Monk es endlich in der Hand hielt. Ein verpasster Anruf – Gießener Vorwahl, das Institut für Rechtsmedizin. Monk drückte schnell die Wahltaste.

»Na, schon im Wochenendmodus?«, fragte Doc Phillips, der strebermäßig abgenommen hatte, noch ehe das erste Klingeln verklungen war.

»Anders als Sie kann ich mir keine schicke Freisprechanlage mit passendem Auto drumherum leisten. Sie müssen einfach etwas länger klingeln lassen.«

»Ich kann Ihnen auch Rauchzeichen senden. Für ›Mord‹ wird man sicher nicht so viele Wölkchen brauchen«, sagte Phillips.

»Tatsächlich? Schmickler?«

»Tut mir leid, Ihnen das Wochenende zu versauen, Herr Monk.«

»Ich weiß nicht, ob das noch geht.«

»Na, na, na. Jeder weiß doch, dass jetzt Ihre großen Tage beginnen.«

»Lassen Sie mal gut sein«, antwortete Monk. Gott, jetzt wussten sie sogar schon in Gießen Bescheid. »Hören Sie, Doc, Ich bin gerade von Frankfurt auf dem Weg nach Hause. Ich muss da nur mal kurz reinspringen, dann könnte ich gleich zu Ihnen weiter.«

»Keine Chance, Herr Monk. Ich habe am Wochenende auch was Schönes vor. Also, *it's now or never!*« Phillips gluckste, als hätte er einen tiefen Schluck aus der Formaldehydflasche genommen.

Wenigstens hatte er nicht *Love me tender* zitiert, dachte Monk schicksalsergeben und ließ die Ausfahrt nach Nauheim rechts liegen.

»Am Ende, meinte der Doc, hätte Schmicklers Herz wahrscheinlich auch ohne K.-O.-Tropfen versagt. Alkoholmenge, überlange Liegezeit in der Sole und verkalkte Gefäße wären da eine unheilige Allianz eingegangen. Aber darauf hatte sich der Mörder offenkundig nicht verlassen wollen. Die verabreichte Dosis K.-O.-Tropfen hätte wohl schon bei einem Kerngesunden zu schweren Herzrhythmusstörungen geführt. Einen mehrfachen Herzinfarktler wie Schmickler hätte sie dreimal umgebracht. An den Hand- und Fußgelenken waren kleinere Blutergüsse festzustellen. Phillips vermutet wegen der Unterschiedlichkeit der Druckstellenabstände, dass ihn zwei Leute reingehievt haben. Schmickler wog immerhin gute fünfundneunzig Kilo. Wahrscheinlich ist ihnen Schmickler aus den Händen gerutscht, als er über der Wanne schwebte. Er hat eine heftige Prellung am linken Schulterblatt und eine massive Schwellung am Hinterkopf.« Monk saß im Büro des Kripoleiters Krüger und erstattete Bericht, nachdem er sich zu Hause endlich hatte duschen und umziehen können.

»Wieso hat Phillips überhaupt die K.-O.-Tropfen nachweisen können? Hätten die nicht schon längst abgebaut sein müssen nach all den Stunden?«, fragte Krüger.

»Da hat sich anscheinend jemand mächtig verschätzt. Im Prinzip ist Schmickler denen zu schnell weggestorben. Mit dem Tod stoppte der Stoffwechsel und darum ist der Großteil der Droge noch im Körper geblieben.«

»So ein Scheiß.« Krüger ließ sich in seinen Big-Boss-Sessel zurückfallen und schaute aus dem Fenster. Wahrscheinlich dachte er an seine Segeljolle, die jetzt irgendwo in der Nähe von Vlissingen ungenutzt vor sich hindümpelte.

»Was soll daran schlecht sein?«, fragte Monk verwundert.

»Nichts natürlich. Aber, dass es Mord ist. Wenn der Typ eh so krank war, warum haben die Deppen ihn nicht in Ruhe sterben lassen? Aber heute hat ja keiner mehr Zeit zu warten. Alles muss immer sofort geschehen. Und überhaupt, warum haben sie ihn dann nicht wenigstens in seinem rheinland-pfälzischen Kaff umgebracht?«

»Ja, ja, du hast recht, die Zeiten sind wirklich schlimm.« Monk sah Krüger, mit dem er schon seit dem Kommissarslehrgang befreundet war, ironisch lächelnd an. »Norbert, es hilft nichts. Wir müssen eine MK einrichten. Da draußen im Schlosshotel sitzt ein Haufen Verdächtiger, die müssen wir uns vorknöpfen.«

»Wie stellst du dir das vor, Viktor? Wo soll ich denn die Leute dafür hernehmen?«

Monk konnte Krügers verzweifelten Ausruf gut verstehen. Die apokalyptischen Reiter schienen über die Wetterau gekommen zu sein. Seit Monaten ermittelte eine personell immer weiter anwachsende Sonderkommission ohne größeren Erfolg in einer Mordserie an mittlerweile vier Prostituierten, die allesamt stranguliert worden waren. Und vor fünf Tagen war nun noch der Fall eines vermissten Kindes hinzugekommen. Hundertschaften hatten das Gelände rund um den Weg des Jungen vom Sportplatz nach Hause durchkämmt, ohne eine Spur zu finden. Und dann hatte sich der schlimmste Verdacht bestätigt, als sich ein von der überregionalen Berichterstattung alarmierter Vertreter aus Bamberg meldete, der im Vorbeifahren gesehen hatte, wie ein Mann mit einem Jungen über einen großen Parkplatz ging und mit ihm zu schimpfen schien. Es fiel schwer, sich nicht das Schlimmste auszumalen. Immerhin hatte man jetzt endlich einen Anhaltspunkt, auch wenn die Beschreibung des Mannes viel zu allgemein geblieben war. Aber aus den Anwohner- und Parkerbefragungen kamen immer mehr Puzzlestücke zusammen. Monk hatte die Kommission ab Freitagnachmittag wenigstens stundenweise verstärken sollen, aber der Tote im Solebad war ihm dazwischengekommen. »Fordere mehr Unterstützung an«, sagte er jetzt.

»Mann, ich hab die Direktionen in Gießen und Lahn-Dill quasi schon leergefischt. Wenn ich jetzt noch in Marburg-Biedenkopf betteln gehe, hat mich der irre Beyer bald noch mehr auf dem Kieker.«

»Was soll der Präsident da sagen? Die Wetterau hat einfach gerade ganz üble Scheiße am Schuh. Das kann man nun mal nicht mit dem normalen Personalstamm erledigen.«

»Das ist doch dem egal. Der will mich loswerden. Und du weißt, welcher gute alte Freund von uns in Marburg regiert, wenn er es sich nicht gerade in Beyers Dickdarm gemütlich gemacht hat. Monk, pass auf, ich spür genau, wir stehen in der Sache mit dem Jungen kurz vor dem Durchbruch. Du ziehst den Badewannenfall über das Wochenende alleine durch.«

»Du bist wahnsinnig.«

»Und du bist der Monk! Mann, du machst das! Nimm dir dieses Mädchen von der Schupo zur Unterstützung. Ich kläre das mit ihrem Chef. Und ich verspreche dir: Wenn wir den Jungen bis Montag nicht gefunden haben, lass ich mich mit Beyers Arsch verbinden und hol dir da die Leute aus Marburg raus.«

5. Kapitel

Jetzt war Hecker dran. Die kleine, miese Drecksau. Keitel wusste genau, mit welchen Mitteln es Hecker gelungen war, im Verkäufer-Ranking des *Kurbad-Kompass* an ihm vorbeizuziehen. Dieser Hecker tat ja nur so, als wäre er ein radikaler Linker. Wo immer er sich produzieren konnte, empörte er sich lauthals über die Geldschneider, die Hyperkapitalisten und Hedge-Fonds-Blutsauger. Sicher wollte er damit der kleinen Kinzig imponieren, wie damals Baader der Ensslin. Dabei war er keinen Deut besser als die Heuschrecken. Selbst wenn man bereit war, ihm zu unterstellen, dass Geld für ihn nicht so wichtig wäre. Aber auf die Macht war er scharf, dieser Aufsteigertyp, der alles aus dem Weg räumte, was ihm in die Quere kam.

Heimlich besuchte der sogar Hard- und Happyselling-Seminare, wo Business-Schwätzer und Trainer-Gurus all die armen Schweine mit einer Kündigung im Nacken auf die Ich-bin-ein-Gewinner-Nummer einpeitschten und ihre peinlichen Shows mit Witzen zweiter Klasse garnierten. Ein unangenehm betrunkener Weinrich hatte das Keitel bei einer Weihnachtsfeier jammernd verraten.

Die Heulboje hatte nämlich an solch einem Seminar teilgenommen und Hecker entdeckt. Später hatte Hecker ihn dann ganz kollegial auf viel bessere und natürlich teurere Seminare aufmerksam gemacht und ihn großzügigerweise mitgenommen, was nichts anderes hieß, als dass Hecker durch das Anwerben der Heulboje einen fetten Teilnahmerrabatt einheimste. Weinrich hatte dieser Seminarscheiß noch tiefer ins finanzielle Elend getrieben, und vielleicht war ja sogar seine Ehe daran gescheitert. Das konnte man sich doch gut vorstellen, wie so ein Jammerlappen von Motivationsschwätzern gestählt nach Hause kam und seine paar neu gelernten Sätze an seiner Frau ausprobierte.

Aber Hecker war schlau, das musste Keitel neidvoll anerkennen. Der lernte erkennbar nicht aus dem, was die Gurus da oben sagten, sondern daraus, wie sie ihr Publikum manipulierten. Und mit diesen Methoden keilte er seine Anzeigenkunden, hier ein bisschen einfühlsamer zuhörend, dort unterschwellig Druck ausübend. Klar, das machten sie alle, wenn sie versuchten, von den Hotels, Restaurants und Kur- oder Wellnesseinrichtungen, die sie rezensierten, auch eine Anzeigenschaltung zu ergattern. Aber Hecker war besonders schlimm, oder besser: er musste es einfach sein. Denn Keitel war natürlich nie dabei und er hatte auch keinen Kontakt zu Heckers Kundschaft. Aber anders war es nicht zu erklären, dass dieser Bubi einen mit allen Wassern gewaschenen Senior-Reporter wie Keitel zwei Jahre in Folge beim Umsatz hatte toppen können.

Hecker stellte sich jetzt ans Pult und nahm zu jedem einzelnen von ihnen Blickkontakt auf. Entweder hatte er das von seinen Seminargurus gelernt oder bei diesen Poetry-Slams, bei denen er mit seinen Auftritten ja angeblich eine größere Nummer sein sollte.

»Bevor ich meine Story bringe, will ich meine Credits an Nina geben«, erklärte Hecker. »Wir haben uns ja schon oft über den Jugendwahn der Kurbadmarketings und diesen ganzen Luxus-Chichi aufgeregt. Einige meiner schönsten Sätze in dieser Story verdanken sich Ninas coolem Blick. Darum widme ich meine Story dir, Babe; dir und zum zweiten dem Godfather of Power, Marlon Brando, du bist und bleibst meine unvergessene Number one im Hollywoodhimmel.«

Kleiner machte es Hecker natürlich nicht, Brando würde jetzt sicher ganz aufgeregt sein, dass Hecker ihm seine Story widmete. Der Unvergessene! Das genaue Gegenteil von Hecker! Keitel schwoll mächtig der Kamm, aber er riss sich zusammen und ließ sich nichts anmerken. Noch einen Rüffel von Dengler wollte er nicht riskieren.

»Okay, Leute, meine Story heißt also: ...«

Smells like Teen Spirit

»Es reicht!« Dem Mann im Nadelstreifen-Strellson standen Wut und Panik ins Gesicht geschrieben.

Ehe die Empfangsdame auch nur aufsehen konnte, hatte sich der Chef de Réception schon verbindlich lächelnd an ihrer Seite aufgestellt: »Ich verstehe Ihren Ärger, Herr Mißfelder, er ist ganz der meine ...«

»Tatsächlich? In einer Stunde kommt Porsche Deutschlands CEO. Und ich war es, der ihm empfahl, in Bad Neuenahr zu tagen.«

»Es ist eine schwierige Situation, Herr Mißfelder, die Stadtverwaltung arbeitet mit Hochdruck an einer Lösung.«

»Dasselbe hat mir Ihr Assistent Manager schon vor einer Stunde gesagt. Vor einer Stunde! Und was ist passiert? Nothing! Der Gestank wird immer unerträglicher. Die Damen von Porsche Düsseldorf und Porsche Hamburg haben sich mit Migräne in ihre Suiten zurückgezogen, die Herren aus Garmisch und Bad Harzburg erklären die Stadt auf unglaublich witzigen Postkarten zum Luftkurort, und der Chef von Porsche Sylt ist am Rasthof Ascheberg auf Standby gegangen. Ein Desaster!«

»Das *Grand Esplanade* bedauert das alles außerordentlich. Wir haben bereits mehrfach bei der Kurverwaltung interveniert und ...«

»... nichts erreicht. Ich nehme das jetzt selbst in die Hand. Geben Sie mir den Kurdirektor – sofort. Ich lass mir hier doch keinen Kratzer in den Lack ritzen.«

Thorsten Bug hatte die Beine auf den Schreibtisch gelegt und starrte regungslos über seine Schuhspitzen hinweg durch die hermetisch geschlossenen Fenster. Das Außenthermometer zeigte schon jetzt am Vormittag 28°C an. Seit einer Woche war es über Nacht nicht mehr abgekühlt. Schwül stand die Luft in den Straßen, an den Baumwurzeln häuften sich Berge abgeworfener Rinde. Dass der stellvertretende Kurdirektor und Head of Marketing noch lebte, war allein aus dem unfreundlichen Geräusch zu schließen, mit dem er die Nase hochzog. Erst das Telefon weckte ihn aus seiner Starre.

»Ja, Herr Direktor, ich stimme vollkommen zu. Ein echtes Problem. Aber auch eines, das uns den Weg weist – mein PR-Konzept *Die Krise als Chance* – ach so, Sie reden von dem Gestank. Ja sofort, Herr Lonnels. Den Technischen Leiter. Ja. – Natürlich. In einer Stunde. Gut.«

Bug drückte den Aus-Knopf seines B&Os tief in die Hörerschale. Vollidiot! Kreative Lösungen! Sollte er vielleicht die Parfümerien leerkaufen und mit Flacons bewaffnete Hostessen durch die Stadt laufen lassen?

Vor ihm auf dem Tisch lag die aktuelle Presse. Bad Neuenahr in Riesenlettern bundesweit auf Seite Eins. *Schon wieder Kidnapping im Kurbad – Kurgast-Killer in Bad Neuenahr? – Neun Opfer, keine Lösegeldforderung – Irrer narrt das LKA.* Und im Lokalteil wurden erste kritische Fragen nach dem Geruch aus der Kanalisation und der Problemlösungskompetenz gestellt. Bug seufzte und legte die Beine wieder hoch, doch erneut klingelte das Telefon.

»Ich habe doch gesagt, dass ich nicht gestört werden will, Petra. – Der Empfangschef vom *Grand Esplanade*? Warum sagen Sie das nicht gleich!«

Unwillig verließ Bug sein Büro. Im Foyer wartete er, bis eine seiner Kurberaterinnen die Lage sondiert hatte. Die Zeitungen hätten einiges gegeben für ein Foto, das ihn gerade jetzt, wo dieser unglaubliche Gestank über der Stadt lag, unter dem neuen *Symphonie-der-Sinne*-Signet zeigte. Aber abgesehen von den Polizisten, die wegen der Entführungen aus dem ganzen Land zusammengezogen worden waren und mit gerümpften Nasen an jeder Straßenecke standen, war niemand zu sehen. Angehaltenen Atems lief Bug quer über den Parkplatz, wobei er mit eigenartiger Befriedigung die Reihe leerer

Bänke registrierte, auf denen bis vor wenigen Tagen die Frühverrenteten die Zeit bis zur nächsten Anwendung totgeschlagen hatten.

Endlich hatte er die Hotelhalle erreicht. Bug liebte das *Grand Esplanade*, so wie man Menschen liebt, die einem bestätigen, ein verkanntes Genie oder ein unbesungener Held zu sein. Erwartungsvoll und tief sog er die Luft des Hauses ein. Doch das entscheidende Gefühl blieb aus. Wenn er sonst hier eintrat, empfand er sich sogleich als Mitglied einer Welt, die von den Niederungen des alltäglichen Lebens draußen unberührt blieb. Unschlüssig blieb er stehen. Dann endlich, schnuppernd wie ein nervöses Karnickel, begriff er. Mit jeder Runde der Drehtür hatte das Grandhotel ein wenig mehr vom Geruch der Stadt eingeatmet und sich mit dem Bazillus der Gewöhnlichkeit infiziert.

Der Empfangschef stand vor ihm. »Herr Bug. Herr Bu-ug. Alles in Ordnung?«

»Wie man's nimmt.«

»Dort hinten.« Der Empfangschef wies auf die Lounge, von der aus sich Mißfelder unentschieden zwischen Lässig- und Stierköpfigkeit näherte.

»Herr Mißfelder, darf ich vorstellen. Das ist Herr Bug, unser ...«

»Danke, wir haben letzte Woche miteinander telefoniert.«

Der Empfangschef verneigte sich leicht und zog sich zurück.

Bug übernahm das Gespräch: »Richtig, Herr Mißfelder. Wir freuen uns außerordentlich, dass Porsche Deutschland seine 25. Jahrestagung bei uns abhält. All diese wunderschönen, brandneuen Cayennes auf unseren Straßen. Einzigartig!«

»Genauso einzigartig wie dieser Gestank. Bad Neuenahr ist eine einzige Kloake.«

»Es ist eine peinliche Sache. Unsere Tiefbau- und Kanal-Experten arbeiten mit Hochdruck ...«

»Ich habe diesen Spruch heute schon zu oft gehört. Ich verlange eine klare Antwort: Schaffen Sie's oder schaffen Sie's nicht?«

»Ich bin sicher, wir ...« Bug starrte auf Mißfelders Augenbrauen, die sich immer weiter Richtung Scheitel bogen. »Ja. Wir lösen das Problem.«

»Herr Bug, ich setze auf Ihren Selbsterhaltungstrieb. Für achtzehn Uhr ist unsere Pressekonferenz vor den führenden Wirtschaftsredakteuren Deutschlands angesetzt. Ich möchte meine lobenden Worte über die traditionsreiche High-Quality-Location Bad Neuenahr ungern aus dem Manuskript streichen.« Mißfelder sah aus den Augenwinkeln einen proseccofarbenen Cayenne vorfahren. »Und jetzt darf ich für Sie den Kopf hinhalten, Herr Bug, für Sie.«

»Vielleicht dürften wir Ihnen zur Entschädigung etwas ...«

»Ein wenig *Don Juan* könnte ich nach diesem Horrortrip sicher vertragen.«

»Eine gute Wahl, Herr Mißfelder, natürlich das Fünf-Tage-Arrangement im *Esplanade*. Darf ich für Ihre Gattin vielleicht unsere *Komposition Carmen* notieren?«

Mißfelder nickte gnädig und eilte zur Tür, um den CEO zu empfangen.

Bug hatte das Handy gerade aus der Brusttasche gezogen, da räusperte sich der Empfangschef: »Herr Bug, der Herr Generaldirektor bittet Sie in sein Büro.«

Der Marketingleiter ließ das Telefon wieder zurückgleiten. Einige Sekunden lang stand er unter dem scheinbar desinteressierten Blick des Chef de Réception verloren da. Sein Zeigefinger suchte vergeblich nach einem Platz zwischen Hemdkragen und Hals.

Die Sekretärin schloss die ledergepolsterte Tür hinter ihm. Die Fensterläden waren angelehnt, einige der schweren, grünen Samtvorhänge zugezogen. Bugs Augen gewöhnten sich nur langsam an das Halbdunkel.

Auf Verdacht lief er in Richtung des gewaltigen Schreibtisches, bis er endlich den Generaldirektor rechts von sich an der Längsseite des Zimmers bemerkte. Brandner saß in einem alten Stuhlsessel mit hoher, geschwungener Rückenlehne, hinter sich eine Reihe bis unter die Decke reichender Bücherregale. Mit einer trägen Handbewegung wies er auf einen Freischwinger, der im rechten Winkel nah an seiner Seite stand.

Bug setzte sich, sein Rücken wurde rund, und er sah auf.

Eine Zeit lang war nichts als das Pendel der großen Standuhr zu hören.

Dann begann Brandner leise zu sprechen. »Manchmal ist mir der Trubel da draußen zu viel, Bug. Der Glanz, die Show, all die Äußerlichkeiten. Dann ziehe ich mich hierher zurück, nehme ein Buch, komme zur Ruhe, zurück zum Wesentlichen.«

»Ja«, sagte Bug.

»Bug. Ich weiß, Sie sind ein kluger Bursche.«

Bug nickte.

»Darum wissen Sie, Ihre Probleme sind unsere Probleme.«

»Natürlich, Herr Brandner.«

»Ein Grandhotel ist ein sehr empfindlicher, lebender Organismus.«

»Verstehe.«

»Es bedarf besonderen Schutzes. Das ist meine Aufgabe: es vor all den schlechten Einflüssen da draußen zu schützen.«

»Wir tragen gerne unseren ...«

Brandner formte mit Zeigefingern und Daumen ein Dreieck, das er auf seine Lippen legte.

Bug verstummte sofort.

»Sagen Sie mir, Bug; was tun Sie gegen die Unannehmlichkeiten, die Sie uns bereiten?«

»Unsere besten Experten ...«

»Bug. Nicht der Gestank. Ihr Chef sagt, das sei quasi Geschichte.«

»Natürlich, Ihr Schwager, ich wollte sagen, Herr Kurdirektor Lonnels hat ganz recht. Geschichte, alles Geschichte. Sie meinten ...«

»Die Entführungen. Eine oder zwei, na gut. Aber seit vorletzten Montag jeden Tag eine. Das ist nicht gut fürs Geschäft.«

»Wir können für die Sicherheit Ihrer Gäste garantieren. Kein Business-Customer wurde entführt, kein Wellness-Client. Zur Risikogruppe zählen allein die Rekonvaleszenten und chronisch Kranken. Gehbehinderte, Sklerose- und Gichtkranke, Altersschwache. Alles in allem: Kassenpatienten.«

»Mag sein. Aber vielleicht kommt der Entführer angesichts seiner Erfolge auf den Geschmack? Und plötzlich fehlt jemand von der gut gedeckten Seite des Tisches.«

»Das ist unvorstellbar«, antwortete Bug eine Terz zu laut.

»Bug, ich kann es mir vorstellen.«

»Bei allem Respekt, Herr Generaldirektor. Auch der Profiler vom LKA sagt, das sei sehr unwahrscheinlich. Der Täter – oder die Täter – ist – oder sind –

auf die kümmerlichsten Kurgäste spezialisiert. Es gibt ja auch keine Lösegeldforderungen.«

»Schön, schön, Bug. Ich möchte, dass Sie diesen Raum mit zwei Gedanken verlassen.« Der Hotelier hatte seine Hand auf die Bugs gelegt und sprach nun so leise, dass Bug ganz an die Kante des Stuhls rutschen und sich vorbeugen musste: »Erstens. Keiner meiner Gäste wird entführt. Es wird überhaupt keine Entführungen mehr geben. Die Polizei muss abziehen. Wir bieten Wellness in einem modernen Erlebniskurort, nicht in einem Polizeistaat.«

»Ja, aber ...«

»Bug? Zweitens. Sie kommunizieren, wer zur Risikogruppe gehört und vor allem: wer nicht. Jeder Bericht im Fernsehen kostet uns ein Dutzend Buchungen. Zeigen Sie den Journalisten, wie unbeschwert sich unsere Lieblingszielgruppe in Bad Neuenahr bewegen kann. Dafür haben wir Sie engagiert, nicht wahr?«

»Das wollte ich ja schon, aber Ihr Schwager ...«

»Bug, Bug, Bug. Klagen Sie nicht in meiner Gegenwart über meine Familie. Der Mann meiner lieben Schwester hat damals meinen Rat befolgt und Sie eingestellt. Wollen Sie, dass ich mein Gesicht vor ihm verliere? Vor einem Kurdirektor? Nein, ich kenne Sie, Bug. Sie sehnen sich schon lange nach einer Gelegenheit, mir für die kleine Gefälligkeit zu danken, die ich Ihnen zuteil werden ließ.«

Bug sah auf Brandners schmalen Oberlippenbart.

»Zwei Gedanken, Bug, zwei einfache Gedanken. Und jetzt wollen wir wieder ein wenig arbeiten.« Der Generaldirektor wandte sich ab.

Bug saß noch kurz da, erhob sich endlich, nickte ins Leere. Das schwarze Leder des Freischwingers glänzte wie frisch gewachst. Der Teppich verschluckte jeden seiner Schritte. Es bedurfte wenig Mühe, die Tür lautlos zu schließen.

In Keitel brodelte der pure Hass. Wie Hecker da Marlon Brando in seiner Rolle des Paten kopierte, war geradezu unerträglich. Gut gemacht, leider, aber welch eine Anmaßung! Diese Generation hatte einfach keinen Respekt mehr. Überhaupt keinen. Am Ende würde sich Hecker in seinem peinlichen Perfektionsdrang noch Watte in den Mund stopfen. Es war so – so – Keitel musste feststellen, keine Worte mehr dafür zu haben. Und dass er dabei war, bei dieser Geschichte den Anschluss zu verlieren. Dabei musste er doch dringend auf mögliche Fehler Heckers achten!

Sich in einen der schweren Fauteuils zu werfen, war Bugs erster Impuls, als er zurück in die Halle kam. Aber er tat, was Emil Rattelband persönlich ihm gesagt hatte. Er straffte sein Rückgrat und schritt energisch aus. Erhobenen Hauptes ging da der oberste Marketingmanager Bad Neuenahrs quer durch das Foyer des ersten Hotels am Platze. Je dynamischer er ging, dieser stattliche, schlanke Einsneunziger, desto weniger würde man auf seine Ohren achten. Diese Peinlichkeit. Wut begann seine Schritte zu beschleunigen. Schon hatte er das Hotel verlassen. Ein sensibler Körper, der verbale Ohrfeigen physisch nahm, zählte kaum zu den bevorzugten Soft Skills. Rote Ohren verrieten Emotionen, offenbarten, dass man sich nicht im Griff hatte, machten berechenbar und damit über kurz oder lang zum Versager, rote Ohren waren: INOPERABEL! Im Laufen griff Bug nach dem Handy. Direktwahltaste, Technische Leitung.

»Herr Meier-Neisse, wieso stinkt es hier immer noch? Wollen Sie uns ruinieren? Die ganze Stadt ist voller Presse! Meier-Neisse. Ich möchte, dass Sie einen Gedanken mitnehmen, einen einfachen Gedanken! Ein Technischer Leiter bewährt sich in der Krise, nicht im Normalbetrieb. Ich gebe Ihnen eine Stunde.«

Früher hätte man den Hörer auf die Gabel knallen können, ja knallen müssen, jetzt drückte Bug wie wild auf diesem kleinen Handy herum. Den Blick auf die vom Daumen verdeckte Tastatur, blieb er mit dem Ellenbogen an einer der zehnstöckigen Blumenpyramiden aus Edelstahl hängen, die einer seiner

Klein-Egon-Vorgänger als Zeichen der Moderne auf die Promenade gestellt hatte. Er ließ das Handy in die Hemdtasche fallen, um sich den Musikantenknochen zu reiben. Das musste weg! Alles, alles weg!

Eine Bombe bräuchte es, ja genau, eine einzige, große Bombe, die all die Katastrophen der Siebziger- und Achtzigerjahre, diesen ganzen stumpfsinnigen AOK-Zeitgenossenschaftsstil, dieses jeden guten Geschmack vergewaltigende REHA-Design komplett auslöschte! Und dann könnte man etwas Prächtiges schaffen. Dann könnte Bug auf dem Boden einer von allem Gesundheitszentrumskrebs befreiten, kapitalen Tradition seine überwältigende Symphonie der Sinne komponieren. Für die Großen dieser Welt, die ihn endlich als visionären Geist, als einen Richard Wagner der Wellnesskultur in ihre Reihen aufnähmen. Aber das hier, das stand alles noch im Weg, einfach nur im Weg. Bug trat voller Hass gegen den verhinderten Stahlweihnachtsbaum, immer wieder, immer heftiger.

»Entschuldigen Sie, Herr Bug.«

Bugs Fuß hielt im Tritt inne. Thermenmeistergehilfe Perray.

»Stand schief das Ding«, schnaufte Bug schließlich, »aber mit ein paar Tritten. Sieht wieder ganz gerade aus, was?«

»Ja, paar Beulen hat's schon jetzt. Aber sind ja eh keine Schönheiten.« Der Thermenmeistergehilfe schaute Bug zweifelnd an.

»Was verstehen Sie denn davon, Perray? Und was machen Sie hier überhaupt? Sollten Sie nicht in der Therme sein?«

»Ja, natürlich. Entschuldigung.«

»Und?«

»Ähm, ich glaube, ich hab's.«

»Was?«

»Ich glaube, ich weiß, woher der Gestank kommt.«

»Sind wir in der Quizshow? Reden Sie!«

»Da war einer der Abwasserschächte in der Therme verstopft. Mit lauter Essensresten. Hühnerbeine, Pommes, ganze Koteletts. Und die waren aber so mit Holzstücken und Plastikspielzeug zusammengewickelt. Wie moderne Kunst. Da ging nichts mehr durch.«

»Und das soll die ganze Stadt verpestet haben?« Bug rieb nervös an seinem Arm. »Perray!«

»Ja, aber, aber doch. Das stank genauso bestialisch wie hier. Und der Hauptverteiler für die Abwässer der Innenstadt, der läuft doch unter der Therme durch. Wenn da dieser ganze Kram reingeraten ist, dann steigt das überall hoch.«

»Abenteuerliche Theorie, Perray.« Bug dachte kurz nach. »Trotzdem, ich überprüfe das. Und Sie gehen jetzt zackzack zurück in die Therme und machen Ihren Job.«

»Aber ich kann gerne mal unten nachgucken. Ich müsste nur ... also, der Schlüssel ist weg.«

»Weg? Was heißt: weg? Habe ich es hier denn nur noch mit Versagern zu tun?«

Thermenmeistergehilfe Perray duckte sich, sein Gesicht verzog sich zu einer ängstlichen Grimasse. »Ich dachte, in der Kurverwaltung, da gibt's doch sicher einen Ersatzschlüssel.«

»Dachten Sie, ja? Erst schmeißen Sie Ihre Essensreste ins Klo Ihrer Dienstwohnung und wundern sich, dass die ganze Suppe eines Tages hochkommt, dann verbummeln Sie den Schlüssel zum Keller, und jetzt markieren Sie auch noch den Unschuldigen. Wer hat eigentlich dafür gesorgt, dass Sie diesen Job bekommen haben?« Bug schnaufte. »Also gut, Gnade vor Recht. Sie gehen brav zurück, ich erledige alles. Und Sie reden mit niemandem ein Wort darüber, verstanden? Mit niemandem! Und bleiben Sie vom Keller fern, das würde Sie nur noch verdächtiger machen.«

Perray nickte fassungslos, ein nervöses Zucken schlich sich in sein Gesicht. Von der Seite aus hatte er die Sache noch nicht betrachtet. Das bisschen Grünkohl letzte Woche und davor die Schale Djuvecreis, die er entsorgt hatte, davon konnte das ja wohl nicht kommen, oder? Aber dass man ihm die ganze Chose doch irgendwie anhängen konnte. Leute wie Bug konnten einfach alles so drehen, wie sie es wollten. Man sollte eben besser sein Maul halten. Während Bug rückwärtig mit dem Finger drohend in Richtung des *Symphonie-der-Sinne*-Kurverwaltungshauses verschwand, ging der Thermenmeistergehilfe nach Hause, um sich vorerst ins Bett zu legen. In der Wohnung klingelte sein Telefon schon Sturm.

Bug wollte die Nummer des Sekretariats wählen, das Telefon muckte irgendwie, er drückte ein paar Mal auf die An- und Aus-Knöpfe, dann endlich ging der Ruf durch: »Petra, laden Sie für heute 14 Uhr zu einer Pressekonferenz ein. Thema: ›Mit Sicherheit Wellness.‹ Ja, ich weiß, dass das in zwei Stunden ist. Danach informieren Sie den Kurdirektor. Ich werde Lonnels um 13.15 Uhr briefen. Bis dahin hab ich noch etwas zu erledigen.«

Er sah auf die Uhr, rannte los, um fünf nach zwölf lieferte die Mc-Filiale Wilhelmstraße neun Happy Meals per Taxi. Dass er sich das jetzt überhaupt noch antat. Unwirsch lief er am Rand des Mitarbeiterparkplatzes auf und ab, immer darauf bedacht, den *Symphonie-der-Sinne-Reserviert*-Schildern nicht zu nahe zu kommen. Endlich bog das Taxi ein, ein resedagrüner Toyota – kein Benz. In Bugs Bad Neuenahr würde für japanische Droschken kein Platz mehr sein!

Der Fahrer fragte, ob er das Essen für das *Wohlfühlen-365*-Kindergeburtstagsprojekt bestellt habe. Bug nickte wortlos, zahlte, nahm die Kiste mit den Tüten und rannte schnell ins Foyer der Kurverwaltung. Er hatte freie Bahn. Der Empfangsschalter war bis ein Uhr unbesetzt: Mittagspause. Bevor er die Kellertür öffnete, sah er sich noch einmal um.

Bug lief gehetzt durch den schier endlosen Verbindungsgang zwischen Verwaltungshaus und Therme. Aus einer Nische holte er einen schwarzen Overall, eine Pudelmütze mit Sehschlitzen und OP-Überzüge für seine Schuhe. Er zog alles an, rannte los, rutschte aus, fluchte laut. Die Sache wuchs ihm über den Kopf.

Als er die Therme erreicht hatte, bog er in einen engen Seitengang ab und hielt vor einer Tür. Er meinte etwas gehört zu haben. Vielleicht war die Schalldämmung ja verrutscht? Er müsste das überprüfen. Und wie sollte er jetzt feststellen, ob die Entführten tatsächlich den Kanal mit dem Essen verstopft hatten? Und, wenn Perrays Theorie denn stimmte, wie es wieder aus dem Kanal herausbekommen? Allein und ohne Hilfe? Umständlich nestelte er den

Türschlüssel, den Perray gesucht hatte, aus der Seitentasche des Overalls, dann den Schlüssel zu einem Spezialschloss, mit dem er die Tür zusätzlich gesichert hatte.

In diesem Augenblick stürzten sich zwei Männer auf ihn. Im Handgemenge verrutschte Bugs Maske, sodass er nichts mehr sehen konnte. Sie drückten ihn zu Boden, rissen ihm die Pudelmütze vom Kopf. »Tatsächlich Sie!«, rief einer ungläubig.

Bug fasste sich schneller als die Männer auf seiner Brust: »Meier-Neisse, Perray. Sind Sie wahnsinnig? Was fällt Ihnen ein?«

Mit Perray wäre er wohl noch fertig geworden, der hatte schon wieder dieses nervöse Zucken im Gesicht. Aber Meier-Neisse drückte das Knie nach der ersten Schrecksekunde sofort wieder fester auf Bugs Sternum.

»Wir werden jetzt mal die Tür aufschließen«, sagte er schwer selbstzufrieden. »Und dann werden da ganz sicher neun entführte Kurgäste herausspazieren.«

»Genau, Sie sind nämlich der Entführer«, schaltete sich Perray ein.

»Schlüssel her, Bug.« Meier-Neisse ließ seine Fingerknöchel knacken.

»Sie machen einen schweren Fehler, Meier-Neisse. Ich handle auf Befehl von ganz oben.«

»Sie Komiker!«

»Ich dachte immer, Sie wären etwas klüger als Perray.«

Meier-Neisse stutzte. »Sie haben eine Minute.«

»Ich bin nicht befugt, Ihnen Auskunft zu erteilen.«

»Ach, und wer ist befugt?«

»Der Herr Direktor.«

»Na dann gehen wir mal zum Herrn Direktor und fragen ihn.«

»Das ist absolute Geheimsache, das würde er niemals zugeben ...«

»Dann also lieber gleich zur Polizei?« Meier-Neisse ließ einfach nicht locker.

»Also gut, zum Direktor. Wenn Sie ihn in Schwierigkeiten bringen wollen. Aber erst muss ich das Essen reingeben, sonst gibt's noch Tote.«

»Gut, schließen Sie auf.«

»Gehen Sie nach da hinten. Beide!«, befahl Bug.

»Damit Sie türmen können.«

»Blödsinn, ich habe es nicht nötig, zu türmen. Ich will nur verhindern, dass Sie in einem albernen Mitleidsanfall alles zerstören. Also?«

Meier-Neisse winkte Perray, sie zogen sich zurück. Bug, die Mütze wieder über dem Gesicht, schloss die Tür auf, schrie etwas Unverständliches, das nach Russisch klingen sollte, kickte die Essenskiste mit dem Fuß in den Raum und schloss sofort wieder ab.

Dann marschierten sie den langen Weg zurück ins *Symphonie-der-Sinne-*Haus.

»Wie sind Sie überhaupt auf mich gekommen?«, fragte Bug.

»Ich habe Ihr Gespräch mit Perray übers Handy mitgehört. Sie hatten es offenbar nicht richtig ausgeschaltet. Und als Sie Perray Angst einjagten und mich nicht über seine Entdeckung informierten, war mir alles klar«, sagte Meier-Neisse stolz.

»Perray nicht.«

»Ja, Perray.« Meier-Neisse warf einen desillusionierten Blick auf seinen Thermenmeistergehilfen.

Der Kurdirektor holte Meier-Neisse herein, ließ sich berichten, schickte ihn wieder hinaus, winkte Bug zu sich herein. Dann passierte eine Zeit lang nichts.

Perray fuchste sich.

Meier-Neisse wurde nervös.

Der Bürgermeister kam und kurz darauf auch der Generaldirektor vom *Grand Esplanade*, dessen Assistent sich breitbeinig vor die Tür stellte.

»Ein Skandal, das gibt einen handfesten Skandal!« Der Bürgermeister rannte auf und ab. »Was haben Sie sich nur dabei gedacht?«

Bug, tief in die Sitzecke versunken, blinzelte. »Ich habe es einfach nicht mehr ertragen.«

»Was?«

»Wo man hinsah: Alte und Kranke.«

»Aber diese Leute bringen bares Geld in unsere Kassen.«

»Die paar Kröten! Die drehen doch jeden Cent zehnmal um, bevor sie ihn ausgeben. Herr Bürgermeister! Sie wollten doch auch, dass wir wieder ein Kurort von Weltruf werden. Jeden Tag kämpfen wir darum. Und wir hatten Erfolg. Unsere 1A-Zielgruppe war regelrecht angefixt von unserem ersten *Symphonie-der-Sinne*-Katalog. Die Buchungszahlen waren grandios – und jetzt?«

»Und jetzt?«, fragte der Bürgermeister.

»Jetzt sinken sie wieder. Und warum?«

»Warum?«

»Weil die Gäste nicht bekommen, was wir ihnen versprechen.«

»Ich verstehe nicht, wir haben doch Ihre Kompositionen ins Angebot aufgenommen.«

»Ja, die Kompositionen. Aber die Atmosphäre. Die Leute fühlen sich betrogen.«

Bug griff sich einen der Prospekte vom Couchtisch und knallte ihn aufgeschlagen auf Lonnels Schreibtisch: »Hier!«

Während Brandner sitzen blieb, stellten sich Bürgermeister und Kurdirektor an Bugs Seite und beugten sich über den Prospekt. »Ja und? Wir kennen den Prospekt.«

»Was sehen Sie da, Herr Bürgermeister?«

»Die Kompositionen *Tango* und *Dynamik.*«

»Und was noch?«

Der Bürgermeister beugte sich etwas tiefer. »Unsere Therme und ein hübsches Mädel im Freibecken.«

»Der Bikini hat übrigens dasselbe Pink wie die Fensterrahmen der Therme«, ergänzte Lonnels zufrieden.

»Gut, weiter«, Bug blätterte um, »und hier?«

»Hören Sie, Bug.«

»Es ist wichtig, bitte.«

»Also, links Kompositionen *Sommernachtstraum* und *Violine*. Auf dem Foto eine junge Frau unter Entspannungsmassage.«

»Tolles Foto, man fühlt geradezu, wie entspannt die Frau ist.« Lonnels rückte die Lesebrille zurecht.

»Rechts Komposition *Contessa*. Sieht ein bisschen amazonenhaft aus, die Frau da in der Wanne.«

»Geschickt gemacht, nicht wahr, wie unauffällig die Brust rausschaut. Und wie das Wasser diesen zarten Hügel umstreichelt.« Lonnels zog ein Stofftaschentuch hervor, um sich die Mundwinkel trocken zu tupfen.

»Sehr anregend, sehr anregend. So sollte es ja auch sein, Herr Bug. Was stört Sie denn jetzt?«, fragte der Bürgermeister.

Bug blätterte weiter, »nur eins noch, hier, mein Lieblingsfoto. *Vivace*. Diese gertenschlanke Schönheit, in ihrer Nacktheit formvollendet ...«

»Ja, sehr schön, wirklich sehr schön.«

»Feste Brüste, fester Po, doch, doch.«

»Und wie sie sich an den beiden Stäben festhält, mit weit gespreizten Armen, das ist doch ein Stück weit das Spiel mit dem Verbotenen.«

»Wo Sie's sagen. Jetzt seh ich's auch.« Der Bürgermeister staunte.

»Wie dieser kräftige, belebende Wasserstrahl auf ihren Rücken trifft. Da ist der Kollege an der Spritzvorrichtung wirklich zu beneiden.« Lonnels Augen begannen unkontrolliert zu zwinkern.

»Ein bisschen windet sie sich, sehen Sie das auch, Herr Lonnels?«

»Fein beobachtet, Herr Bürgermeister, ganz fein beobachtet. Es ist ja nur eine Andeutung von Bewegung, dieser leicht angehobene rechte Fuß. Ja, das ist ganz große, atmosphärische Fotografie. Herr Bug hat einen hervorragenden Fotografen ausgewählt. Übrigens«, Lonnels zog den Prospekt zu sich und blätterte zur Komposition *Forte für Sie und Ihn*, »bisher war mein Lieblingsfoto ja eher dieses hier. Nicht wahr, das ist Verwöhnung pur, wie die junge Frau dem entspannungsbedürftigen, jungen Mann von hinten herübergreifend das Lavendelbad in die Wanne gießt. Mit einem beinah herausfordernden Lächeln und wenn man genau hinsieht, wohin sie diese Essenz fließen lässt, das erzeugt doch ein Kribbeln. Und das alles ganz weich gezeichnet.«

»Ganz wunderbar. Und dass sie einen Bademantel trägt, das ist ja sozusagen ein Versprechen.«

»Exakt, Herr Bürgermeister, Sie sagen es.« Bug richtete sich kämpferisch auf. »Es ist dieses Versprechen, das ich meine. Ein Versprechen, das unbedingt erfüllt sein will: Und das heißt Luxus ohne Ende und Genuss ohne Reue, das heißt jugendlich-unersättlicher Sex. Aber jetzt frage ich Sie, Herr Bürgermeister. Womit werden unsere Gäste konfrontiert, wenn sie voller Sinnenlust die Stadt erkunden, wenn sie die Promenade entlangschlendern und erwartungsvoll das Badehaus betreten?« Bug legte eine Kunstpause ein, ehe er mit Ekel in der Stimme fortfuhr. »Alte, kranke und hinfällige Wesen starren sie an. Schmerz und Leid müssen sie in diesen fremden, verzerrten Gesichtern lesen, die Ausdünstungen körperlichen Verfalls riechen, den Tod in seinen hässlichsten Formen nahen sehen. Wollen wir das unseren Gästen wirklich zumuten? Wir, die wir um ihr Wohl besorgt sein sollten? Nein, diese ganze Reha-Verirrung ist ein düsteres Kapitel aus unserer Vergangenheit. Und es liegt allein an uns, es endgültig abzuschließen. Oder aber unsere Zukunft zu verraten.«

»Aber deswegen entführt man doch keine Kurgäste, Herr Bug!« Der Bürgermeister rieb sich das Herz. »Dieser Imageschaden. Es wird Millionen kosten, unseren guten Ruf wiederherzustellen.«

»Nicht *wieder*herzustellen, Herr Bürgermeister, neu zu schaffen. Es ist längst alles genau durchkalkuliert, in meinem Büro liegt ein kompletter Masterplan für die Konversion Bad Neuenahrs zur European Queen of Wellness-Spas. Das Projekt Phoenix!«

»Phoenix?«, riefen Bürgermeister und Kurdirektor gleichzeitig.

»Es reicht, Bug, halten Sie endlich den Mund«, fuhr Lonnels aus seinem schwarzen Chefsessel empor. »Wir schalten die Polizei ein. Die Leute müssen befreit werden, bevor Schlimmeres geschieht.« Er griff zum Telefon.

»Halt«, rief der Bürgermeister. »Was wollen Sie denen denn sagen?«

»Dass es Bug war, natürlich. Ein Einzeltäter, ein Verrückter!«

»Lonnels, Sie sind wirklich keine große Leuchte. Wer soll uns das denn glauben, wenn wir nach der Krise einen neuen Kurbadentwicklungsplan zu diesem European Queen-Dingsbums vorlegen?«

»Sie wollen doch nicht tatsächlich ...?« Lonnels fiel zurück in seinen Sessel.

»Wir müssen handeln, mein Lieber. Meinen Sie, in den nächsten ein, zwei Jahren werden noch normale Kurgäste anreisen? Ob Sie wollen oder nicht, Bug hat Fakten geschaffen. Und denen müssen wir Politiker uns stellen. Wie sehen Sie das, Herr Brandner?«

Der Generaldirektor des *Grand Esplanade* saß entspannt zurückgelehnt in seinem Sessel, die Fingerspitzen seiner Hände aufeinandergelegt. »Ich bewundere seit langem Ihre Weitsicht, Herr Bürgermeister. In der Tat sollten wir den Weg weitergehen, den Herr Bug zwar etwas zu radikal, aber doch ganz in unserem Sinne eingeschlagen hat.«

»Aber er ist ein Verbrecher, Martin.« Lonnels starrte den Grandhotel-Chef an.

»Sagen wir, er ist ein wenig übers Ziel hinausgeschossen. Das war nicht korrekt, Bug, ich billige solche Alleingänge nicht – vor allem nicht, wenn der Plan nicht zu Ende gedacht ist.«

Bug nickte, sein Oberwasser versickerte in Brandners blauen Augen.

»Das mache ich nicht mit. Das geht zu weit!« Lonnels Stimme brach nach oben aus.

»Wer nicht mitzieht, hängt mit, Lonnels. Das ist Ihnen doch hoffentlich klar.« Der Bürgermeister fixierte den Kurdirektor, ehe er versöhnlicher fortfuhr: »Es ist doch alles noch zu regeln. Die Entführten leben. Keiner von ihnen kann Entscheidendes über Aufenthaltsort und Entführer aussagen.«

»Und was ist mit Perray und Meier-Neisse?«, fragte Lonnels unsicher.

»Um Perray kümmere ich mich«, grinste Bug. Brandner warf ihm einen kurzen Blick zu. »Wenn es Ihnen recht ist«, ergänzte der Head of Marketing schnell.

»Es ist doch erstaunlich«, sagte Brandner, »dass Herr Meier-Neisse so ungeschickt war, überall in diesem Kellerraum seine Spuren zu hinterlassen. Er wird verstehen, dass wir nicht anders können, als Bug zu glauben. Wie Herr Bug Meier-Neisse auf die Schliche gekommen ist, das war nicht ungeschickt.«

Lonnels schüttelte den Kopf. »Ihr wollt Meier-Neisse die Geschichte anhängen? Das wird er nicht mit sich machen lassen.«

»Lieber Schwager«, Brandner redete mit Lonnels geduldig wie mit einem unverständigen Kind. »Herr Meier-Neisse teilt mit Bug die Statur. Er hat eine ähnliche Stimmlage. Und seine DNA wird bald an jedem zweiten Gegenstand in diesem Raum haften. Es ist alles eine Frage der Einsicht. Geht er nicht zur Polizei, macht Bug ihn nicht zum Kidnapper.«

»Dann müssen wir ja nur noch die Opfer loswerden.« Der Bürgermeister grübelte. »Herr Bug, wie sah Ihr Plan aus?«

»Ehrlich gesagt, also, Herr Generaldirektor Brandner hat ja schon darauf hingewiesen, dass ich nicht alles bis ins kleinste Detail, also, es war ja eher so etwas wie eine fortgesetzte Affekttat, ich meine ... ich weiß es nicht.«

Es wurde still im Büro des Kurdirektors.

»Bad Breisig«, sagte der Bürgermeister plötzlich.

»Bad Breisig?«, Lonnels staunte in den Bürgermeisterrücken.

»Der Stadtrat von Bad Breisig wollte den Märchenwald von dreizehn auf siebzehn Häuser erweitern. Jetzt steht der Bau seit Monaten still, obwohl die Häuser quasi fertig sind. Aber der Weg darf nicht mehr gebaut werden. Die Bauarbeiter sind auf ein römisches Bodendenkmal gestoßen. Dorthin bringen wir sie. Oder besser: Da bringen Sie sie hin«, der Bürgermeister beugte sich hinunter zu Bug.

Bug nickte ergeben.

»Noch heute Nacht.«

»Ganz allein?«, fragte Bug.

»Nehmen Sie Perray mit. Machen Sie ihm klar, dass er schon zu tief mit drinsteckt, um einen kleinen Freundschaftsdienst abzulehnen. Und morgen«, sagte Brandner, »morgen schicken Sie ihn zu mir, damit ich mich ein wenig mit ihm unterhalten kann.«

»Vielen Dank, Herr Direktor, es gibt nur noch ...«

»Was?«

»Die Sache mit dem Gestank. Wenn wir erst heute Nacht den Transfer organisieren ...«, Bug dachte mit Grausen an die Pressekonferenz von Porsche Deutschland.

»Das macht Meier-Neisse. Der wird schon einen Weg finden, von außerhalb an den Kanal zu kommen«, beschloss der Bürgermeister.

»Rufen Sie ihn herein. Und dann, Herr Bug!«, wies Lonnels, der nun auch einmal Härte beweisen wollte, Bug an, »schicken Sie Ihre Hostessen mit Raumspray durch die Stadt! Aber sofort.«

Eine Zeit lang schwiegen alle, sichtlich beeindruckt von Heckers eindringlicher, fast schauspielerischer Leseperformance. Und auch Keitel blieb stumm in der unangenehmen Erkenntnis, welche Konkurrenz Hecker auch in diesem Wettbewerb wieder für ihn bedeutete.

Dann gab Nina Kinzig ein leises »Yeah!« von sich und begann zu klatschen, immer heftiger. Alle außer Keitel und Weinrich fielen ein. Aber schließlich ging auch der noch von der Fahne. Natürlich, dieser Kriecher vor dem Herrn schlug die Patschhändchen nur deshalb zaghaft gegeneinander, weil Hecker jetzt gute Aussichten hatte, sein zukünftiger Chef zu werden.

Ebenso wenig überraschte Keitel, dass sich Anna Wallner und Laetitia Weidenfeld, kaum hatte Dengler die Diskussion über die beiden Geschichten eröffnet, meldeten, um Loblieder auf den Text zu singen. Hecker hatte doch ganz offensichtlich große Teile seiner Story gezielt auf diese beiden Damen im fortgeschrittenen Alterungsprozess hin geschrieben. Zum Beispiel die Häme, die Hecker über das Marketing ausgeschüttet hatte. Bloß weil es in seinen Werbeprospekten logischerweise Models zeigte, die im Gegensatz zur Generation Wallner-Weidenfeld nichts von dem nötig hatten, was in den Arrangements so zusammengemixt wurde: weder Hautstraffungsmassagen noch Problemzonenbehandlungen oder gar Dekolleté-Verjüngungspeelings.

Hecker war ein hinterfotziger, neurolinguistischer Programmierer. Seine Anti-Porsche-Volte richtete sich nicht nur an seine kleine Kinzig, sondern auch an den ostfriesischen Schweiger Jens Jensen. Mit Erfolg, musste man zugeben. Zwar sagte Jensen, der im Hauptberuf ein Fahrradhotel am Dollart betrieb, erwartungsgemäß kein Wort, aber doch legte er zwei-, dreimal Applaus andeutend die Hände ineinander und nickte, den Kopf schwerfällig ein paar Millimeter nach oben und unten bewegend. So enthusiastisch hatte Keitel Jensen noch nie erlebt.

Inhaltlich konnte Keitel Hecker also nicht am Zeug flicken, wenn er es sich mit den anderen nicht verscherzen wollte. Er musste ihre Aufmerksamkeit auf Heckers unerträgliche Selbstverliebtheit lenken.

Und dazu bot ihm Hecker selbst bald eine gute Chance, nachdem schließlich auch die ersten positiven Sätze zu Waterhuus' Kurzgeschichte fielen und Hecker sich einschaltete. »Ja, Ihr habt natürlich recht. Die Story von Waterhuus ist elegant geschrieben, kein Wort zu viel, und trotzdem all die schönen Andeutungen und Motive, ganz klassisch. Aber das ist einfach definitiv zu sehr Old School, viel zu zurückhaltend fürs 21. Jahrhundert. Heute musst du extrem auf Angriff spielen, wenn du überleben willst«, bemühte sich Hecker, seine Mäkeleien mit vergiftetem Lob zu mixen und Keitel schnappte zu.

»Die Gelatine-Story ist literarisch halt deutlich vielschichtiger und hintergründiger, als das, was Sie hier vorgestellt haben, Herr Hecker. Nehmen wir doch mal Ihre Parodie auf den *Paten*. Diesen Generaldirektor Brandner. Das war ja nett und effektvoll, wie Sie es vorgelesen haben, sicher. Aber nach dem Lesen fällt das doch alles in sich zusammen. Sie versuchen sich mit berühmten Namen Tiefe zu erschleichen, darum die Brando-Hommage, aber am Ende stellen Sie nur sich selbst dar. Ihr Text bietet die übliche wortgewaltige Hecker-Show, mehr nicht.«

»Das können Sie so aber nicht sagen, Herr Keitel«, mischte sich die Wallner ein und Weidenfeld nickte eifrig. »Wie ich schon sagte: In der Geschichte von Herrn Hecker steckt viel Gesellschaftskritik. Wenn Ihnen das, was wir eben hier herausgearbeitet haben, nicht reicht, also ich meine den Jugendwahn und die Zwei-Klassen-Gesellschaft in der Gesundheitspolitik, dann weise ich noch auf den üblen Sexismus, mit dem wir in den Katalogen dauernd konfrontiert werden, als ob dort Sexurlaub in Thailand beworben würde.«

Begriff die Wallner überhaupt, was sie da gerade tat? Waren die beiden wirklich so blöd, schon jetzt einen ihrer Konkurrenten auf den Schild zu heben? Dann konnte man ja gleich abbrechen und Hecker zum Chef küren.

»Andererseits«, fuhr die Wallner jetzt fort und sowohl Keitel als auch die Weidenfeld schauten erstaunt zu ihr hinüber, »andererseits muss ich Herrn Keitel recht geben, dass diese Figur des Brandner doch arg oberflächlich auf dieses völlig überbewertete Mafia-Epos rekurriert.«

Ah, *rekurriert* – das Wort hatte die Wallner bestimmt von ihrer Freundin geklaut, der Deutschlehrerin Weidenfeld. Sprich weiter, sprich weiter, feuerte Keitel sie im Geiste an, und sie tat ihm den Gefallen.

»Und auch in mir keimt der Verdacht auf, dass Sie sich ein wenig zu sehr mit fremden Federn schmücken möchten, weil Sie in Ihrem jungen Alter noch nicht genügend Vertrauen in Ihre eigenen Fähigkeiten besitzen.«

Strike, strike!, jubelte Keitel innerlich. Man durfte die strategische Gewandtheit der Wallner nicht unterschätzen. Sie hatte das Spiel im letzten Moment gedreht. Und jetzt konnte kein Hecker-Fan noch einmal kontern, ohne sich wirkungslos zu wiederholen.

Aber trotzdem: Hecker blieb definitiv einer seiner gefährlichsten Gegner. Zumal von den beiden großen Unbekannten in Keitels Rechnung – der ostfriesischen Sphinx Jensen und dem mittelrheinischen Kretin Schmickler – letzterer schon ausgeschieden war. Schmickler hatte ja oft und gerne durchblicken lassen, dass er in Sachen *Kurbad-Kompass* ein paar fette Trümpfe in der Hinterhand hätte. Ein schmieriger Angeber, aber wie viel Wahres hinter seinen Aufschneidereien lauerte, wer hatte das schon wissen können?

6. Kapitel

Herr Monk, sind Sie inkognito unterwegs? Ihr Sakko ist irgendwie so ... ungoldig?« Jenny van Dooren grinste.

»Schön, dass ich ein junges Mädchen noch so glücklich machen kann«, brummte Monk. Er schaute sich um. Es war eine Weile her, seit er das letzte Mal im Polizeiposten Bad Nauheim gewesen war. Die Gesichter auf den Fahndungsplakaten hatten sich geändert. »Gibt's was Neues?«

»Ein paar Sprayer haben in einer Hotelgarage einen pinkfarbenen 57er Cadillac mit großflächigen tags verziert. In Rot. Tat weh in den Augen. Und vor einer Stunde hat ein Ted seine Leoparden-Creepers im Unterleib eines Kumpels geparkt, weil der seine Hand unter den Pettycoat von Teddys Rocka-bella geschoben hatte. Sitzen jetzt aber schon wieder glücklich vereint im Biergarten. Das war alles.«

»Sie kennen Wörter! Toll! Aber eigentlich meinte ich die Personalien der Kurbadreporter. Das Herz von Schmickler hat nämlich nicht ganz freiwillig ausgesetzt.« Er warf ihr den vorläufigen Sektionsbericht auf den Schreibtisch.

»Also Mord«, schloss sie, nachdem sie den Bericht überflogen hatte.

»Wenn er sich nicht selbst mit dem Wein und den K.-O.-Tropfen abgeschossen hat, um sich nach einem Sprint über den Flur rücklings in die Wanne zu schmeißen ...«

Jenny van Dooren griff in einen Aktendeckel und holte eine sauber ausgedruckte Liste heraus.

Monk zog einen Stuhl um den Schreibtisch herum und setzte sich neben sie. »Wollen mal sehen«, sagte er. »Die sind ja wirklich aus dem ganzen Land angereist. Haben Sie mal geschaut, ob wir was über die haben?«

»Bis auf Kai Hecker und Götz Keitel sind alle sauber. Hier ...« Sie zog ein anderes Blatt mit handschriftlichen Notizen hervor. »Die Kollegen in Hamburg haben in ihrer Vorgangsdatenbank eine Anzeige gegen Hecker gespeichert. Vor knapp zwei Jahren hat er demnach bei einer Occupy-Protestaktion zu Bankplünderungen und Fenstersturzaktionen gegen Investmentbanker aufgerufen. Die Kollegen haben Anzeige wegen öffentlicher Aufforderung zu Straftaten erstattet, aber die Staatsanwaltschaft hat das Verfahren eingestellt. Hecker hatte in einer schriftlichen Erklärung behauptet, es wäre eine, ich zitiere, ›literarische Eventperformance‹ gewesen und sich dabei auf einen Dichter namens Büchner bezogen. Die Staatsanwaltschaft hatte offenbar keine Lust, vom Gericht mit Hinweis auf die Freiheit der Kunst abgewatscht zu werden.«

»Und dieser Keitel?«

»Über den wird laut POLAS in Wuppertal eine Akte geführt. Also habe ich da angerufen. Keitel wurde vor drei Jahren wegen häuslicher Gewalt auf Bewährung verurteilt.«

»Wen hat er geknechtet, Frau oder Kinder?«

»Weder noch. Keitel ist geschieden und kinderlos. Er hat seinen Vater ans Bett gefesselt und geschlagen. Zum Tatzeitpunkt 87 Jahre alt. Eine Frau von *Essen auf Rädern* hatte Striemen und blaue Flecke entdeckt, der Alte hat alles abgestritten und erklärt, so hinfällig könnte er gar nicht werden, dass sein missratener Sohn ihm Gewalt antun könnte. Er sei gestürzt. Die Frau hat trotzdem die Polizei gerufen. Seit dem Verfahren lebt der Vater in einem Heim und bombardiert das Gericht mit wüsten Briefen. Er habe dem Jungen das Haus nur unter der Bedingung überschrieben, dass der ihn pflege. Und das verhindere das Gericht nun.«

»Tja, ob uns das weiterhilft? Jedenfalls, gut gemacht, Frau Kollegin.«

»Ich bin noch nicht fertig. Ich habe die Leute alle mal gegoogelt. Irre, was manche von denen so über sich ins Netz stellen. Und es gab auch noch ein paar Zeitungsartikel.« Sie zog erneut einen Stapel Ausdrucke hervor und reichte sie ihm.

Monk durchblätterte die Seiten und überflog Jennys Zusammenfassungen:

- Anna Wallner, 53 Jahre, wohnhaft in Böblingen, Leiterin des Bildungsbüros der Stadt Böblingen in Teilzeit, Hobbyfotografin, beim Kurbad-Kompass *Regionalreporterin für Württemberg, außerdem zuständig für die Schwerpunktseiten* Ayurveda, Yoga und Spiritualität.

- Laetitia Weidenfeld, 44 Jahre, wohnhaft in Karlsruhe, ehemals Lehrerin für Deutsch und Musik, beim Kurbad-Kompass *Regionalreporterin für Baden.*

- Nina Kinzig, 27 Jahre, wohnhaft in Hamburg, abgeschlossenes Referendariat in Deutsch und evangelischer Religion, Berliner Stadtmeisterin im Poetry Slam, mehrfache Finalistin und amtierende Meisterin der Deutschsprachigen Poetry-Slam-Meisterschaften, beim Kurbad-Kompass *Regionalreporterin für Brandenburg und Niedersachsen.*

»Poetry Slam, was ist das? Lyrisches Schlammcatchen?«, fragte Monk.

»Knapp daneben. Beim Poetry Slam treten meist junge Dichter und Autoren gegeneinander an. Sie haben rund fünf Minuten Zeit und lesen nicht einfach nur so vor, es ist mehr eine Art Performance. Am Ende entscheidet das Publikum, wer ins Finale kommt, und bestimmt auch den Sieger.«

»Was Sie alles wissen!«

»Ich nicht, aber das Internet. Ich habe mir ein paar Videos angesehen, scheint eine ziemlich witzige Angelegenheit zu sein.«

»Wieder was gelernt«, sagte Monk und las weiter:

- Kai Hecker, 34 Jahre, wohnhaft in Hamburg, zweifacher Schleswig-Holstein-Slam-Meister, beim Kurbad-Kompass *Regionalreporter für Hamburg, Schleswig-Holstein und Mecklenburg-Vorpommern, außerdem zuständig für die Schwerpunktseiten* Adventure & Incentives.

- Uwe Weinrich, 61 Jahre, wohnhaft in Boppard, vormals Redakteur der Rheinzeitung, *zuletzt als Sonderbeilagenredakteur* Gesundheit *und* Bauen, Wohnen, Umwelt. *Seit vier Jahren im Vorruhestand und beim* Kurbad-Kompass *Regionalreporter für Rheinland-Pfalz.*

- Hubert Waterhuus, wohnhaft in Werne, keine Altersangabe, Verlagsvertreter für diverse kleinere Verlage, beim Kurbad-Kompass *Regionalreporter für Westfalen-Lippe.*

- Jens Jensen, wohnhaft in Dollart, keine Altersangabe – Schätzung nach Foto: Mitte 40, Inhaber einer Radtouristen-Pension mit angeschlossener Werkstatt, beim Kurbad-Kompass *Regionalreporter Ostfriesland und Nordsee-Inseln.*

- Götz Keitel, 48 Jahre, wohnhaft in Wuppertal, Regionalreporter für NRW, Bayern, Saarland, außerdem zuständig für die Schwerpunktseiten Kultur und Geschichte.

- Siegfried Dengler, 59 Jahre, wohnhaft in Wiesbaden, Herausgeber und Chefredakteur des Kurbad-Kompass, *zuständiger Regionalreporter für Thüringen, Sachsen, Sachsen-Anhalt.*

- Werner Schmickler, 58 Jahre, wohnhaft wissen wir, beim Kurbad-Kompass *Reporter mit besonderen Aufgaben.*

»Eine schräge Truppe hat Dengler da um sich geschart«, sagte Monk und gab Jenny die Papiere zurück. »Sonst noch was gefunden?«

»Zumindest nicht im Internet und unseren Datenbanken.«

»Was heißt denn das: Reporter mit besonderen Aufgaben?«

»Vielleicht fragen Sie das besser Herrn Dengler?«

»Später. Bevor wir uns intensiver mit diesen Herrschaften beschäftigen, müssen wir mehr über den Toten wissen. Beginnen wir mit einem Besuch in Schmicklers Häuschen in Mülheim-Kärlich.« Monk ließ die Hände auf seine Oberschenkel fallen, erhob sich und sah Jenny van Dooren erwartungsvoll an. Doch die blieb in ihrem Drehstuhl sitzen.

»Wieso wir, Herr Monk? Erstens habe ich hier Stallwache zu halten und zweitens in einer halben Stunde Feierabend.«

»Haben wir eigentlich kein Handy in Schmicklers Sachen gefunden?«, fragte Monk, als hätte er sie nicht gehört.

»Ich weiß nicht, was Sie gefunden haben, ich hab jedenfalls keins gesehen«, sagte sie spitz.

Monk griff zum Telefon und rief bei der Spurensicherung an: »Monk hier. Sagt mal, habt ihr ein Handy bei dem Toten im *Belle Epoque* eingesammelt?« Er wartete eine Weile, murmelte dann etwas vor sich hin, ehe er sich bedankte. »Ja, ich schau dann später noch mal rein, um mir die Habe des Toten anzusehen. Oder warte«, Monk schaute Jenny an, »ich hab noch was anderes zu tun. Ich schicke dir die Kollegin van Dooren vorbei.«

»Sie können doch nicht einfach über meine Zeit bestimmen!«, fuhr Jenny Monk an, nachdem er aufgelegt hatte.

»Die haben auch kein Telefon gefunden. Wer hat denn heute kein Handy? Glaub ich nicht.«

»Kollege Monk, Sie sind mir gegenüber nicht weisungsbefugt. Ich gehe gleich nach Hause, verstehen Sie?«

»Nein, Sie verstehen nicht. Sie sind jetzt Mitglied in meiner Mordkommission. Da gelten andere Regeln als am Tresen Ihres kleinen, gemütlichen Postens.«

»Wo ist denn Ihre MK? Ich sehe nur Sie und mich.«

»Gut beobachtet. Sie sind mir bis auf Weiteres unterstellt worden. Checken Sie mal Ihre Mails. Und beschweren Sie sich von mir aus bei Ihrem Postenleiter. Aber gleich danach rufen Sie bitte bei der Kripo in Koblenz an und bitten um Amtshilfe. Die müssen uns Schmicklers Haus öffnen.«

»Aber meine Ablösung kann Ihnen doch genauso gut helfen. Ich bin um drei in Frankfurt zum ...«

»Ihre Ablösung wird hier gebraucht, falls irgendeinem Elvis-Verschnitt die Tolle gestohlen wird. Währenddessen dürfen Sie mit mir einen wirklichen Fall lösen. Sonst noch was?«

Jenny van Dooren traten vor Zorn Tränen in die Augen, was sie erkennbar noch wütender machte. Sie sprang auf und rauschte aus der Tür.

Well, that's all right, mama, that's all right for you, that's all right mama, just anyway you do, summte es in Monks Kopf, und er musste grinsen. Das Mädchen hatte Power.

Während der gut 90-minütigen Fahrt nach Mülheim-Kärlich vereitelte Jenny van Dooren alle Gesprächsansätze Monks erfolgreich mit Hilfe ihres Smartphones. Sie starrte konzentriert auf das Display, ihre Finger huschten in beeindruckender Geschwindigkeit über die Tastatur. Und wenn sie mal eine Pause einlegte und Monk die Chance nutzen wollte, kündigte gleich wieder eine Fanfare den Eingang einer SMS an.

»Was machen Sie da eigentlich?«, fragte er schließlich ungehalten.

»Das geht Sie zwar nichts an, aber ich versuche meinem Freund zu erklären, warum er ohne mich zu dem Open Air-Konzert fahren muss, zu dem ich selbst ihn eingeladen habe.«

»Das tut mir leid.«

»Das wird meinen Freund sicher tief beeindrucken.«

»Haben Sie ihm nicht erklärt, was es bedeutet, mit einer Polizistin zusammen zu sein?«

»Doch. Geregelte Dienstzeiten im Posten Bad Nauheim, ab und an mal Sondereinsätze bei Demos und Fußballspielen, sicherer Job, vernünftige Elternzeitregelungen.«

»Klingt nach einer Menge Abenteuer! Sie wollen das Leben wirklich bis zur Neige auskosten, was?!«

»Sie nehmen den Mund ganz schön voll für jemanden, dessen Abenteuer darin besteht, das Leben eines anderen zu kopieren.«

»Und Sie wissen nicht, wovon Sie reden.«

Irgendwann tauchte am Horizont der Kühlturm des Kernkraftwerks auf.

»Wir sind bald da«, sagte Monk.

Das Haus im Meisenweg 29b stand abseits und umgeben von leeren Grundstücken, ein Überbleibsel aus den Fünfzigerjahren, während die übrigen Häuser in der Straße alle deutlich jünger waren. Seinen letzten Fassadenanstrich musste es in den späten Siebzigern erhalten haben. Fleischfarben. Selbst jetzt, da die Farbe an vielen Stellen schon abblätterte, war noch zu erahnen, wie schwartig die Farbe einst geglänzt haben musste, ehe Sonne und Abgase ihr augenfreundliches Werk des Ausbleichens und Schwärzens begonnen hatten.

Monk winkte ungeduldig nach van Dooren, die mitten auf der Straße stehen geblieben war. »Was hatten Sie erwartet? Eine Villa?«

Die Kollegen der Koblenzer Kripo hatten ihnen die Tür schon geöffnet. Gemeinsam verschafften sie sich einen ersten Überblick.

»Hier sollte man Zombiefilme drehen«, flüsterte van Dooren noch im Eingang, aber Monk brachte sie mit einem kurzen Blick zum Schweigen. Wer wusste schon, ob das die Standardwohnausstattung in dieser Gegend war.

Nach dem, was die Koblenzer bei den Nachbarn herausgefunden hatten, hatte Schmickler hier seit Mitte der Neunzigerjahre alleine gelebt. Einer der beiden Beamten las eine Aussage von seinem Block ab: »Mein Bruder sagt ja immer: ›Schlag einmal täglich deine Frau. Einen Grund gibt's immer. Und gibt's keinen, deine Frau weiß garantiert einen.‹ Aber der Werner hat es übertrieben. Mit einer abgebrochenen Yuccapalme hat er sie vertrimmt. Da ist sie ab ins Frauenhaus. Samt den beiden Mädchen. War eine schmutzige Scheidung. Der Werner konnte einem beinahe leid tun.«

Schöne Nachbarschaft, dachte Monk. Van Dooren hatte recht. Dieses Haus gäbe einen guten Drehort für Filme mit Untoten ab. Monk hatte schon häufiger solche Wohnknäste gesehen. Da reagierten bittere Lieblosigkeit und ein scharfer Regelapparat, der bestimmte, was anständig, praktisch und ordentlich war, miteinander wie giftige Chemikalien und schnürten jeder Lebensfreude die Luft ab. Schmicklers Haus im Schatten des Atomkraftwerks war in dieser Hinsicht tatsächlich atemberaubend.

Die Böden im gesamten Haus waren in erdbraunen Farbtönen gefliest und die Wände im Flur sogar bis zur Brusthöhe passend gekachelt. Durchgehend waren die Zimmerdecken mit der gleichen Holzoptik-Kunststoffpaneele verkleidet, und auch die Strukturtapete, die vermutlich später einfach mit weißer, jetzt aber eher beige-grauer Latexfarbe überstrichen worden war, hing in fast jedem Raum. Abwaschbar. Das ganze Haus war auf Abwaschbarkeit zugerichtet. Traumhaft für einen Tatortreiniger, der zu einem Familiendrama mit Pumpgun gerufen wird.

Im Wohnzimmer standen sechs formlose, braune Kunstledersessel in Reihe und schauten auf eine Schrankwand aus Eichenimitat. Das einzige Objekt aus dem 21. Jahrhundert war ein großer LED-Fernseher im Zentrum der Schrankwand. Durch die vergilbten Gardinen fiel nur wenig Licht, in den gelblichen Kristallkugeln der Hängelampe glommen schwache Glühbirnen. Dämmerzustand, Wachkoma, der Vorhof zum Sarg.

Die Kinderzimmer im ersten Stock hätte man als geschlossenes Ensemble an das *Haus der Geschichte* verkaufen können. Als wären die Mädchen nur mal kurz zum Spielen nach draußen gegangen. Im Schlafzimmer anscheinend noch das Ehebett der Großeltern, allerdings nur eine Seite bezogen. Monk öffnete die Schranktüren und Schubladen, alles war korrekt gefaltet, gestapelt oder aufgehängt. Schmickler war wohl doch eher der ordentliche Typ gewesen.

In der Waschküche stießen sie allerdings auf ein riesiges Altglaslager, überwiegend Weinflaschen, ab und zu Schnaps. Monk hob einige der Flaschen auf und schaute sich die Etiketten an. Wenigstens beim Wein schien Schmickler etwas Geschmack entwickelt zu haben. Einen Raum weiter fanden sie Schmicklers Arbeitszimmer. Ein dreieinhalb mal viereinhalb Meter messender, zellenartiger Schlauch mit einem kleinen, rechteckigen Fenster am oberen Ende der Wand, noch enger gemacht durch zwei Regalwände rechts und links, in denen bis zur Decke Aktenordner standen. An der Decke eine Neonröhre, darunter in der Mitte des Raums ein Schreibtisch aus Resopal mit einem Computer neueren Datums, dahinter auf einem Aktenbock ein zweiter Fernseher.

»Warum hat er sich dafür nicht eines der Zimmer im ersten Stock genommen?«, fragte van Dooren überrascht.

»Vielleicht, weil es die Kinderzimmer waren. Oder weil er sowieso nicht rausschauen wollte.«

Van Dooren begann die linke, Monk die rechte Aktenwand zu durchsuchen.

»Hier geht es meterweise um seine Scheidung.«

»Bei mir um den Verkauf seiner Firma. Hat 'ne Menge dafür bekommen. Arm war er wohl wirklich nicht.«

»Und wohnte in so einem Loch.« Van Dooren zog einen Ordner hervor. »Rechnungen. Mal sehen: Weinhandlung, Zahnarzt, Strom, Festnetz, wow: Ruf! Mich! An! Schmickler hatte offenbar ein Faible für teure Servicenummern. Kann ich mal Ihr Diensttelefon haben?«

Monk reichte es ihr widerwillig. Sie tippte eine Nummer ein und lauschte. »Ich hab ein zu negatives Männerbild«, sagte sie, nachdem sie aufgelegt hatte. »Es ging nicht um Sex, sondern um die Zukunft. Astro-TV. Herr Schmickler wollte wissen, ob die Sterne günstig standen.«

»Wenn schon das Ihr Männerbild positiver stimmt, muss es ja wirklich ganz weit unten sein. Mein Handy bitte. Ich muss nachher noch mein Medium konsultieren.«

Van Dooren schien noch nicht zum Frieden bereit, aber immerhin konnte sie sich das Grinsen nur noch halb verkneifen. »So und hier habe ich auch eine Mobilfunkrechnung. Irgendwo muss es also ein Handy geben.«

Monk widmete sich den Schreibtischschubladen. Einige unerledigte Rechnungen, Schreibpapier, Stifte. Er tastete mehr aus Vollständigkeitszwang auch die Unterseiten der Schreibtischplatte und der Schubladen ab. »Ach nee, der Herr Schmickler war ja ein ganz Einfallsreicher«, sagte er und zog einen Schlüssel hervor, der in einer kleinen Papiertasche gesteckt hatte.

Ein spitzer Schrei ließ sie beide innehalten. Sie liefen zur Treppe, aber einer der Koblenzer kam ihnen schon entgegen.

»Alles in Ordnung. War nur die Putzfrau. Dachte, wir wären Einbrecher.«

»Die würde ich gerne mal sprechen«, meinte Monk. »Machen Sie hier allein weiter?«

Als er eine Viertelstunde später zurückkehrte, schob Jenny van Dooren gerade seufzend einen Aktenordner von sich weg.

»Was Interessantes?«, fragte Monk.

»Schwer zu sagen. Das war sein Ordner zum Thema *Kurbad-Kompass.* Mit einem halben Dutzend seiner Rezensionen. Wenn er lobt, vergisst er nicht, darauf hinzuweisen, dass er großzügig über einige kleinere Mängel hinwegsieht. Wenn er kritisiert, hat man den Eindruck, mit den Mängeln hätte man ihn persönlich beleidigen wollen. Ein schlimmer Großkotz. Und wirklich schreiben ... ich habe ja keine Ahnung, aber ein Lesespaß war das jetzt nicht.«

»Wenn das ein Motiv wäre, hätten wir eine Menge toter Kritiker.«

»Es gab da auch zwei böse Briefwechsel. Anscheinend hat Schmickler seine positive Bewertung des Öfteren zu deutlich vom Abschluss einer großen Anzeige im *Kompass* abhängig gemacht. Dengler hat ihm Kopien der Beschwerdebriefe und seiner eigenen Entschuldigungsbriefe geschickt und von Schmickler gefordert, sich ebenfalls für das ›Missverständnis‹ zu entschuldigen. Was der wiederum wütend abgelehnt hat.«

»Bisschen streitsüchtig, unser Opfer. Man fürchtet sich schon fast, noch mehr zu finden.«

»Und die Putzfrau?«, fragte Jenny van Dooren.

»Kommt aus dem Nachbarort. Sie hat nicht nur geputzt, sondern auch hinter ihm hergeräumt und die komplette Wäsche gemacht. Schmickler war offenbar eine ziemliche Sau. Sie hat eine Schmutzzulage verlangt, und er hat eingelenkt, weil er seine Ruhe haben wollte. Im Übrigen hat sie mir den Safe zu dem Schlüssel hier gezeigt. Hinter dem Stickbild vom alten Mann und dem Meer. War nichts drin außer einigen hundert Euro, ein paar Versicherungspolicen und uralte Fotos seiner beiden Töchter.«

»Fahren wir zurück?«, fragte van Dooren.

Monk schaute auf seine Uhr. »Dringend.«

Sie ließen sich in die Autositze fallen und starrten eine Weile durch die staubige Windschutzscheibe auf den Kühlturm des AKW, der sich in weniger als einem Kilometer Entfernung hinter Schmicklers Haus erhob und in der flirrenden Augusthitze wie eine Fata Morgana wirkte. Dann sahen sie einander an und brachen in ein übertrieben lautes Lachen aus, als wollten sie damit die bösen Geister verscheuchen.

»Sie haben mich angeschaut, als wären Sie gerade Hannibal Lector entkommen«, versuchte Monk sich zu erklären, als er wieder etwas Luft gefunden hatte.

»Und Sie, als steckten seine Zähne schon in Ihrer Leber.«

»Also ganz schnell weg hier.«

Sie erreichten Bad Nauheim erst am späten Nachmittag. Zwei Unfälle in einer Baustelle, weil wieder irgendwelche Experten auf 1,90 Meter Spurbreite schaukelnde LKWs überholen mussten, mit zeitweiliger Vollsperrung und keiner Abfahrmöglichkeit.

Van Dooren hatte Monk gefragt, ob man denn nicht Schmicklers Unterlagen viel genauer untersuchen müsste. Eine sehr höfliche Form, Kritik zu üben. Und er hatte beschlossen, ihr von dem Versprechen zu berichten, das er seinem Chef gegeben hatte.

Keiner würde erwarten, dass sie an diesem Wochenende eine tief greifende Ermittlungsarbeit leisteten. Sie konnten nicht viel mehr tun, als hier und da im Nebel herumzustochern. Im Idealfall würden sie dabei die groben Linien so weit klären, dass eine richtige MK ab Montag gleich loslegen könnte. Für alles andere war die Zeit zu knapp.

»So, wie jetzt gerade?«, hatte van Dooren gefragt, als er mit zunehmender Warterei immer häufiger auf seine Armbanduhr gestarrt hatte.

Tatsächlich rannte ihm die Zeit davon. Er musste sich für seinen Abendtermin fertig machen, sich ein bisschen ausruhen und ein bisschen einspielen und komplett umziehen. Es war Monk peinlich, dass er sich um seine privaten Dinge kümmerte, während er van Dooren den Nachmittag und Abend versaut hatte. Er schlug ihr vor, den Besuch bei der Kriminaltechnik auf morgen zu verschieben und gleich nach Frankfurt weiterzufahren.

Aber van Dooren wollte davon nichts wissen. Sie könne Heavy Metal sowieso nicht leiden und habe ihrem Freund nur zeigen wollen, dass sie seine musikalischen Neigungen nicht nur passiv toleriere. Inzwischen stehe er mit seinen Kumpels sowieso schon maximal fünf Meter von den Boxentürmen entfernt und würde, angefeuert von viel Bier, seine Mähne hin und her schleudern. Zwischen sich und dem Eingang eine Wand von zehntausend Zuhörern.

»Und Sie?«, fragte Jenny, »müssen Sie heute Abend wieder Ihren schicken Anzug tragen?«

7. Kapitel

Weinrich, Weinrich, mir graut vor dir. Fast mitleiderregend, dachte Keitel, wie Weinrich da Richtung Pult schlurfte, seine paar Haarsträhnen wieder mühsam über den fast kahlen Schädel drapiert. Keine Energie mehr, der Mann. Das Ergebnis von dreißig Jahren Lokaljournalismus in der tiefsten Provinz. Anna Wallner hatte Keitel vor Jahren auf einer Weihnachtsfeier beiseite genommen. Da war sie noch keine zwölf Monate beim *Kompass* dabei gewesen. Aber sie hatte schon die Mutter der Kompanie gegeben und sich beschwert, dass Keitel immer so harsch mit dem armen Weinrich umginge. Und dann verriet sie ihm alles, was Weinrich ihr in einer schwachen Minute anvertraut hatte. Keitel hatte mit faszinierter Abscheu beobachtet, wie sie sich sonnte in ihrem Geheimnisverrat aus humanitären Gründen.

Man hatte Weinrich bei der *Rheinzeitung* nach dreißig Jahren quasi vor die Tür gesetzt und eine Schwäche von ihm auf übelste Weise ausgenutzt, um die Abfindung zu sparen und ihn in den Vorruhestand zu treiben. Weinrich war zwar ziemlich intelligent, aber er hatte in dem schlechten Klima der Zeitung zunehmend die Fähigkeit zum strukturierten Denken verloren. Kaum sagte er etwas, fiel er sich selbst ins Wort, nahm unwichtigste Feststellungen zurück oder stellte ihnen Gegenthesen zur Seite. Weinrich hatte den traurigen Ruf, stets mehr zu reden als seine Interviewpartner, weil er sich nicht zu präzisen Fragen durchringen konnte.

Sein Anspruch, bloß nichts Falsches zu behaupten, sei, so Wallner, drei Quellen zu verdanken: einer großen Menschenfreundlichkeit, einer besonderen Sensibilität und vor allem einer geradezu monströsen Ängstlichkeit. Schließlich habe ihn niemand mehr ernst genommen und er sei zum Faktotum der Redaktion geworden. Dabei habe man vergessen, dass Weinrich nicht tumb war und jede Demütigung genau wahrnahm. Und wie bei einem Duckmäuser üblich, trat er zur Überraschung aller bei sich glücklich ergebenden Gelegenheiten zurück, um etwas von dem Druck loszuwerden.

Aber manchmal sei dieser Druck eben zu stark, und das führe mitten in die Eskalation. Das war jedenfalls Wallners Interpretation jenes Ereignisses, bei dem Weinrich nach allerlei Provokationen durch den jungen, auf Skandaljournalismus setzenden Chefredakteur diesem nicht eine Ohrfeige gab, auch nicht zwei, sondern mit schwerem, winterlichem Schuhwerk das Schienbein brach. Man ließ Weinrich eine Weile zappeln, er schlich mit einem Blumenstrauß ins Krankenhaus, um sich bei seinem schnöseligen Chefredakteur zu entschuldigen, und dann stellten sie ihm das Ultimatum: Anzeige und Entlassung oder Einmarsch in den Vorruhestand bei reduzierten Bezügen.

Und was sollte Keitel nun mit all diesem menschlich anrührenden biografischen Wissen anfangen? Er hatte nur eine Lehre für sich daraus ziehen können. Es war absolut egal, was man Weinrich vor den Kopf knallte, man durfte nur nie vergessen, dass auch eine Heulboje im Ausnahmefall explodieren konnte.

Weinrich hatte sich inzwischen umständlich ein Glas Wasser eingeschenkt und eine Lesebrille aufgesetzt.

»Meine Geschichte heißt … *Rede des scheidenden Vorsitzenden Schily zur 27. Jahreshauptversammlung der Arbeitsgemeinschaft Deutscher Einrichtungsgeschäfte (ADEG) in Bad Wildungen, dass eine Heimat sei.*«

»Oh, mein Gott«, stöhnte Keitel auf.

»Sie sind gemein«, empörte sich Laetitia Weidenfeld, die doch sonst immer rot anlief, wenn sie sich aufregte. Aber vielleicht war sie ja krank, so blass, wie sie schon seit ihrer Ankunft war.

»Fahren Sie fort, mein lieber Weinrich«, ermunterte ihn Dengler und sandte einen strafenden Blick in Keitels Richtung.

»Also dann beginne ich jetzt«, erklärte Weinrich mit einem leichten Zittern in der Stimme, und wiederholte den Titel seiner Geschichte ...

Rede des scheidenden Vorsitzenden Schily zur 27. Jahreshauptversammlung der Arbeitsgemeinschaft Deutscher Einrichtungsgeschäfte (ADEG) in Bad Wildungen, dass eine Heimat sei.

»Meine Damen und Herren, liebe Mitglieder, Kollegen, Freunde. Ich freue mich, dass Sie so zahlreich zur Bezirkssitzung erschienen sind, um die 27. Bundeshauptversammlung der Arbeitsgemeinschaft Deutscher Einrichtungsgeschäfte vorzubereiten, die am 8. Mai in unserem schönen Bad Wildungen stattfinden wird.

Als Vorsitzender des Bezirks Waldecker Land möchte ich die Gelegenheit nutzen und Ihnen einen Initiativantrag vorstellen, den wir auf die Tagesordnung des Bundesverbands gebracht haben.

Meine Damen und Herren, erneut liegt ein schweres Jahr hinter dem Einzelhandel. Die Kaufkraft in der Region sank zum siebten Mal in Folge. Obwohl die Kurverwaltung den Tourismus durch neue Beauty- und Wellnessangebote angekurbelt hat, ist die Gesundheitsreformkrise längst nicht überwunden. Die Bettenauslastung in Hotellerie und Kliniken bleibt unbefriedigend, die Arbeitslosenzahlen sind weiter gestiegen. Die Lage, in der unsere Stadt sich befindet, bleibt also schwierig.

Dennoch dürfen wir Einrichter heute eine positive Bilanz ziehen. Die Jahresumfrage bei unseren Mitgliedsgeschäften verzeichnete ein Umsatzwachstum von knapp acht Prozent. Und dies zu einer Zeit, da im übrigen Deutschland erneut Dutzende von traditionsreichen Einrichtern ihre Häuser schließen mussten. Wie konnte uns dieses Kunststück gelingen?«

Edgar Schily stockte. Wie ging es noch gleich weiter? Das hier war ja nur seine Generalprobe. Da musste etwas schiefgehen. Immerhin stand er nachher ja in einem ordentlichen Anzug vor einem wirklichen Pult, und nicht wie jetzt nackt unter der Dusche. Er zog die Duschtür einen Spalt auf und spinxte auf den Toilettensitz, auf dem die Gliederung seiner Rede lag. Ach ja, natürlich.

»Meine Antwort auf diese Frage soll unser Initiativantrag sein. Er trägt den Titel *Heimat schaffen in heimatloser Zeit*, und er ist, erlauben Sie mir diese persönliche Bemerkung, die Quintessenz meiner vierzigjährigen Berufserfahrung, ja so etwas wie mein Vermächtnis. Denn, meine Freunde, die Einbringung unseres Antrags auf der Bundesversammlung soll zugleich meine letzte Amtshandlung als Bezirksvorsitzender der ADEG sein.

Ich möchte nach dreißig Jahren den Weg für die jüngere Generation frei machen. Ich selbst war 35, als ich den ADEG-Bezirksverband Waldecker Land mitbegründete. Als sein erster und bisher einziger Vorsitzender. Die Älteren von uns erinnern sich noch gut an die Ölkrise, die bald darauf die Weltwirtschaft und auch uns Einrichter in schwere Turbulenzen brachte. Damals zweifelten die Altvorderen, ob ein so junger Mann wie ich das Ruder in schwerer Zeit sicher halten könnte.

Ich möchte einer solchen Fehleinschätzung heute nicht selbst unterliegen und unsere, wenn ich das so sagen darf, jungen Wilden erst in den Vorstand lassen, wenn die europäische Krise überwunden ist. Freilich kenne ich unseren Nachwuchs auch gut genug – den Michael, den Peter, ja, auch den Martin – um zu wissen, dass ihr das Kind nicht gleich mit dem Bade ausschütten werdet.

Heimat schaffen in heimatloser Zeit, meine Freunde. Gewiss ein provokanter Titel. Aber ist es denn nicht so? Leben wir nicht in einer Welt, die uns das Gefühl, aufgehoben zu sein, immer schroffer verweigert?

Nicht nur Gewaltverbrechen und Arbeitslosigkeit reißen die Menschen aus ihren vertrauten Zusammenhängen. Auch die Zahl auseinanderbrechender

Familien steigt unaufhaltsam. Die Familie ist die Keimzelle des Staatsgebildes. An dieser Keimzelle aber nagt der Wurm. Es ist doch eine Schande, wie selbstverständlich wir hinnehmen, was einst eine Ausnahme war: die Ehescheidung. Vielleicht ist ihre epidemische Ausbreitung sogar eines der größten Verbrechen unserer Zeit.«

»Weinrich, Sie haben doch ein Rad ab! Eine Rede über Scheidungsraten ist kein Krimi«, schaltete sich Hecker ein, der zu Keitels Ohrenqual schon die ganze Zeit ungehalten auf seinem Sitz herumgerutscht war, während die meisten anderen offensichtlich auf Stand-by geschaltet hatten.

»Ich weiß gar nicht, was Sie wollen, Hecker«, meinte Keitel großzügig. »Weinrich macht seine Sache supergut. Ich habe schon die ganze Zeit über das Gefühl, mich tatsächlich auf dieser Einrichtertagung zu befinden. Und jetzt lassen Sie mich bitte weiterschlummern.«

»Warten wir doch bitte ab, wie der Kollege seine Story weiterentwickelt!«, sagte Dengler scharf. »Herr Weinrich, weiter jetzt!«

Weinrich räusperte sich und las so leise und schnell weiter, dass man ihn beinahe nicht mehr verstand.

»Wo kommt das her, das habe ich mich in letzter Zeit oft fragen müssen. Ich meine, schuld ist das Misstrauen. Ein Misstrauen, das verlangt, sich permanent zu rechtfertigen. Wie Metastasen breitet sich dieser Zwang aus, über alles miteinander reden zu sollen, sein Innerstes nach außen kehren zu müssen, was zwangsläufig in der Katastrophe enden muss. Unsere Eltern wussten das noch. Da deckte man den Mantel des Erbarmens über die Schwächen des anderen und über die eigenen natürlich auch, da richtete man sich ein miteinander, fand sich ab, das schuf eine stabile Basis in der Ehe. Aber heute beherrscht uns die brutale Wut des Erklären-Müssens und des Verstehen-Sollens. Und dann steht man prompt vor einem Scherbenhaufen, wenn einer erkennt, dass der andere ihn im Innersten gar nicht versteht, obwohl er sich im Innersten ja selbst nicht mal versteht. Mit einem Schlag wird da noch die beste Ehe vernichtet, selbst nach dreißig Jahren eines wundervollen, schweigenden Einverständnisses. Ruckzuck geht das, als ob man nie ein Leben geteilt hätte, als ob man nie für den anderen mitgedacht, nie alles nur dem anderen zuliebe getan hätte, tagaus, tagein. Da wuchert ein Krebs, der alles kaputt macht, ich weiß, wovon ich rede, ich weiß es nur zu gut, nur zu gut ...«

Weinrich musste kurz innehalten und sich schnäuzen. Verstohlen wischte er sich ein paar Tränen aus den Augenwinkeln und trank einen Schluck Wasser.

»Der Text erfüllt nicht die Ausschreibungsbedingungen, Herr Dengler, das ist definitiv kein Krimi. Ich beantrage Unterbrechung«, stieß Hecker in die Lücke.

»Sie haben hier gar nichts zu beantragen, Herr Hecker«, sagte Dengler wütend, aber Weinrich unterbrach ihn.

»Jetzt will ich Ihnen mal etwas sagen, Sie feiner Herr Hecker. Bloß weil Sie mit Ihrem vulgären Gehirn nur geradeaus denken können, muss das nicht gleich Gesetz sein! Ja, ich schreibe über furchtbare Scheidungsraten. Ich schreibe nicht über materielle Verbrechen, sondern über metaphysische. Daraus entstehen nämlich die anderen Verbrechen erst. Das ist der wahre Krimi heute. Vielleicht nicht so spannend, aber realistisch. Und jetzt möchte ich weiterlesen, ohne noch einmal gestört zu werden!«

Keitel pfiff leise durch die Zähne. So klar und scharf hatte er Weinrich seit Jahren nicht mehr reden gehört. Respekt! Hecker hatte sich tief in seinen Ledersessel wie in einen Mutterleib zurückgezogen und versuchte verzweifelt, trotz halber Embryonalhaltung souverän zu wirken, indem er ein paar Grimassen Richtung Nina Kinzig schnitt. Aber die ignorierte ihn ebenso wie alle anderen auch. Lief wohl gerade nicht so gut für ihn.

»Wo war ich?«, fragte Weinrich, »ach ja ...« Er räusperte sich und setzte wieder an:

Schily klappte den Plastiksitz in der Dusche herunter und setzte sich, schloss die Augen und drehte das Wasser noch etwas heißer. Das geht keinen was an. Du gehst da gleich erhobenen Hauptes hin, du bist ihr Vorsitzender, du hast eine Vorbildfunktion. Und jetzt nur nicht die Ruhe verlieren. Du musst einfach an deinem Papier bleiben, keine Abschweifungen mehr. Er stand auf, öffnete die Duschkabine, im Wasserdampf war die Gliederung kaum mehr zu erkennen. Also weiter.

»Meine Damen und Herren, Kollegen. Natürlich können wir Einrichter nicht die Gesellschaft verändern, aber ihre Krankheitssymptome lindern, das können wir sehr wohl. Wir müssen nur sehen, wie die Menschen die fortschreitende Vernichtung ihrer Heimat – sei es in der Umwelt, im Beruf oder in der Familie – aufzufangen versuchen.

Ihre Antwort heißt Rückzug in die eigenen vier liebevoll gestalteten Wände.

Jetzt höre ich die Jüngeren ein Wort raunen. Das weiß ich wohl, wir ihr – der Michael, der Peter, der Horst – das nennt: ›Cocooning‹. Solche englischen Schlagworte riechen einem alten Hasen eigentlich zu sehr nach schnelllebigen Modeerscheinungen. Aber an diesem Beispiel könnt ihr sehen, dass euer Vorsitzender immer noch lernfähig ist, denn dieses Cocooning, dieses – wenn man das mal übersetzt – kunstvolle Sich-Einspinnen in einen seidenen Kokon hat ja eine lange Tradition. Wir Deutsche haben ja schon immer so reagiert, wenn uns die Welt da draußen zu ruppig wurde: die Besinnung auf das eigene Heim, das eigene Reich stand dann immer ganz oben bei jedem anständigen Menschen.

Wenn das Cocooning aber schon in vollem Gange ist, so höre ich fragen, wieso müssen dann heute in Deutschland noch jeden Monat ADEG-Geschäfte schließen?

Da kann man nur ganz hart von Marktbereinigung sprechen. Haben nicht einige von uns selbst Cocooning betrieben, in den vier Wänden ihres Geschäfts? So etwas kann nicht gut gehen. Tradition schafft Vertrauen, aber Innovation bringt Gewinne.

Aber ich will nicht nur die Schuld bei unserer Zunft suchen. Denn tatsächlich fließt der Hauptstrom des Cocooning-Geldes an uns vorbei in die Kassen der Möbeldiscounter und Warenhäuser. Ist das kleine Einrichtungsgeschäft vielleicht eine aussterbende Gattung?

Ganz im Gegenteil, meine Freunde. Dem ADEG-Fachgeschäft gehört die Zukunft!

Unser Erfolg im Waldecker Land beweist es. Denn aufgrund seiner Bevölkerungsstruktur sind wir eine einzigartige Modellregion für das Konsumverhalten im Deutschland von morgen. Schon heute liegt die Quote der Über-55-Jährigen bei uns dort, wo sie der demographische Wandel in anderen Städten erst noch hintreiben wird. Kurgäste und Tagesbesucher hinzugerechnet, erreicht die Generation 55plus gar einen Anteil von weit über 60 Prozent. Es sind diese Menschen, die zu uns ADEG-Leuten kommen. Sie sind des billigen Modeflitters überdrüssig. Ihnen kann man nicht mit flotten Sprüchen verkaufen, was nicht zu ihnen passt.

Allein- und zurückgelassen von Ehegatten, Verwandten, Freunden, misstrauisch geworden gegenüber der Zuverlässigkeit ihrer Erinnerungen, haben sie eines gelernt: Was bleibt, das sind allein die Dinge, mit denen sie sich umgeben. Und darum bedürfen sie einer persönlichen Beratung, die ihnen schon beim Kauf ein Gefühl des heimatlichen Aufgehobenseins vermittelt.

Das kann kein Discounter leisten. Das schaffen nur wir, die ADEG-Fachberater. Wir sind Wegbegleiter in eine Heimat, in der noch niemand war. Ja, wir sind die Quelle, aus der der Mensch sich eine Heimat schöpft in heimatloser Zeit.«

Schily sah, wie die Bezirksmitglieder und später dann auch die Bundesdelegierten geschlossen aufstehen würden, um dem künftigen Ehrenvorsitzenden zu applaudieren. Im rhythmischen Einklang und mit zunehmender Heftigkeit massierten seine Hände das Anti-Schuppen-Shampoo in die Kopfhaut. Welch eine Zustimmung! Er stockte. Die Tür war gegangen.

»Vater?«, rief jemand.

»Martin? Was willst du?«

»Ich dachte, wir gehen zusammen.«

»Ich bin noch nicht fertig.«

»Ich kann ja warten.«

»Nein, ich geh allein.«

»Ach, Vater, komm. Wir könnten noch mal alles durchsprechen.«

»Was denn?«

»Die Bezirkssitzung halt.«

»Meinst du, ich schaffe es nicht mehr ohne Hilfe?«

»Doch, natürlich. Entschuldige. Ich will doch nur ... Wir könnten vielleicht eine Sprachregelung ... Diese Stabübergabe an mich soll doch für uns beide würdevoll ...«

»Du meinst so etwas wie ›Der König ist tot ...‹, ja?«

»Lass uns nicht wieder streiten. Ich kann doch nichts dafür, dass Mama ...«

»... mich aus dem eigenen Geschäft wirft? Und aus meinem Haus noch dazu?«

»Es war das Haus von Mamas Familie. Und wenn du dein Geschäft auf ihren Namen laufen lässt, ohne dich abzusichern ...«

»Ja, wie kann man nur jemandem vertrauen. So denkst du. Du warst ja von klein auf einer von denen. Einer von diesen ewig misstrauischen, alten Kurbadbürgern. Musstest dich dein Leben lang schämen für deinen Vater, was? Den Zugereisten, der sich nicht so einfach abweisen ließ.«

»Ach Gott, die oberschlesische Minderwertigkeitslitanei schon wieder. ADEG-Vorsitzender, sachkundiger Bürger, Schützenkommandeur ... Was willst du eigentlich? Hätten sie dich anbetteln sollen, Bürgermeister zu werden?«

»Es reicht! Wenn ich aus der Dusche komme, bist du weg!«

»Ich geh ja schon. Ich hatte dir nur sagen wollen, dass du wieder in das Geschäft eintreten kannst. Sobald Mama es mir ...«

»Muss ich mich jetzt noch verhöhnen lassen? Ich hätte es getan, ich hätte dich als meinen Nachfolger ... raus!«

»Komm endlich zu dir, Vater. Mehr ... «

»Raus! Ich habe keinen Sohn mehr! Raus jetzt! – Ich habe mich doch immer – ich werde immer – ich muss ... Wieso hat denn der Bengel das Licht ausgeschaltet – warum ist es denn nur so dunkel?«

Laetitia Weidenfeld schluchzte ungehemmt auf, als Weinrich, selbst zutiefst erschüttert, das letzte Blatt seiner Geschichte zur Seite legte. Alter Falter, wer hatte damit gerechnet?! Wie der olle Weinrich seine eigene traurige Ehegeschichte da verarbeitet hatte, ohne seine Hauptfigur als reines Opfer darzustellen. Nur mit ein paar Andeutungen die ganze Biografie eines im Alter abgesetzten Familiendiktators aufgerissen, ein komplettes Familiendrama der Hochanständigkeit, und durchaus mit Ironie. Auf solch ein bescheuertes Setting musste man ja erst einmal kommen. ADEG-Bezirkssitzung. An Weinrich war ein Komiker verloren gegangen. Andererseits aber natürlich auch nicht, wenn man diese Sozialdramaklamotte um den traurigen, alten Mann mal mit einrechnete.

Wie auch immer, dachte Keitel, auf der nach unten offenen Heulbojenskala war Weinrich heute einige Plätze nach oben gekrabbelt. Er würde ihm später ein wenig Respekt zollen, was jetzt umso gefahrloser möglich war, weil es garantiert niemanden gab, der bereit wäre, den Begriff »Krimi« so weit zu fassen, wie er das hier versucht hatte.

»Zehn Minuten Pause«, verkündete Dengler und riss die schweren, grünen Samtvorhänge vor den hohen Fenstern der Bibliothek auf.

Keitel ging wie die meisten anderen zur Tür, um draußen eine Zigarette zu rauchen. Als er sie öffnete, sah er die Pferdeschwanzpolizistin an der Rezeption stehen. Der Portier las etwas vom Bildschirm seines Computers ab, das sie sich notierte.

Dengler trat zu ihr. Sie entfernte sich mit ihm ein paar Schritte von der wuchtigen Kommode, die zum Tresen umgebaut worden war. Keitel pirschte sich näher an die beiden heran. Er konnte zwar kein Wort verstehen, aber es war deutlich zu sehen, wie Denglers verbindliches Lächeln sehr schnell zu einer Maske gefror. Die Polizistin stellte Dengler ein paar Fragen und notierte sich seine Antworten, dann wies sie auf den Damensalon, der direkt neben der Bibliothek zur Parkseite lag.

Dengler verabschiedete sich von ihr, sie betrat den Salon und Dengler klatschte in die Hände, um aller Aufmerksamkeit zu gewinnen. »Meine Freunde, ich habe Ihnen erneut eine furchtbare Mitteilung zu machen. Unser Kollege Schmickler ist keinem natürlichen Leiden erlegen. Er wurde ermordet.«

Ein Raunen stieg zu den Galerien empor, die sich im ersten und zweiten Stock um das Foyer herumzogen und die Flügel des Schlosses miteinander verbanden.

Dengler hob die Hände. »Kommissarin van Dooren bittet Sie, nacheinander zu ihr in den Salon zu kommen, um ihr Auskunft zu geben, wann genau und von wo aus Sie angereist sind und wie Sie die Nacht von Donnerstag auf Freitag verbracht haben.«

Wieder begannen die Redakteure des *Kurbad-Kompass* zu tuscheln. »Stehen wir denn unter Verdacht? Auf welcher Basis?«, begehrte Hecker auf.

»Liebe Kollegen, ich bitte Sie dringend, Ruhe zu bewahren. Es kann sich doch nur um eine reine Routinemaßnahme handeln. Wenn wir der Polizei dabei helfen können, keine Zeit mit falschen Spuren zu verlieren, ist das auch ein Dienst an unserem Kollegen Schmickler.«

»Ich beginne«, erklärte Anna Wallner demonstrativ und durchquerte das Foyer in ihren bordeauxsamtenen Ballerinas mit weit ausholenden, fast tänzerischen Schritten, sodass ihr weites Gewand sie wie ein Schleier umflog.

Keitel ging gleich nach ihr, um es hinter sich zu bringen. Am Ende würden sie doch alle dasselbe schlechte Alibi haben: allein in einem Hotelzimmer.

Bis der Letzte von ihnen den Damensalon wieder verlassen hatte, dauerte es beinahe eine Dreiviertelstunde. Dengler trieb seine Leute, von denen die meisten draußen auf den Stufen des Eingangsportals gesessen hatten, zurück in die Bibliothek wie ein Lehrer seine Schüler. Als er die Vorhänge zuziehen wollte, rief Nina Kinzig, dass sie es lieber hell und licht haben wolle.

Dengler zuckte mit den Achseln und ging zurück zum Pult. Seit der Nachricht, dass Schmickler nicht freiwillig abgetreten war, schien er noch einmal um Jahre gealtert. »Liebe Kolleginnen und Kollegen«, sagte er, »die heutigen Ereignisse fordern uns allen über das erträgliche Maß hinaus Haltung ab. Ich bitte Sie inständig, mir zu glauben, dass ich es mir nicht leicht mache, wenn ich nach dieser neuerlichen schlimmen Botschaft den Wettbewerb weiterhin nicht abbreche. Ich weiß zwar nicht, was das sein könnte, aber vielleicht wird der morgige Tag uns Positiveres bringen. Einstweilen kann nur die Literatur uns Trost spenden. Und darum möchte ich Ihnen nun eines unserer großen, jungen Talente ankündigen. Nina Kinzig, wir sind sehr gespannt.«

In Keitel bebte der Argwohn: Das klang ja schon beinahe nach Parteinahme. Aber am Ende würde Dengler sein Baby doch niemals in die Hände der kleinen Kinzig geben. Keitel musste mal etwas lockerer werden. Nichts wäre hier gefährlicher, als unentspannt zu wirken.

»Okay, liebe Leute«, Kinzig zappelte vor dem Pult hin und her, »meine Story heißt ...«

Emser Bankgeheimnisse

Montag, 10.30 Uhr; östlich von Bad Ems

»Nervös?«

»Du nicht?«

»Schau mal die Wolken, Tom.«

»Ja, schöne Wolken.«

»Nee, schau mal genau hin. Wie an der Küste.«

»Noch eine Woche, Süße, maximal.«

»Fehlt nur noch so ’n sanftes Meeresplätschern.«

»Kommt alles.«

»Aber immer alles schön nacheinander, weiß schon.«

Genau. Jetzt, na ja, die Lahn. Nächste Woche schon die Ostsee. Kleine Auszeit von zwei Jahren und dann Nizza.«

»Tja, ›dann‹ halt. Ich würd am liebsten ...«

»Ich auch, Wong, aber keine Bank da unten gäbe uns Kredit.«

»Zahlen wir eben cash.«

»Klar. Schatulle auf, Dukaten übern Maklertisch und zwei Wochen später stehen die Flics vor unserem schönen Hotel. ›Sind Sie die Deutschen mit dem Koffer voller Geld?‹«

»Warum sollten die? Die ganze Côte ist überschwemmt von Russen mit Lastern voller Geld, fragt die jemand?«

»Nee, weil hinter denen keine deutschen Bullen her sind.«

»Okay, ich seh schon: Vernunft vor Glück.«

»Aufbau Ost?«

»Aufbau Ost.«

Die Frau, die Tom am liebsten Suzie Wong nannte, stand auf, zog sich mit den Zeigefingern den Badeanzug zurecht und ging zum Ufer. »Hilf mir mal.« Sie stellte zwei Vittel-Flaschen neben sich ab.

»Immer wieder schade.« Tom stand auf und holte das Farbshampoo aus dem Rucksack.

»Du liebst mich echt nur, weil ich blond bin.«

»Exakt. Und dann noch, weil das Zickigste an dir dein Po ist. Und weil das ziemlich gut aussieht. Beug dich mal nach vorne.«

»Sexist.«

»Nein, ich meinte … nun mach schon.«

»Nicht zu viel Wasser, sonst läuft die ganze Farbe den Nacken runter«, rief Suzie Wong.

»Oh, wird ja übel rot.«

»Kann ja klasse werden, wenn dich schon mein Shampoo aus der Fassung bringt. Nur der Schaum wird rot, das Haar braun. Man darf es nur nicht zu früh abspülen.«

»Immer wenn ich diese Farbe sehe, muss ich an die schöne Kohle denken, die sie uns in Bad Kissingen versaut haben.«

»Hast du eigentlich den Makler erreicht?«

»Ja, Freitagabend können wir uns das Haus anschauen.« Er spülte ihr Haar aus, der Schaum lief ins moosige Wasser und trieb langsam die Lahn hinab. Wie ein Blutfaden, dachte Tom und sah schnell flussaufwärts. »Übrigens hat der Makler einen Cousin bei der Bank, natürlich rein zufällig. In der Kreditabteilung.«

»Ts, ts, ganz erstaunlich. Ein Zufall wie Urlaub bei Freunden, sagt der Bundespräsident. Gib mal das Handtuch.« Sie band sich einen Turban, ging zum Auto und schob den Stecker des Föns in den Zigarettenanzünder. »Als ob's noch nicht heiß genug wäre. Hoffentlich verliert bei den Temperaturen keiner die Nerven.«

»Glaub ich nicht, da werden sie eher lethargisch. Jugendliche Helden hab ich auch nicht entdecken können. Hast du die Mohrenköpfe gekauft?«, fragte Tom.

»Ja, gegen meinen Willen. Dass du von dieser Räuberromantik nicht loskommst.«

»Hast ja wieder 'ne richtig adrette Frisur.«

»Blödmann. Zieh mal lieber deinen schicken Spießer-Scheitel nach.«

Montag, 16.00 Uhr, Bad Ems

Die Direktion hatte mittags noch einen jungen Kollegen aus der Vorstadt zur Filiale in der Römerstraße geschickt, um den Geldabfluss zu beschleunigen. Trotzdem war es viel zu viel Geld für viel zu wenig Zeit. Und für viel zu viel Temperatur. Die Klimaanlage spuckte verzweifelt.

Bad Ems unter der Hitzeglocke, der Wasserpegel der Lahn hatte historische Tiefststände erreicht. Die Drachenboot-Wettkämpfe am vergangenen Wochenende wären beinahe abgesagt worden, weil die Ruder im Schlick hängen zu bleiben drohten.

Aber es war alles noch mal gut gegangen. Nach dem Rennen hatte der Bürgermeister sein schweißnasses Stofftaschentuch in der Hosentasche verschwinden lassen und den Pokal überreicht. Gegen alle Ozonwarnungen waren die Sieger des Rennens von den 18.000 Besuchern des Brückenfestes anhaltend bejubelt worden, und von den Kassen der Getränkestände, Lokale und Eisdielen liefen im Stundentakt Kuriere mit mühsam zugedrückten Geldbomben zum Nachttresor der Nassauer Sparkasse.

Und während draußen die Masse in der Glut langsam zerfloss, hatte in den angenehm kühlen Räumen des Casinos der 7. Internationale Kongress der plastischen Chirurgen getagt. Auf dem Podium diskutierte man neue Trends in der Lippenmodulation, an den Tischen litten die Kollegen – lauter Namen, mit denen man bezahlen konnte – an den pekuniären Nachfolgen ihres vorabendlichen Kontrollverlusts beim französischen Roulette.

So viel Geld, das dank der Brücken und Chirurgen zusammenkam, sah die Römerstraße montags eben nur einmal im Jahr. Zum wiederholten Mal fiel eine der Geldzählmaschinen aus. Die Banker fluchten, denn der Techniker war gerade erst zur Tür raus. Und für definitiv 17 Uhr war der Geldtransporter bestellt. Da blieb nur noch Handzählung im Wet-Business-Shirt-Contest.

Montag, 16.29 Uhr, Bad Ems

Eintritt ins Foyer: Tom und Suzie Wong, Saddam-Masken überm Kopf. Sie sehen: eine Hutträgerin am Bankomat, einen Alki am Auszugsdrucker.

»Dawei, dawei, da rein!«, rief Suzie Wong.

»Aber ...«, schreckt die Hutträgerin auf.

»Ey, hör mal«, meckert der Alki.

»Schnauze!«, sagt Tom.

Tom und Suzie stoßen die zwei Kunden in die Schalterhalle. Macht mit dem Pfarrer, der an der Kasse steht, drei, dazu die ganz kleine Schalterbesetzung: ein Kassierer, eine Kundenberaterin.

»Aufstehen! Hände hoch, keine Tricks, kein Alarm – sonst ist die Oma tot.«

»Wo sind die anderen?«

»Wen meinen Sie?«

»Chef, Azubi, eure Leute.«

»Die sind – äh, sind nicht da«, die Bankkauffrau starrt auf die Pistole am Kopf der Kundin.

»Erzählkeinscheiß!«

»Die sind da hinten.«

»Den Schlüssel zur Eingangstür.«

»Den hat der ...«

»Den hast du, und jetzt ist Schluss. Helden kann's hier nur als Tote geben«, sagt Mr. Saddam, Eingeweihten bekannt als Tom.

Mrs. Saddam steht vor dem Kassierer, schiebt ihm eine Tüte rein. »Los, nur die großen Scheine, aber fix. Hey, nimm das Securitypack da wieder raus, du Arsch.«

»Alle an die Wand da!«, ruft Mr. Saddam. »Du auch, Kassenmann.«

Vorsichtig und nur einen Spaltbreit öffnet sich die Tür zu den Büroräumen.

Mrs. Saddam ruft: »Saddam, es geht los!«

Sie steht rechts von der Tür, schnappt die Klinke, reißt weit auf, die Tür fliegt dem Filialchef aus der Hand und er mit Schwung nach vorn, stürzt Mr. Saddam zu Füßen und schaut direkt in den Pistolenlauf.

Währenddessen springt Mrs. Saddam in den Zählraum, bedankt sich für den großen Fleiß, wedelt alle Richtung Schalterhalle und sackt die Bündel ein. Zwei fett gefüllte Reisetaschen.

Mr. Saddam treibt die Geldzähler zu den anderen. Im Gänsemarsch zur Personaltoilette.

Mrs. Saddam, die die Taschen akkurat und griffbereit im Flur abgestellt hat, teilt Handschellen aus, Hände an die Füße des Nachbarn, sofort.

Mr. Saddam stellt die Schachtel Negerküsse in Zugreifnähe hin, Tür zu, Schlüssel zweimal umgedreht. 16.43 Uhr! Alles klar? Alles klar!

Jeder eine Tasche. Ab zum Hinterausgang, was für ein wunderschön beschrifteter Schlüsselbund, es lebe die Ordnung!

Mr. und Mrs. Saddam verlieren kurz vorm Klinkendruck die Saddam-Masken, lachen befreit auf, plötzlich hinter ihnen ein Geräusch, ansatzlos umgedreht, face to face, verdammt, wer ist der Typ, und woher kommt der?

Tom greift nach der Pistole, Suzie Wong ruft: »Nein!«

Der junge Banker nutzt die Schrecksekunde, wirft sich in die Schalterhalle, rollt ab, Judo, brauner Gürtel, und landet unterm Tisch. Wong und Tom stürzen davon.

»Mist, der drückt Alarm.«

»Den hab ich hier noch nie gesehen.«

»Aber der jetzt uns.«

»Scheiße, Polizeisirenen.«

»Los zum Auto.«

Zwei Sprinter laufen ohne Deckung übers freie Tiefgaragenvorfeld, Rampe, Personalparkplatz; mitten im Lauf ein gezielter Synchronwurf, zwei Saddammasken machen Rast im Altpapiercontainer.

Dann ein rabiater Sprintabbruch und der ganze Schwung wandert wieder in die Wurfarme. Zwei schwer gepackte Taschen fliegen durch die Luft und über einen hohen Zaun.

Zwei Freeclimber schwingen sich hinterher über den rasselnden Draht, landen hart auf dem Parkplatz des Deutschordenhospitals, immer noch unverletzt, aber schwer außer Atem, hinter ihnen Großalarm.

Am Sanatorium der barmherzigen Brüder hasten zwei Sprinter vorüber, stehen plötzlich schräg und ratlos auf dem katholischen St. Martinskirchenparkplatz.

»Das ist doch der Parkplatz, ist er doch, oder?«

»Ja klar ist er das, klar Mensch, klar!«

»Und wo ist dann der Simca? Wo verdammt hast du den hingestellt?«

»Hier verdammt, genau hier hab ich den hingestellt, gleich an der Tür zur Sakristei, haben die den abgeschleppt?«

»Hast du wieder Kohle für den Parkschein sparen wollen?«

»Bin ich blöd? Den muss einfach wer geklaut haben!«

»Wer klaut denn einen Simca, sag mal, wer klaut denn so was?«

»Wir zum Beispiel, ist doch scheiß egal jetzt, der Wagen ist weg, was machen wir?«

»Zu Fuß weiter!«

»Zu Fuß? Mit den scheißschweren Taschen?«

»Fuck fuck fuck, wir müssen die Taschen los werden und dann weg hier.« Suzie Wong rennt zur Kirche, greift nach der Klinke, die Tür zur Sakristei ist offen und die Sakristei leer. Sie schnappt sich beide Taschen, um die Ecke schliddert ein Streifenwagen.

»Los, Wong, komm, weg hier!«

»Hau du ab, Tom, ich versteck die Taschen und komm dann später nach.«

»Bist du verrückt?«

»Hast du 'ne bessere Idee? Wir treffen uns in Friedrichssegen, Tom!«

»Nein, ich geh nicht ohne dich!«

»Mach los, Tom, da die Bullen, lauf! Bitte lauf! Ich komm schon klar! Jetzt renn!«

Montag, 23.27 Uhr, Friedrichssegen

Ein paar Stunden später hockte Tom im Basis-Iglu auf dem Friedrichssegener Campingplatz und fluchte. Keine Wong weit und breit. Er wäre am liebsten in die Stadt zurück, aber wo hätte er sie suchen sollen? Und sie käme im selben Moment hier an, dann würden sie einander verpassen. Und sie liefe wieder nach Bad Ems, und schließlich würde es einen oder gleich beide erwischen, nach elf Uhr abends allein auf den Straßen von Bad Ems, da hätte man sich ja gleich eine Saddammaske überziehen können.

Scheiß Nacht, ein böiger Wind ließ die Zeltwände wie Segel schlagen, vielleicht gäbe es auch noch Regen. An jedem anderen Tag dieses Sommers hätte er sich darauf gefreut. Jetzt, hier, auf diesem Platz am Ufer der Lahn hätten ein paar Sturzbäche, die ihr altersschwaches Notzelt unterspülten, gerade noch gefehlt.

Aber es blieb wie den ganzen Monat trocken, und Suzie Wong kam nicht. Irgendwann schlief Tom ein. Der leere Platz an seiner Seite drängte sich in seinen Traum.

Dienstag, 17.09 Uhr, Friedrichssegen

»Aber jetzt erzähl mal«, forderte Tom Wong auf, nachdem sie sich ausführlich der Wiedersehensfreude hingegeben hatten.

»Es war der pure Wahnsinn. Ich hatte gerade die Taschen in den verstaubtesten Winkel der Sakristei gestellt, will wieder raus, mach die Tür 'nen Spaltbreit auf und hab auf einen Schlag drei Blaulichter im Visier. Also Tür wieder zu, schleich ich mich über einen Seitengang in die Kirche hinein, eine Riesenhochzeit. Hab mich schön in die letzte Reihe gesetzt, paar Tränen verdrückt und mich ein bisschen an unser eigenes Jawort am *Blauen Wunder* erinnert.«

»Und die Polizei?«

»War in rauen Mengen draußen, als ich mit der Festgemeinde rauskam. Hab meinen unwissenden Gastgebern noch brav gratuliert und ihm unbrav zugezwinkert. Sie guckt ihren Mann an, er guckt sie an, ich sag noch, na dann bis später, und stell mich neben einen, der auch alleine ist. Gehören Sie zur Braut oder zum Bräutigam, fragt er, sag ich, ich gehör ganz mir allein. War ein alter Schulfreund von ihr und kam über ihre Wahl nicht richtig hinweg. Ich hab dann die Enttäuschte auf Seiten des Gatten gespielt, und er bot mir an, zusammen zum Festsaal zu fahren. Sein Wagen stehe gleich da drüben. Er müsse nur mal kurz mit den Kollegen sprechen, dass sie den Hochzeitscorso durch die Sperre ließen. Da sei nämlich eine Bank überfallen worden. Was, hier? Ja, gleich da hinten, die Nassauer. Ganz schön dreist, sag ich, sagt er, das denk ich jeden Tag zweimal. Ach, dann sind Sie Kommissar? Na ja, nicht ganz, ich brauch noch einen Lehrgang.«

»Und der Bulle hat dich rausgeschafft? Wahnsinn!«

»Sag ich doch!«

»Und wie bist du den dann wieder losgeworden?«

»Kurz vor der Baustelle am Bahnhof fiel mir ein, dass ich so angeregt von unserem Gespräch ganz vergessen hätte, mich zur Feier umzuziehen. Er, ich bring Sie gerne zum Hotel, ich, nein, er soll mal gut sein lassen, auf diese Weise wären wir doch regelrecht verabredet zur Hochzeit, ist er rot geworden und hat mich mächtig vorfreudig rausgelassen.«

»Armer Kerl, ich kann den gut verstehen.«

»Ja, armer Kerl. Und ich? Ich bin erst einmal in Gegenrichtung gelaufen, bis er um die Ecke war. Dann wollte ich zum Bahnhof, aber da standen schon zwei Polizisten rum, ich also wieder Richtung Innenstadt, in den Arkaden von *Häckers Kurhotel* macht es plötzlich klick. Ich war ja so erschöpft! Da hab ich mir gedacht, eine kurze Kurzkur wäre jetzt genau das Richtige. Also, ich hinein ins Ayurveda-Zentrum, mein Mann sei geschäftlich auf Termin in Montabaur, da sei ich spontan mal mitgekommen, um endlich auch mal etwas für mich zu tun. Morgen müsst ich wieder weg, was sie mir da rieten?«

»Das war wahrscheinlich so die Zeit, als ich mir die Hose in den Brombeerhecken aufgerissen habe.«

»Könnte sein, könnte aber auch sein, dass ich da schon die sanfte Synchronmassage unter fließend warmem Kräuteröl hatte.«

»Riechst jedenfalls anders als sonst.«

»Das könnte auch die Udvarthana-Massage von heut Morgen sein.«

»Muss wohl. Und dann?«

»Dann kam der Hammer. Erst mal hab ich noch die Fahndungsmaschinerie vom Balkon des Kurhotels aus beobachtet. Aber dann hab ich bis neun durchgeschlafen, irres Bett war das, nur du hast ein bisschen gefehlt.«

»Ja, das hab ich mir hier auf der harten Isomatte auch gedacht.«

»Sag mal, war ich in der Höhle des Löwen, oder du – willst du ernsthaft meckern?«

»Erzähl weiter, Wong.«

»Meine größte Angst war, beim Frühstück zu sitzen und auf Seite eins gucken mich prima Phantombilder von uns an. War aber nicht. Nur: *Die Bäder-Saddam-Bande hat wieder zugeschlagen* – mit Foto von den Saddammasken. Da bin ich dann gut massiert Richtung St. Martin gelaufen. Hatte mir vorher aber noch die Hotelfriseuse aufs Zimmer kommen lassen, Farbe rauswaschen und weg vom Einerleischnitt. Ich sag dir, ich hab noch nie so viel Schlechtes über einen Mann erzählt wie als Geschäftsmannsehefrau. Die Friseuse hat dauergenickt, hört sie wahrscheinlich jeden Tag drei Mal. Also ich wieder naturblond nach St. Martin, vollkommen vergrübelt, wie ich an die

Taschen kommen kann. Auf halbem Weg renn ich in wen rein; rat mal, wer das war.«

»Dein Hochzeitsbulle.«

»Falsch. Der Junge aus der Sparkasse.«

»Was?« Tom wurde bleich.

»Sag ich doch. Ein Hammer. Hat mich sofort erkannt, der Fuchs. Ich will umdrehen und weg, sagt er, Sie brauchen keine Angst zu haben. Ich werd Sie nicht verraten. Trinken Sie mit mir Kaffee? Und in der Konditorei hat er mir sein Leben erzählt.«

»Keine Details bitte.«

»So einen Hass auf einen Job, irre! Der hat zu Haus in Excel Statistik geführt, wie oft er innerlich gekündigt hat in den letzten sieben Jahren, aufgeschlüsselt nach Jahreszeiten, Abteilungen und Chefs. ›Und warum kündigst du nicht?‹, hab ich ihn gefragt. ›Und dann?‹, hat er zurückgefragt, und das war's.«

»Was heißt, ›das war's‹.«

»Das heißt, er wollte nicht weiter drüber reden, ob er was ändern könnte, er wollte nur noch drüber reden, wie er uns helfen könnte, denn das wäre das erste und wahrscheinlich letzte Mal, dass er diesem Scheißladen und seinem Oberscheißchef ernsthaft eins auswischen könnte. Und dass er froh wäre, dass du nicht abgedrückt hast und er in diesem Laden nicht auch noch verreckt ist. Vielleicht würde ihm das noch die Energie geben, sein Leben zu ändern, wer weiß. Hast du für mich mal was zu trinken?«

»Instantkaffee? Aber er hat doch den Alarm ausgelöst.«

»Kaffee ist gut. Nee, hat er nicht. Die Oberschlauen haben auch auf den Toiletten Alarmknöpfe angebracht, weil wir Bankräuber in der Verwahrung unserer Opfer offenbar nicht sehr einfallsreich sind. Aber zurück zum Wesentlichen. Fabian, so heißt der junge Typ, war Messdiener in St. Martin und wusste, wo der Pfarrer den Schlüssel versteckt hielt. Hat mit mir die Taschen rausgeholt, in den Kofferraum geladen ...«

»Und dir dann die Kohle abgenommen.«

»Von wegen, hat mich brav bis Braubach gefahren. Ich hab ihm erzählt, du würdest da warten, weil wir von da aus weiter nach Frankreich wollten.«

»Schlau. Und die Taschen?«

»Hab ich mit dem Taxi nach Oberlahnstein geschafft, Schließfach im Bahnhof. Die Fahrerin war gleich spitz, als sie mich mit den Taschen sah. Hab der aber dann was vorgeheult, dass mich mein Mann betrogen hätte, bei einem Geschäftsessen in Montabaur, das gemeine Schwein. Da hat sie gleich über ihren Ex vom Leder gezogen, frauensolidarisch eben.«

Seine Suzie Wong. Tom grinste etwas dackelig und mächtig stolz: »Wenn es dunkel wird, holen wir die Taschen und dann weg.«

»Genau, endlich weg hier.«

»Du riechst wirklich nicht schlecht.«

»Nicht schlecht?«

»Ungewöhnlich eben.«

»Das sind die Kräuter.«

»Ja. Wong im Kräutermantel, lecker. Lass mich mal probieren.«

»Untersteh dich.«

»Zu spät!«

»Hey!«

»Genau.«

Freitag, 19.42 Uhr, Kühlungsborn

»Sie könnten natürlich noch ein bisschen investieren«, erklärte der Makler großzügig.

»Ein bisschen ist gut. Ihre Fotos hatten anderes versprochen.« Tom stand auf der großzügig geschwungenen und reich verzierten Jugendstiltreppe. Sein Blick wanderte missbilligend zwischen ultrapastelligen Wänden, Laura-Ashley-Möbeln und Tiffany-Lampen hin und her.

»Ach, Fotos, jetzt ist Ihre Fantasie gefragt, in diesem wundervollen Haus. Lassen Sie das mal auf sich wirken. Gnädige Frau, hier im Foyer, spüren Sie da nicht den Reichtum einer großen Vergangenheit?«

»In erster Linie spüre ich mal den Reichtum, den es braucht, diese Geschmacklosigkeiten herauszureißen.« Wong machte einen niedergeschlagenen Eindruck.

»Aber dafür kostet die Villa auch gerade mal 220.000 – das ist doch fast geschenkt für ein grundsaniertes Haus von 1905 – und alle Installationen für den Hotelbetrieb sind schon drin.«

»Schön und gut, aber so viel Geld haben wir nicht, dass wir jetzt auch noch die ganze Innenausstattung komplett erneuern könnten«, rief Tom, der die erste Etage erreicht hatte, herunter.

»Finanzieren, mein Herr, finanzieren!«, rief der Makler. »Kein ordentlicher Geschäftsmann hat solche Summen im Nachttisch liegen. Hatte ich Ihnen schon gesagt, dass mein Cousin zufällig in der VR Bank Bad Doberan als Kreditberater arbeitet? Die machen den Weg frei, nur keine Sorge. Dafür haben wir ja unsere Banker.«

»Genau, hätte ich fast vergessen, dafür ja auch.« Wong schaute auf den blau melierten Teppichboden. »Da ist wirklich das Originalparkett drunter?«

»Mein Ehrenwort. Der Besitzer hatte einen kleinen Investitionsstau und nur Teppich drüberlegen lassen.«

»Wo war denn da Ihr Herr Cousin?«

»Ich verstehe nicht, gnädige Frau?«

»Vergessen Sie's.« Wong reckte den Hals, »Tom, komm runter, das Haus ist wirklich schön, aber der ganze Aufwand. Wir sollten doch das in Prerow nehmen.«

»Prerow? Aber gnädige Frau, Prerow, das ist doch keine Lage! Kein Vergleich mit Kühlungsborn! Sie streben doch ein gehobenes Kundensegment an.«

»Schön und gut, lieber Mann, aber mehr als 180.000 würden wir Ihnen sowieso nicht zahlen.«

»210.000.«

»180.000.«

Gnädige Frau, ich habe meine Order. Ich würde Ihnen ja gerne ...«

»180.000.«

»200.000, aber das ist wirklich mein letztes Wort.«

»190.000 und Sie beschaffen uns einen günstigen Kredit bei Ihrem Cousin.«

»Sie sind unbarmherzig, Gnädigste. Am Ende zahle ich noch drauf.«

»Na, na. Also?«

»Also gut, ich nehme das jetzt mal auf meine Kappe, abgemacht, 190.000 und ein günstiger Kredit.«

»Abgemacht.«

Gut drei Jahre später, Kühlungsborn

Ostseezeitung:

Sie kamen als Fremde und gehen als Freunde
Kühlungsborner Hotellerie verliert engagierte Mitstreiter.
Umzug aus Krankheitsgründen?

Kühlungsborn. »Wenn es irgendwie ginge, wir blieben hier.« Ein Blick in seine Augen zeigt: Tom Wittmann meint es ernst. Was die wenigen Neider, die es leider immer gibt, den Besitzern der Villa Seeblick als Entscheidung für ein Leben im Luxus angekreidet haben, ist in Wahrheit ein von den Umständen erzwungener Schritt.

Zum Ende der Hauptsaison wird das Ehepaar Wittmann sein exklusives Hotel aufgeben und gen Italien ziehen. »Wir haben in den letzten drei Jahren hart daran gearbeitet, der Villa ihren ursprünglichen Charakter zurückzugeben. Jetzt, wo uns das gelungen ist und wir bis Mitte nächsten Jahres ausgebucht sind, müssen wir schweren Herzens aufgeben.« Über die Gründe redet Wittmann ungern. »Eine alte Geschichte« sei es, von der sie gedacht hätten, mit ihrem Umzug an die Ostsee wäre sie abgeschlossen. Aber jetzt gebe es Anzeichen, dass es bei seiner Frau wieder ausgebrochen sei.

Eine schwere Krankheit? Das milde Klima in der Toskana würde ihnen vielleicht Linderung verschaffen können, deutet Tom an. Aber mehr will er nicht sagen.

Wohlgefühlt haben sie sich hier und einen wichtigen Beitrag zur Entwicklung des Seebades geleistet, wie auch Kurdirektor Horst Putzler betont, der in den Wittmanns engagierte Verbündete für seinen Plan fand, Kühlungsborn wieder zur mondänen Seebadperle Mecklenburg-Vorpommerns zu machen.

Für den Ort immerhin erfreulich: Die Villa Seeblick wurde an einen Einheimischen verkauft, der das Hotel ganz im Sinne seiner Vorbesitzer weiterführen will. Mit einem Saisonabschlussfest verabschiedet sich das sympathische Paar am 30. September, ehe es sich dann mit Hilfe des Verkaufserlöses eine neue Existenz in Italien aufbauen will.

Festtrubel drang durch die hell erleuchteten Fenster des Wintergartens an diesem 30. September. Ein milder Sommerabend, der sich im Monat vertan hatte, umschmeichelte das Paar auf der Treppe zum Strand. Sie hatten sich heimlich davongestohlen und saßen dicht beieinander.

»Musstest du unbedingt diese Krankheitsgeschichte erfinden? Jetzt schauen mich alle so mitleidig an.«

»Ist denn Fernweh keine Krankheit? Immerhin treibt es uns von hier weg, obwohl es doch eigentlich ziemlich schön war.«

»Ja, aber einfach zu kalt. Wenn ich nur an die Winterstürme denke, bekomm ich schon 'ne Gänsehaut.« Wong rieb sich die Arme. »Ich freu mich auf Frankreich.«

»Auf Nizza, die Rue Pastorelli.

»Und unser lang ersehntes *Hôtel de Vendôme.*«

»Auf das *Vendôme*!« Sie tranken den Champagner in einem Zug und schlugen die Gläser so heftig aneinander, dass sie zersprangen.

»Dass wir glücklich bleiben.«

»Dass wir so glücklich bleiben.«

Nina Kinzig hatte die letzte Silbe noch nicht ausgesprochen, da warf Anna Wallner die linke Faust in die Luft und jubelte: »Frauenpower!« Sie begann enthusiastisch zu applaudieren und rief noch einmal: »Frauenpower, Love and Happiness!«

Keitel spürte, wie sich eine gigantische Schwerkraft aus Fremdscham über ihm ausbreitete und ihn langsam von seinem Sessel herunter zu Boden drückte. Diese Frau war eine Qual. Und fast genauso schlimm war, dass Nina Kinzig gerade einen Coup gelandet hatte. Es musste dringend etwas geschehen!

8. Kapitel

Es war nur halb so schlimm. Nein, eigentlich war es sogar ziemlich schön. Die Leute vom Elvis-Verein hatten Stil bewiesen. Kein pinkfarbener Flitter, kein Las-Vegas-Haudrauf-Pomp. Stattdessen hatte ein talentierter Beleuchter schlicht, aber wirkungsvoll eine retrohafte Schwarz-Weiß-Geometrie aus Licht und Schatten an die Wände geworfen.

Das Publikum saß vor einer nur leicht erhöhten Bühne an runden Tischen, die locker im Raum verteilt und für ein fünfgängiges Menü eingedeckt waren. Die Bitte um festliche Garderobe wurde mit einer Menge Smokings und eleganten schwarzen, weißen oder silber-paillettierten Abendkleidern beantwortet. Einzig eine Handvoll Elvis-Tributoren hatte es sich nicht nehmen lassen, in weißen Gala-Jumpsuits zu erscheinen, um ihrem aus dem Nichts aufgetauchten Kollegen Respekt zu erweisen. Es war wie in einem dieser amerikanischen Filme, in denen die herausragende Hauptfigur nach Jahrzehnten der Arbeit von irgendeiner noch herausragenderen Organisation geehrt wurde. Nur, dass diesmal nicht George Clooney die Rolle spielte, sondern Kriminalhauptkommissar Viktor A. Monk.

Nach den ersten beiden Gängen hatte der Vorsitzende Monk nach oben gebeten und ihm nach einer lockeren, kleinen Rede die Urkunde über die Ehrenmitgliedschaft überreicht. »Siehste, hat doch gar nicht weh getan«, hatte er Monk auf dem Weg zu den beiden Kaffeehausstühlen zugeraunt, die zusammen mit einem kleinen Tisch die einzigen Bühnenrequisiten waren.

Noch einmal musste Monk erzählen, wie es zu seinem Liverpooler Auftritt gekommen war. Als er gestand, eigentlich kein Elvis-, sondern Beatles-Fan zu sein, gab es ein paar zaghafte Buhrufe, die aber aus den Reihen des Publikums sofort niedergezischt wurden.

Nachdem der Vorsitzende in einer kleinen Diashow vorgeführt hatte, welche bekannten und erfolgreichen Elvis-Performer Monk quasi handstreichartig ausgeschaltet hatte, rollte jemand unter großem Applaus eine Schaufensterpuppe mit Monks goldenem Anzug herein. Auf die Idee mit der Puppe war der Vorsitzende gekommen, nachdem Monk nur in seinem schwarzen Showanzug erschienen war. Und Monk war ihm zuliebe noch einmal schnell die paar Meter nach Hause gefahren, um den Anzug doch noch zu holen. Ein fairer Kompromiss.

»Aber jetzt musst du uns wirklich erklären, wie es kommt, dass du ein so genialer Elvis-Tribute-Artist bist. Ich habe das Video deines Liverpooler Auftritts gesehen. Es ist wirklich unglaublich: deine Mimik, wenn du singst. Du machst zwar nicht den Gag mit der Oberlippe, aber trotzdem ist das Elvis pur. Ja und dann natürlich: Wie du singst. Wir wissen ja alle, wie nah man Elvis' Stimme kommen kann, wenn man riesiges Talent und seine Gesangsweise genau studiert hat. Hier unten sitzen einige der besten deutschen Elvis-Tributers ever. Und jeder von ihnen hat meinen größten Respekt. Da ist nicht ein leerer Poser dabei. Aber, liebe Tributer, ihr nehmt mir das jetzt nicht übel, ja? Monks Stimme klingt nicht nur wie die von Elvis. Monk hat Elvis' Stimme. Bis in den letzten Ton die perfekte Klangfarbe, selbst wenn er ganz andere Phrasierungen singt als Elvis. Wie viele Jahre harter heimlicher Arbeit stecken da drin, Viktor?«

Monk war peinlich berührt. Von so viel Lob. Aber auch von dem Druck, dass die Wahrheit jetzt wirken musste wie eine arrogante Lüge.

»Elvis zu singen, will ich nicht wirklich Arbeit nennen«, wich er aus. »Ich singe Elvis' Songs seit meinem neunten Lebensjahr. Aber immer nur für mich selbst«

»Das sind ja schon ein paar Jährchen«, sprang ihm der Vorsitzende bei.

Jetzt hätte Monk nur nicken müssen. Aber nein, der Herr Monk musste es ja wie immer ganz genau erklären, damit ihm später bloß keiner mit dem Vorwurf einer Falschaussage daherkam. »Na ja, eigentlich nur von meinem neunten bis zu meinem vierzehnten Jahr, und dann erst wieder sporadisch in den letzten drei, vier Jahren, als ich diese große 68er Comeback-Special-DVD-Box in einem Wühltisch gefunden hatte.«

Durch den Saal lief ein leises Raunen, und auch der Vorsitzende wirkte ein wenig irritiert, bis er sich dankbar auf das Stichwort stürzte, das Monk ihm serviert hatte.

»Ja, Elvis' berühmtes 68er Comeback-Fernseh-Special. Ein echter Meilenstein. Dein Auftritt lehnt sich ja auch stark an die Sit-Down- und die Stand-up-Sessions der Show an. Bevor ich aber dazu frage, ein paar Sätze für diejenigen in unserem Publikum, die mit Elvis nicht ganz so vertraut sind. Sie wissen alle, Elvis war auch ein erfolgreicher Filmstar. Er drehte einige ziemlich gute Filme, aber leider auch eine Menge schlechter, denn er steckte in lukrativen Verträgen fest. Seit seiner Rückkehr aus Bad Nauheim hatte er in Amerika nichts gemacht, außer Filme zu drehen und Schallplatten mit teils fragwürdigem Songmaterial aufzunehmen. Ende der Sechziger stand Elvis am Wendepunkt. Ein Typ, der mehr zur Vergangenheit als zur Gegenwart zählte. Und dieses Fernseh-Special, das eigentlich nur als geldproduzierende Weihnachts-Show geplant war, wurde zum Beweis dafür, dass Elvis definitiv ein Mann mit Zukunft war. Siehst du das auch so, Viktor?«

Monk nickte. »Absolut.«

»Er war wie befreit, machte endlich wieder richtig Musik vor einem unmittelbar reagierenden Publikum«, schwärmte der Vorsitzende.

»Ja, richtig. Aber viel wichtiger fand ich, dass er in diesen Sessions ganz bei sich selbst war. Vielleicht zum ersten Mal, nachdem er mit seiner ersten Band von Auftritt zu Auftritt gefahren war und bevor sie begannen, ihn abzurichten für das puritanische Amerika. Obwohl, so stimmt das natürlich nicht. Sie brauchten ja gar keine Gewalt. Auf gewisse Weise war Elvis doch selbst ein unglaublich konservativer und kleinbürgerlicher Typ.« Das Publikum wurde unruhig, aber Monk redete unbeirrt weiter. »Ja, Sir! Nein, Sir! Radikal war er wirklich nur, wenn er live Musik machte. Ich würde sogar sagen, wenn die Musik sich selbst durch ihn in die Welt brachte. Was er da tat, war nämlich viel größer als das, was er als Persönlichkeit war. Er selbst war überwiegend ein tablettensüchtiges Mamasöhnchen, das jeden seiner Wünsche sofort erfüllt haben wollte und glaubte, sich seine Freunde kaufen zu können. Aber dieses Geniale in ihm, mit dem war er ein paar Mal intuitiv absolut eins. Am Anfang von allem, in den 68er Sessions und noch mal bei seinen ersten Vegas-Shows. Da ist er selbst für mich der King.« Monk verstummte abrupt, überrascht von seinem eigenen Erklärungsdrang.

Eine beklemmende Stille herrschte plötzlich im Saal. Die Leute sahen einander ratlos an. Wie sollte man nur auf diese unverfrorene Mischung aus wüster Beschimpfung und Verherrlichung ihres Stars reagieren?

»Mein Lieber!«, durchbrach der Vorsitzende endlich das Schweigen mit einem Thomas-Gottschalk-würdigen Ausruf, der Respekt und Distanzierung in einem ausdrückte. »Für einen Beatles-Fan hast du dich ganz schön intensiv mit Elvis auseinandergesetzt. Jetzt hast du uns eine Menge Stoff zur Diskussion geliefert, lieber Viktor. Aber bevor die an den Tischen startet, vielleicht während des Essens in der Pause, wollen wir endlich live hören, wovon bisher nur die Rede war.«

Der Vorsitzende stand auf und trat an den Bühnenrand, während Viktor möglichst unauffällig hinter den seitlichen Vorhängen verschwand und drei Leute über die Bühne huschten, um wie beiläufig Stühle und Tisch abzuräumen.

»Morgen Abend, meine Damen und Herren, eine halbe Stunde nach der Ted-Herold-Show und der großen Elvis-in-Vegas-Show auf der Open-Air-Bühne an der Trinkkuranlage, wird Viktor Monk ein After-Show-Clubkonzert geben. Wenn Sie noch keine Karten haben, rennen Sie nicht los, es ist schon lange ausverkauft. Aber Sie haben Glück im Unglück. Denn hier kommt er nun, mit drei Songs exklusiv nur für Sie: The Voice of Elvis aus Deutschlands Elvis-Stadt Nummer eins Bad Nauheim, Ladies and Gentlemen, please give a warm welcome to Viktor A. Monk.«

Monk trat unter dem Applaus des Publikums auf die Bühne. Der Vorsitzende nahm plötzlich der Puppe das goldene Jackett ab und hielt es Viktor einladend hin, das Publikum applaudierte lauter. Monk spielte mit süßsaurem Lächeln mit, zog sein schwarzes Jackett aus, um es mit kühnem Schwung hinter die Bühne zu werfen.

Während er in das Goldstück hineinschlüpfte und die ersten Töne vom Band eingespielt wurden, tat der Vorsitzende so, als erinnerte er sich plötzlich an etwas: »Viktor, nur eine einzige, kleine Frage noch ...«

Aber Monk winkte grinsend ab und zeigte mit dem Finger nach oben, als fiele die Musik direkt vom Himmel und begann zu singen: »*A little less conversation, a little more action*«, und der Vorsitzende stimmte lachend zu und überließ Viktor die Bühne.

Vom ersten Ton an fühlte Monk sich aufgehoben. Es war alles gut, der Sound war gut, und diese Songs fühlten sich gut an, und das Publikum ging von Anfang an mit. Er brachte jetzt einen der Klassiker, *Mystery Train*, die Leute begannen zu wippen, und dann wäre mit dem dritten schnellen Song in Folge, *Memphis Tennessee*, schon wieder Schluss gewesen. Aber es war gerade so perfekt, und das Publikum fühlte es auch. Monk gab ein Zeichen, der Techniker spielte zwei weitere Playbacks ab, und Monk brachte mit einem bis zur Laszivität cool ausgespielten *All Shook Up* tatsächlich einige Zuhörerinnen dazu, mit ihren langen Kleidern auf die Stühle zu steigen und seinen Hüftschwung mit Pfiffen zu begleiten.

Ein Hüftschwung, der ihm bei normalem Bewusstsein bestimmt peinlich gewesen wäre, den er absolut nie trainiert hatte und nie trainieren müsste, denn er kam voll und ganz aus der Musik. Genau so, wie der junge Elvis es den Moral- und Sittenwächtern zu erklären versucht hatte, die ihn bei nur einer wilden Bewegung in den Knast stecken wollten. Und im Angesicht der schicken Frauen auf den Tischen wusste Monk plötzlich, warum er als zweite Zugabe *Little Sister* ausgewählt hatte und sang mit warnend winkendem Finger: »*Little sister, don't you do what your big sister does.*«

Es war ein großer Abend!

Oder richtiger gesagt, es hätte ein großer Abend sein können, hätte er denn mit Monks hinreißendem Auftritt geendet.

Dabei ließ sich die Talkrunde mit dem Publikum zunächst gut an. Monk geriet regelrecht ins Plaudern, noch ganz angefixt von der Atmosphäre seines Auftritts, der Zuneigung, die ihm entgegengeströmt war und dem ein oder anderen Glas eines leichten, spritzigen Weißweins. Es war auch nicht schlimm, dass jemand Monks negatives Elvis-Bild kritisierte. Schlimm war nur, was sich plötzlich aus dieser Frage und Monks Antwort entwickelte und in genau die persönliche Katastrophe mündete, die Monk von dem Augenblick an befürchtet hatte, als die Berichte über seinen Liverpooler Erfolg Bad Nauheim erreichten.

»Sie möchten wissen, ob ich meine, dass Elvis selbst schuld an seinem Untergang ist? Ich finde, es hat etwas von so einer griechischen Tragödie. In der ganzen Elvis-Geschichte steckt so viel Schuld von so vielen Seiten und Umständen, dass es überhaupt keinen Sinn mehr macht, nach Schuld zu fragen. Der tragische Kern ist, am Ende hätte es die ganze Elvis-Sensation wohl ohne das ganze Elvis-Elend gar nicht geben können. Das ist, was mich wirklich traurig macht.«

»Kannst du das noch ein bisschen genauer erklären, Viktor?«

»Wie viele Stunden habe ich?«

»So lange, bis der Küchenchef warnt, dass das Dessert warm wird.«

»Okay«, Monk atmete tief durch und legte los. Er erzählte, dass Elvis immer häufiger Mist gesungen habe, gezwungen und abgeschirmt von Verträgen, bestätigt von fanatischen Anhängern, die alles kauften, auf dem sein Name prangte, und angefeuert von einem Manager, der das Geschäft so beherrschte, dass er auf jeden noch so großen Deal einen noch größeren zu setzen wusste. Und getrieben von seiner einsamen Schlaflosigkeit und noch mehr Tabletten. Dass ihm ja schon die Army hier in Friedberg Amphetamine als gesunde Möglichkeit gegeben habe, ein Leben gegen seinen Körper zu führen. Sodass der Untergang eigentlich schon damals hier bei ihnen um die Ecke begonnen habe.

Und schließlich, als ein letztes, kleines Beispiel, all dieser Aberglaube in ihm.

»Er hat ja an Sachen geglaubt, Jesus! Stars halten sich länger an der Spitze, wenn sie dunkles Haar haben. So einen Bullshit glaubte er. Und färbte sich sein ganzes verdammtes Leben lang das helle Haar schwarz. Und all diese Idiotien wurden zu einem Korsett, in dem er eingesperrt war. Aber er wollte perverserweise auch gar nicht raus, weil es ihm das Leben ermöglichte, das ihm gefiel. Der neue Lincoln da, gefällt mir, kauf ich. Das Pferd da, das Haus, das Flugzeug. Komm her, ich schenk auch dir ein Auto, euch allen. Ich will euch glücklich sehen! Das konnte er alles nur als Elvis machen. Und wurde immer mehr zum Elvis-Darsteller. Bis er tatsächlich glaubte, der Messias zu sein, dem auferlegt ist, für das Glück der anderen die Elvis-Rolle bis zum vorgeschriebenen Ende durchzuspielen.« Monk hatte sich so ereifert, dass er fast um Atem ringen musste.

»Du färbst dir doch selbst die Haare, du Elvis-Parasit«, rief plötzlich einer aus dem Dunkel, der es offenbar nicht aushalten konnte, seinen Helden als arme Sau geschildert zu sehen.

Monk grinste. »Tut mir leid, mein Freund. Das ist das schwarze Haar meiner ostpreußischen Mutter.«

»Als Schüler hast du noch behauptet, es wäre Elvis' Haar und hast jeden verprügelt, der lachte.« Ein Spot wurde auf den Redner an einem der hinteren Tische gerichtet.

Monk versuchte ihn zu erkennen. Welches Kind steckte hinter den Fettbacken des Mannes in Monks Alter?

»Oh, anscheinend ein alter Schulkamerad«, schloss nun auch der Vorsitzende. »Ist das wahr, Viktor? Hast du dich damals so mit Elvis identifiziert, dass du dich für ihn sogar geprügelt hast?«

Monk hob hilflos die Hand. Egal, was er sagte, nun würde es losgehen.

»Er hat uns sogar weiszumachen versucht, er wäre Elvis' Sohn!« Der Redner brach in schallendes Gelächter aus, und ein Teil des Publikums stimmte ein, als hätte er soeben einen liebevollen Witz über den Ehrengast gemacht.

In Monks Hals formte sich ein Kloß und schnürte ihm allmählich die Luft ab. Der Vorsitzende wartete auf eine Reaktion, Monk sah ihn nur an, während sich der Typ am Tisch in der Aufmerksamkeit sonnte und noch einmal nachlegte. »Der Monk hat uns damals die Lieder vorgesungen und wenn dann jemand nicht sagen wollte, dass Monk der Sohn des King ist, bekam er einen auf die Nase.«

Jetzt erinnerte sich Monk. Das war Kastner, der Fabrikantensohn. Wegen dem wäre er tatsächlich beinahe von der Schule geflogen.

»Aber er konnte ja nichts dafür. War ja von seiner Mutter geleimt worden. Weil es ihr peinlich war. Flüchtlingskind, ungelernt, unverheiratet, aber schon ein Kind am Hals.« Wieder lachte der Typ, der schon leicht lallte, schäbig laut auf. »Weil sie sich ihren Herrenbesuch immer zum großen Elvis umgeträumt hat, hat sie den armen Viktor mit Zweitnamen Aaron genannt. Hätte ja auch nach dem Krieg kein ordentlicher Deutscher gemacht, aber für eine Halbjüdin gar kein Problem. Aber alle Achtung, Mann, alle Achtung! Man bekommt euch nicht klein. In diesem Sinne: Auf unseren großen Elvis-Helden Viktor Aaron Monk!« Er stand leicht schwankend auf und hob das Glas.

Jemand neben ihm versuchte vergeblich, ihn wieder auf seinen Stuhl herunterzuziehen. Empörtes Gemurmel füllte den Saal, und dann flog Monk schon zwischen den Tischen heran, Tischdecken mit sich ziehend, Gläser und Flaschen in ein Meer von Scherben verwandelnd, und begleitet von Aufschreien der Angst versenkte er seine Faust so exakt und ungebremst im Gesicht des Großmauls, dass das knochentrockene Knacken des Nasenbeins den Lärm der Zerstörung als markerschütterndes Ausrufezeichen zum Abschluss brachte. Der Typ schleuderte nach hinten, räumte als Zugabe noch den Tisch hinter sich frei und stürzte dann bewusstlos mit einem ungläubigen Ausdruck im deformierten Gesicht zu Boden.

Monk strich sich die Ärmel seines Jacketts herunter, schritt durch die Reihen zum Ausgang und verschwand in die Nacht.

Immerhin erst drei Caipirinhas später stand die Polizei in Person seiner holländischverwurzelten Assistentin neben ihm im hintersten Winkel der Havanna-Bar.

»Beeindruckender Auftritt, Herr Kollege.«

Monk hielt ihr die Handgelenke hin, als wartete er auf die Handschellen.

»Keine Anzeige.«

»Keine Anzeige? Der Arsch muss aussehen wie Axel Schulz nach seinem letzten Kampf. Hoffe ich jedenfalls.«

»Keine Sorge, er sieht aus wie Axel Schulz nach seinem letzten Kampf. Und er war sehr scharf darauf, Anzeige zu erstatten. Aber es gab da eine Menge Leute, die ihm klargemacht haben, dass sie nur darauf warten würden, im Gegenzug sofort Anzeige wegen Volksverhetzung gegen ihn zu stellen.

»Dass Antisemitismus mal für was gut sein kann. Und jetzt?«

»Will ich auch was trinken. Und dann will ich Ihnen erzählen, was ich im Fall Schmickler rausgefunden habe.«

»Ich hab Feierabend.«

»Sie sind Mitglied einer Mordkommission, schon vergessen? Da gelten ein paar andere Regeln als in Ihrer kleinen Villa in Memphis, Tennessee.«

Monk musste lachen.

Als ihr Bier kam, hielt er ihr sein Glas entgegen. »Ich war heute Morgen ein Ekel. Wollen wir noch mal anfangen? Ich heiße Viktor.«

»Ich weiß, Viktor Aaron Monk, du bist Elvis' Sohn. Und ich heiße Jenny, nicht adlig, aber Teil einer ziemlich einzigartigen, zweiköpfigen Mordkommission.« Sie hob ebenfalls ihr Glas in seine Richtung.

Monk zögerte. »Hör zu, ich könnte dir das alles beweisen, inklusive DNA von einer Locke, die mir Elvis' Friseur geschenkt hat. Aber ich habe keine Lust drauf. Und ich hab auch keine Lust, dass du dich über mich lustig machst.«

Sie stieß ihr Glas an seines. »Ich mache mich nicht lustig. Da muss man dich nämlich nur auf der Bühne sehen und hören, dann braucht man keine Locken-DNA, um dir zu glauben. Aber wo du jetzt ausnahmsweise mal so offenherzig bist, erzähl mir, wie das gekommen ist mit deiner Mutter und Elvis.«

»Du warst bei der Gala?«, Monk sah sie prüfend an, dann tranken sie endlich. »Ach, warum nicht. Es muss ja mal raus. Aber du hast Schweigepflicht, verstanden? Wenn ich höre, dass du tratschst, mach ich holländischen Matjes aus dir, oder niederländischen.«

Jenny nickte pflichtbewusst, und dann erzählte Monk fast eine Stunde lang. Wie seine Mutter als Neunjährige zusammen mit ihrer Mutter aus Ostpreußen geflüchtet war und wie sie mit sechzehn in Bad Nauheim plötzlich alleine dastand, nachdem die Mutter gestorben war. Nur noch mit einem Onkel zweiten Grades im Ort, dessen Tyrannei sie erst als Volljährige entkam.

All die Schmähungen, zu denen der Onkel immer beigetragen hatte, über die Schmarotzer aus dem Osten, die sich ja für was Besseres hielten und erst einmal ordentlich arbeiten lernen sollten. Und dann kam das Gerücht auf, sie wäre väterlicherseits ein »Judenkind«. Quasi aus dem Nichts. Nie hat sie erfahren, wer es in Umlauf gebracht hat, aber von da an blieb sie das »Judenkind«. Und sie hat nie versucht, das zurechtzurücken, sie hätte sich zu sehr geschämt, sich öffentlich von Juden zu distanzieren. Das war doch die Basis für die Verbrechen gewesen, dieses Ausgrenzen und Fingerzeigen, dachte sie. Aber es gab ja genug, die an den ganzen Dreck noch glaubten. Sie bekam das zu spüren, von den Jungen, die meinten, so eine jüdische Waise aus dem Osten sei Freiwild. Die sollte doch dankbar sein, von einem strammen Hessen flachgelegt zu werden. Sie hat sich sicher tapfer gewehrt.

Und dann kam dieser amerikanische Soldat. Sie arbeitete an der Kinokasse, und er lud sie auf eine so unglaublich höfliche und fast scheue Art ein, zugleich aber mit einem frechen, charmanten Lächeln, dass sie zusagte. Sie trafen sich vielleicht zwei, drei Monate lang. Nach einer Weile schliefen sie miteinander. Es war ihr erstes Mal, und sie hatte sich sehr bewusst für Elvis entschieden, hatte sie Monk sehr viel später, schon fast auf ihrem Totenbett erzählt. Nicht, weil er der King war, sondern weil sie sicher war, dass er sanft genug sein würde.

»Und warum ging es dann auseinander?«, fragte Jenny.

»Meine Mutter hat nie geglaubt, dass Elvis in ihr mehr als eine Abwechslung sah. Zumindest hat sie mir das so gesagt. Vielleicht, dass sie ihm etwas gab, das er von anderen nicht kannte. Aber mehr nicht. Sie wusste natürlich, dass es da noch genügend andere Freundinnen gab. Meine Mutter hat seine Aufmerksamkeit genossen. Ihr ganzes Leben sei sie nicht wieder so respektvoll behandelt worden. Aber dann hat sie doch mit ihm Schluss gemacht. Im September 1959. Zu der Zeit, als gerade dieses kleine, vierzehnjährige Mädchen namens Priscilla auftauchte. In weiß-blauem Matrosenkleid, weißen Söckchen und Schühchen. Das war mehr Elvis' Kragenweite. Meine Mutter war dagegen eine gestandene, junge Frau, die sich durchgebissen hatte, gerade mal ein Jahr jünger als Elvis. Es ging ihr irgendwann auf die Nerven, dass Elvis immer in Babysprache mit ihr reden wollte, wenn er sich besonders wohlfühlte, und dass er meine Mutter dann Mama nannte. Sie hat ihm gesagt, dass er gerne wiederkommen dürfte, wenn er erwachsen geworden sei. Einstweilen könnte sie kein Kind gebrauchen. Dabei war ich quasi schon unterwegs.«

»Und dann?«, fragte Jenny.

»Ist er nicht zurückgekommen. Weil er nie erwachsen wurde, schätze ich.« Monk lachte. »Meine Mutter hat mich alleine aufgezogen. Ich war das uneheliche Kind einer halbjüdischen Ostwaisen ohne Mann. Das war nicht einfach in der Schule. Irgendwann nach der x-ten Prügelei hatte ich alles Selbstbewusstsein verloren. Meine Mutter hat es nicht mehr ausgehalten und mir unter dem Schwur, dass ich es nie weitererzählen dürfte, verraten, wer mein Vater ist. Und ich Blödmann hab bei der nächsten schrägen Anmache sofort damit angegeben. Das gab Stoff für drei Jahre täglichen Terror.«

»Funktioniert bis heute, würde ich sagen.« Jenny wies auf die immer noch geröteten Knöchel von Monks Faust.

»Bevor ich mir den nächsten Caipi reinpfeife, solltest du deine Ermittlungsergebnisse an den Monk bringen. Danach geht nichts mehr.«

»Keine Sorge, so viel braucht es nicht, um eins und eins zusammenzuzählen. Die Rechtsmedizin hat Schmicklers Todeszeit auf 1.00 bis 2.30 Uhr eingrenzen können. Also habe ich die Kurbadreporter nach ihren Alibis gefragt.«

»Sie haben alle brav geschlafen.«

»Haben sie behauptet. Aber mindestens drei haben gelogen. Dieser ostfriesische Fahrradhotelier Jens Jensen wahrscheinlich nur aus Scham. Er hat sich laut Computeraufzeichnung um 0.32 Uhr auf dem Erotikkanal des Hotels einen Bezahlfilm freigeschaltet. Und dann im direkten Anschluss noch einen zweiten um 2.05 Uhr. Bei den anderen beiden ist es interessanter. Kai Hecker und Nina Kinzig haben um 23.17 Uhr gemeinsam das Hotel verlassen und sind erst um 3.49 Uhr zurückgekehrt.«

»Woher weißt du das?«

»Hecker hat seinen Wagen in der Tiefgarage des Hotels geparkt. Sie haben da eine Videokamera mit Bewegungsmelder installiert. Ich habe mir die Aufnahmen von gestern Nacht angesehen.«

»Großartig. Und die Autos der anderen Reporter. Standen die auch alle da?«

»Nur noch das von Uwe Weinrich. Anna Wallner ist mit dem Zug angereist, die anderen haben in den umliegenden Straßen geparkt.«

»Na, dann wollen wir uns doch morgen früh die beiden Nachteulen mal vorknöpfen.« Monks Handy, das vor ihm auf dem Tresen lag, vibrierte. Sein Kopf lag schwer auf seiner linken Hand, mit einem Auge schielte er auf das Display. Der Chef, um zwei Uhr nachts. »Geh du mal bitte ran«, bat er.

»Ja, immer im Dienst, Herr Krüger, ganz richtig.« Jenny verdrehte die Augen. »Monk? Äh, er ist nicht hier. Wo dann? Er ist – er ist gerade mal für kleine Königstiger.« Dann richtete sie sich plötzlich gerade auf und hörte eine Weile lang schweigend zu, »ja, wir fahren sofort hin, natürlich.« Sie wollte schon auflegen, aber anscheinend war Krüger noch etwas eingefallen. »Ich richte es ihm aus, klar.«

»Was solltest du mir ausrichten? Dass ich suspendiert bin?«

»Dass du dir beim nächsten Mal keinen Saal mit hundertfünfzig Zeugen aussuchen sollst, wenn du jemandem die Nase richten willst.«

»Guter Tipp. Und was noch?«

»Wir müssen los. Es gibt noch einen Toten.«

»Wo?«

»Im Schlosshotel.«

9. Kapitel

Kai Hecker lag mit verdrehten Gliedmaßen auf dem frisch gewachsten Eichenholzparkett im Foyer des Schlosshotels. Ein Heiligenschein aus dunklem Blut umrahmte sein kalkweißes Gesicht.

Die Kriminaltechniker waren soeben erst eingetroffen und damit beschäftigt, den Tatort mit Bändern abzusperren. Die Chefin schickte gerade drei ihrer Leute in die oberen Etagen.

»Ich hab dich im Fernsehen gesehen, Monk.«

»Du hast nachmittags Zeit zum Fernsehen?«

»Wann sonst, wenn ich nachts arbeiten muss?« Sie tippte auf ihre Armbanduhr. »Hast dich nicht gerade wie ein Rock'n-Roll-Star aufgeführt. Viel zu brav.«

»War doch eine Aufzeichnung. Die Szene, wie ich am Ende die Kulissen zerlegt habe, haben sie rausgeschnitten. Hör mal, wenn ich jetzt noch nicht frage, habe ich dann was gut bei dir?«

»Nee, dann sag ich dir lieber jetzt schon, was ich weiß. Ist allerdings noch nicht viel. So wie er liegt und sein Hinterkopf aussieht, vermute ich, dass er nicht aus dem ersten, sondern dem zweiten Stock heruntergestürzt ist. Dürften gute zwölf Meter sein. Meine Leute suchen das Geländer gleich nach Spuren ab. Bis jetzt habe ich jedenfalls noch nichts gesehen, das auf Fremdeinwirkung deutet.«

»Suizid?«

»Glaube ich nicht. Ein Ehepaar in Zimmer drei ist von einem lauten Schrei wach geworden. Als der Mann draußen nachschaute, hat er noch jemanden über die Holzdielen weglaufen gehört.«

»Und vorher hat keiner etwas von einem Streit mitbekommen?«

»Entweder es gab keinen, oder sie haben zu tief geschlafen. Der Schrei soll allerdings ziemlich martialisch gewesen sein.«

»Dann helfen wir den Kollegen mal bei der Zeugenbefragung.«

Sie hielt ihm ein Kaugummi hin. »Du hast Glück, dass es keine Promillegrenze für Vernehmungen gibt.«

»Im Zweifelsfall hat der da Glück, weil es jemanden gibt, der selbst betrunken nichts Wichtigeres kennt, als seinen Mörder zu suchen«, sagte Monk.

»Okay, Cowboy. Sollen wir den fremden Nasen hier noch schnell Bescheid geben, dass sie sich vor deiner Faust in Acht nehmen sollen?«

»Gott, diese Stadt ist echt ein Dorf.«

»Es gab einfach ...«

»... zu viele Zeugen, ich weiß.«

Ihre Aufmerksamkeit wurde auf eine der Seitentüren gelenkt, an der ein Polizist in einen heftigen Wortwechsel mit einem Gast geraten war.

»Das ist einer der Kurbadreporter, Uwe Weinrich«, sagte Jenny zu Monk, während sie sich den Streitenden näherten.

»Können wir Ihnen behilflich sein, Herr Weinrich?«, fragte Monk.

»Ich möchte abreisen, aber der Herr will mich nicht gehen lassen.«

»Warum wollen Sie denn mitten in der Nacht abreisen?«

»Machen Sie Witze?« Weinrich wies mit zitternden Fingern auf den toten Hecker. »Glauben Sie, ich warte hier, bis ich auch noch umgebracht werde? Erst Schmickler, jetzt Hecker?«

»Sie glauben, es gibt einen Zusammenhang?«

»Ja, was denn sonst? Zufall?«

»Wer könnte denn ein Interesse am Tod der beiden haben?«

»Wahrscheinlich jemand, der unbedingt Chefredakteur werden will.«

»Und welchen Ihrer Kollegen würden Sie so etwas zutrauen?«

»Keine Ahnung. Woher soll ich wissen, was hinter deren Stirn vorgeht? Wir kennen uns doch alle gar nicht richtig. Darf ich jetzt gehen?«

»Tut mir leid, Herr Weinrich. Im Augenblick verlässt niemand das Haus. Bitte begeben Sie sich auf Ihr Zimmer. Die Kollegen werden gleich Ihre Aussage aufnehmen. Sie erfahren rechtzeitig, wann Sie auschecken können.«

»Ja, aber ...«, setzte Weinrich an, doch Monk hatte sich schon abgewendet.

»Ich vermute, zuerst Nina Kinzig?«, fragte Jenny. »Sie sitzt im Damensalon. Der Arzt ist bei ihr.«

Nina Kinzig war fast ebenso blass wie ihr toter Freund Hecker. Der Arzt hatte ihr ein starkes Beruhigungsmittel gegeben und gewährte Monk nicht mehr als fünf Minuten für ein erstes Gespräch.

Ihr Zimmer lag im zweiten Stock im hintersten Winkel des Südflügels, während Hecker schräg gegenüber drei Zimmer weiter nach vorn logierte. Sie hatte nichts von einem nächtlichen Termin gewusst, sie hatte nicht mitbekommen, dass er sein Zimmer verlassen hatte und auch von dem Geschehen auf der Galerie nichts, bis Anna Wallner an der Tür geklopft hatte, um ihr so schonend wie möglich von Heckers Tod zu berichten.

Die Frage, warum Kai Hecker und sie kein Doppelzimmer geteilt hatten, brachte Nina kurzzeitig aus der Fassung. Aber dann fing sie sich wieder und beantwortete alle Fragen erstaunlich ausführlich. Der einzige Hinweis, wie sehr das Beruhigungsmittel wirkte, war ihre Sprechweise: langsam und leise, ohne jede Betonung, als wäre alles ganz weit weg und hätte nichts mit ihr zu tun. Sie seien gerade wieder einmal getrennt gewesen. Hecker habe Nina schon mehrfach Heiratsanträge, aber Nina schon beinahe ebenso häufig wieder mit ihm Schluss gemacht. Hecker habe ein massives Treueproblem gehabt. Dabei seien sie absolut auf einer Wellenlänge gewesen. Noch gestern Abend; ja, wo waren sie eigentlich gestern Nacht gewesen? Noch gestern Abend waren sie heimlich gegen Denglers Anweisung, dass alle im Schlosshotel bleiben sollten, nach Frankfurt zu einem Late Night Slam gefahren und hätten eine gute Zeit gehabt. Wofür es sicher hinreichend Zeugen gebe. Sowohl Hecker als auch sie seien ja aufgetreten und sie sogar bis ins Finale vorgedrungen. Hecker leider nicht, dabei sei sein Text wirklich großartig gewesen.

Ja, das stimme, es falle Hecker manchmal ganz schön schwer, wenn er verlor, aber er sei eigentlich ein Lieber, das Überehrgeizige hätte er schon noch verloren mit den Jahren, das kam nur aus einer überflüssigen Unsicherheit.

»Hatte er Streit mit den anderen Kurbadreportern?«

»Weinrich hat einmal mit Kai gestritten, weil er sich von Kai ausgenutzt fühlte. Dabei hatte Kai ihm nur netterweise Zugang zu einem besonderen Verkaufsseminar verschafft. Weinrich hat einfach eine Menge Probleme, das darf man alles nicht so ernst nehmen. Na ja, und dann natürlich Keitel. Kai und Keitel, das ist wie Hund und Katze, die können sich einfach nicht riechen. Beides Alphatiere. Das ging ja auch hier gleich wieder los beim Wettbewerb.«

»Kam es zwischen den beiden auch zu körperlichen Auseinandersetzungen?«, fragte Jenny.

»Sie standen ein paar Mal kurz davor. Das war was richtig Persönliches. Aber irgendwie haben sie immer noch die Kurve gekriegt.«

»Wenn Herr Hecker den Wettbewerb gewonnen hätte und Chefredakteur geworden wäre, was wäre mit den beiden passiert?«

»Kai hätte ihn garantiert sofort gefeuert. Aber umgekehrt hätte Keitel es sicher genauso gemacht.«

Sie hoben sich Keitel für den Schluss auf. Auch alle anderen Kurbadreporter hatten ihn belastet und über den blühenden Hass zwischen ihm und Hecker berichtet. Alle außer Dengler. Der Chefredakteur saß mit zitternden Händen vor einer Tasse Tee und verstand die Welt nicht mehr. Es könne keinen Zusammenhang zwischen den beiden Todesfällen geben, sagte er. Denn das hätte ja tatsächlich bedeutet, dass es irgendetwas mit dem *Kurbad-Kompass* zu tun haben musste. Wieder war er bereit, seine Hände ins Feuer zu legen. Er fühle sich verantwortlich für seine Reporter. Sie hätten alle ihr Päckchen zu tragen. Das sei Tradition beim *Kurbad-Kompass*: Mitarbeiter zu beschäftigen, die eine zweite Chance brauchten. Man zahle ja auch nicht sehr gut, zugegebenermaßen. Aber der *Kompass* habe auf diese Art vielen wieder in ein geregeltes Leben zurückgeholfen.

Ja, das gelte auch für Keitel. Der sei gar nicht so, wie er sich gab. In Wirklichkeit sei Keitel ein armer Hund. Opfer seines Nazi-Vaters, der später zweite Karriere als Richter gemacht habe. Im Keller habe er seinen Sohn eingeschlossen, wenn der mit schlechten Noten nach Hause kam. Und als er später durchs Jura-Examen durchfiel. Auf dem Flur des Landgerichts, vor Kollegen, Anwälten, Angeklagten und der ganzen Welt habe der Alte seinen Jungen zusammengebrüllt. Ein Wunder, dass der sich nicht umgebracht habe. Denn eigentlich sei Keitel ein ganz weicher, sensibler Typ. Er habe sich nur einen schrecklich dicken Panzer zulegen müssen, um im

Umgang mit seinem Vater zu überleben. Denn er komme einfach nicht los von ihm. Weder seelisch noch finanziell. Der *Kurbad-Kompass* gebe ihm Halt. Es gehe ihm schon viel besser, wenn man das mit seinen Anfängen vor fünf Jahren verglich. Und gewalttätig sei er nie gewesen. Sicher, er spiele den harten Burschen, aber schlagen würde der nie jemanden.

Dengler liebte seine Leute, das trübte den Blick für die Realitäten, dachte Monk. Und eine dieser Realitäten war Laetitia Weidenfelds Aussage, Keitel noch um kurz nach halb eins im Clubraum getroffen zu haben, als sie sich eine Flasche Mineralwasser für die Nacht holte. Keitel sei gerade damit beschäftigt gewesen, eine Flasche Rotwein zu entkorken. Sie hätten sich ein paar Minuten unterhalten, vor allem über die Beiträge des ersten Wettbewerbstages, und dabei habe Keitel eine seiner Tollwutattacken bekommen, wie die Weidenfeld es formulierte. Er habe sich so sehr in Heckers Story verbissen, dass Weidenfeld das Gespräch nur noch mit einem herzhaften Gähnen hatte abbrechen können und schnell zurück in ihr Zimmer gegangen sei. Was Keitel gemacht habe, ob er den Wein im Clubraum hatte trinken wollen oder in seinem Zimmer, das wisse sie nicht.

Keitel öffnete die Zimmertür nur einen Spaltbreit und sah Monk so an, als könnte er es nicht fassen, dass der es tatsächlich wagte, ihn mitten in der Nacht zu stören.

»Sie wissen, was geschehen ist?«, fragte Monk.

Keitel nickte.

»Na, dann lassen Sie uns mal rein, wir haben ein paar Fragen«, verschärfte Monk seinen Ton.

Keitel zog die Tür auf und lud die beiden mit übertriebener Verbeugung ein, hereinzukommen. »Wenn es nicht bis morgen warten kann.«

»Sie scheinen nicht besonders interessiert daran zu sein, dass der Tod Ihres Kollegen Hecker schnell geklärt wird«, preschte Jenny nach vorn.

»Ziehen Sie immer so schnell falsche Schlüsse?«, gab Keitel im selben abfälligen Ton zurück. »Ich wüsste nur nicht, wie gerade ich Ihnen dabei helfen könnte. Ich habe nämlich tief und fest geschlafen.«

»Unglücklicherweise allein«, stellte Jenny ironisch fest.

»Wenn Sie älter sind, werden Sie vielleicht erkennen, dass das Alleinsein nicht unbedingt ein Unglück bedeuten muss.«

»Ich bezog das eher auf die Qualität Ihres Alibis.«

»Brauche ich ein Alibi?«

»Sagen wir so, Herr Keitel. Angesichts Ihres angespannten Verhältnisses zu Herrn Hecker könnte ein starkes Alibi von Vorteil für Sie sein«, schaltete sich Monk ein, der den Wortwechsel genutzt hatte, sich umzusehen. »Sind Sie Historiker?«, fragte er und wies auf einige Bücher, die auf dem Schreibtisch und neben dem Bett lagen: *Der Tyrannenmord von der Antike bis zur Gegenwart – Das Attentat vom 20. Juli – Mord aus guten Gründen – Mit einem Schuss die Welt verbessern.*

»Wenn Sie mit Ihrer Frage meinen, ob ich einen diesbezüglichen Studienabschluss besitze, nein. Ich würde mich eher als Privatgelehrten bezeichnen.«

»Ein Spezialist für politischen Mord?«

»Ein faszinierendes Thema, oder? Wann darf man sich von einem Tyrannen mit Gewalt befreien? Wie viele Verbrechen müssen geschehen, um eines zu rechtfertigen? Sie stellen sich solche Fragen bestimmt auch manchmal. Bei besonders grausamen Morden. Oder bei Kindesmissbrauch.«

»Wenn ich mal in die Zwickmühle geraten sollte, wende ich mich Sie an«, antwortete Monk. »Und was würden Sie im Fall Hecker sagen? Ein gerechter Tod?«

»Er war ein blödes Arschloch. Man wird ihn nicht vermissen. Aber um zu sagen, ob er reif war, weiß ich nicht genug über ihn.«

»Aber Sie wissen, dass er Sie sofort rausgeschmissen hätte, wenn er hier gewonnen hätte«, unterstellte Jenny.

»Dafür hätte er ja die beste Geschichte schreiben müssen.«

»Hat er nicht?«

Keitel lachte hämisch. »Nach meiner bescheidenen Einschätzung steht er zwar nach dem ersten Tag auf Platz eins oder zwei. Aber heute kommt eindeutig die stärkere Konkurrenz: die Wallner ist eine ziemlich starke Texterin, bei Jensen, dem Schweiger, weiß man nie, und mit Verlaub, ich lese ja auch noch vor. Wenn wirklich jemand anderes für Heckers Tod verantwortlich gewesen ist und sich der Idiot nicht selbst runtergestürzt hat – und wenn derjenige es aus Angst vor einem Chefredakteur Hecker getan hat, war er definitiv ein Trottel.«

Monk konnte diesen selbstgefälligen Typen leiden wie schlechten Mundgeruch. Keitel hatte ein starkes Motiv. Und es war der einzige Ansatz, den sie bisher hatten. Dennoch war Keitels Einwand nicht von der Hand zu weisen: Warum sollte ein Mörder so ungeschickt mit seiner Abneigung hausieren gehen? Um besonders aufrichtig zu wirken? »Vielleicht hat derjenige es auch aus Hass getan. Das müssten doch gerade Sie gut nachvollziehen können.«

»Ich kann eine Menge Dinge gut nachvollziehen. Aber in diesem Fall ist das unerheblich. Ich habe geschlafen, ich kann Ihnen nicht weiterhelfen.«

»Das heißt, Sie haben sich den kompletten Bordeaux«, Monk wies auf eine hellgrün schimmernde, leere Flasche, die neben einem aufgeklappten Laptop stand, »innerhalb einer guten Viertelstunde reingezogen, und dann sind Sie innerhalb weiterer zehn Minuten eingeschlafen.«

»Ah, die Weidenfeld hat gepetzt. Das gute Seelchen. So wahrheitsliebend.«

»Keine schlechte Haltung«, befand Jenny.

»Besonders, wenn es einem zum Vorteil gereicht. Immerhin zähle ich zu den Favoriten hier. Und wenn ich durch einen falschen Verdacht nur für einen einzigen Tag ausgeschaltet würde, verbessern sich die Chancen der anderen schlagartig.«

Das war Keitels empfindliche Stelle, begriff Monk. »Ob der Verdacht falsch ist, werden wir noch feststellen. Ich will Sie nachher in der Polizeistation Friedberg in meinem Büro sehen. Sagen wir um vierzehn Uhr.«

»Da kann ich nicht. Ich muss heute Nachmittag meinen Kurzkrimi vortragen.« Zum ersten Mal in diesem Gespräch hatte Keitel sich nicht mehr ganz unter Kontrolle und leise Panik mischte sich in seine Stimme.

»Wenn ich Sie vorlade, haben Sie Zeit. Ich schicke Ihnen einen Wagen.«

»Aber Sie haben doch gar nichts gegen mich in der Hand! Sie können doch nicht so einfach meine Zukunft zerstören!«

»Sie glauben gar nicht, was ich alles kann. Sie sind kurz vor dem Verbrechen am Tatort gesehen worden. Es gibt zahlreiche Zeugenaussagen, dass Sie und das Opfer noch kurz zuvor heftig miteinander stritten. Und Sie sind wegen eines Gewaltdelikts vorbestraft. Das ist weit mehr, als ich brauche.«

»Also gut«, die Panik hatte inzwischen Keitels Augen erreicht. »Ich möchte meine Aussage bezüglich meines Alibis korrigieren.«

»Ja, weiter?«

»Ich habe noch nicht geschlafen.«

»Sondern standen auf der Galerie und haben Kai Hecker über die Brüstung gestürzt.«

»Quatsch. Ich habe geskypt. Von etwa Mitternacht bis viertel nach eins, als draußen der Aufruhr losbrach. Unterbrochen von einer zehnminütigen Pause, in der ich den Wein geholt habe.«

Monk sah Jenny fragend an.

»Okay«, übernahm sie geistesgegenwärtig, »mit wem haben Sie denn via Internet videotelefoniert?«

»›Via Internet videotelefoniert.‹ Spricht man so bei der Polizei? Oder sind Sie eine von diesen Sprachreinigern?«, fragte Keitel beinahe belustigt.

»Mit wem, Herr Keitel!«, wiederholte Monk ärgerlich.

»Mit einer Freundin.«

»Name.«

»Muss das sein?«

»Herr Keitel«, Jenny sah ihn genervt an.

»Elżbieta Krzymowska.«

»Warum wollten Sie sie aus der Sache heraushalten? Ist sie verheiratet?«

»Nein, es ist nur – sie ist die persönliche Pflegerin meines Vaters. Er würde sie sofort entlassen, wenn herauskäme, dass wir, also, dass wir in Kontakt miteinander stehen.«

»Dann zeigen Sie mal bitte her«, sagte Jenny und wies auf das Laptop.

»Brauchen Sie dafür nicht eine Durchsuchungsanordnung?«

»Sie können auch um vierzehn Uhr ins Büro kommen«, knurrte Monk.

Keitel holte den Computer aus dem Ruhezustand und öffnete das Programm.

»Sie erlauben«, sagte Jenny und schob Keitel zur Seite. Sie setzte sich vor das Laptop und rief das Kommunikationsprotokoll mit Elżbieta Krzymowska auf. Keitels Angaben stimmten. Sie scrollte ein paar Zeilen zurück und sah, dass Keitel auch am Abend zuvor lange mit der Frau telefoniert hatte. Für den Mord an Schmickler kam er also ebenfalls nicht infrage. Sie zückte ihr Smartphone und machte ein Foto von den Verbindungsdaten.

»Für alle Fälle brauche ich jetzt noch die Kontaktdaten von Frau Krzymowska«, sagte Monk. »Bitte ganz klassisch auf Papier, ja?!«

»Und damit wäre Ihre Vorladung hinfällig?«, fragte Keitel.

Hinfällig, der Typ sprach wie Monks alter Deutschlehrer. »Vorläufig ja. Aber Sie bleiben schön am Platze, falls wir erneut Konversation mit Ihnen zu treiben wünschen«, stelzte Monk zurück.

»Keitel ist mir nicht geheuer«, meinte Jenny auf der Fahrt zurück nach Bad Nauheim. »Diese ganzen Bücher über politische Morde. Und seine Aggressivität.«

»Wir geben den Kollegen in Wuppertal mal einen Wink. Nach dem, was Dengler über Keitels Vater erzählt hat, sucht er in den Büchern vielleicht nach einer Rechtfertigung, seinen Alten um die Ecke bringen zu dürfen. Tyrannenmord eben.«

»Vielleicht hat er deshalb die Pflegerin verschwiegen.«

Monk nickte und schaute gähnend auf seine Uhr. »Halb fünf. In anderthalb Stunden geht die Sonne auf. Und was haben wir in Händen? Nichts. Die Sache beginnt mir auf den Keks zu gehen. Kaum hat man mal einen Ansatz, zerrinnt er einem zwischen den Fingern. Erst Heckers und Kinzigs falsches Alibi, dann Keitels lupenreines Mordmotiv, und wo stehen wir jetzt?«

»Wieder am Anfang«, sekundierte Jenny.

»Genau da«, bestätigte Monk. »Ich brauche jetzt dringend ein paar Stunden Schlaf. Und danach schaue ich mir mal diesen Wettbewerb an.«

»Glaubst du nicht, dass Dengler ihn abbricht?«

»Gut möglich, aber bis ich das erfahre, habe ich wenigstens die Illusion, eine Idee zu haben, wie es weitergeht.«

»Und was mache ich?«

»Auch schlafen? Und dann diese Frankfurt-Geschichte von Kinzig gegenchecken. Dem Provider von Schmicklers Handy die Hölle heiß machen. Und was dir selbst noch einfällt, wenn du wieder wach bist.«

Jenny brachte ihn bis zu seiner Wohnung. Monk stieg aus und beugte sich zur Tür hinunter. »Wir sind ein gutes Team.«

»Du meinst, weil ich weiß, was Skypen ist?«

Monk grinste. »Zum Beispiel.«

10. Kapitel

Das macht insgesamt sechs Ja- und zwei Nein-Stimmen«, gab Dengler das Ergebnis ihrer Abstimmung bekannt. »Wir setzen den Wettbewerb also fort. Ich hätte aber volles Verständnis, wenn jemand, insbesondere natürlich Sie, liebe Frau Kinzig, lieber abreisen wollte. Ihr Beitrag bliebe natürlich im Wettbewerb.«

Nina Kinzig schluchzte. »Ich kann jetzt nicht nach Hause fahren. Am liebsten wäre mir, wenn Sie mich einfach nicht weiter beachteten.«

»Selbstverständlich«, nickte Dengler.

Die kleine Kinzig konnte einem wirklich leid tun. Aber warum musste sie sich auch mit einer solchen Pfeife einlassen. Das Stimmenverhältnis belegte ja noch einmal schwarz auf weiß, wie unbeliebt der Typ gewesen war. Aus lauter Gründen, die für Keitel im Übrigen einen Selbstmord ausschlossen. Hecker konnte nur ermordet worden sein, und Keitel hätte verdammt gerne gewusst, wer das getan hatte. Allein schon, um sich zu bedanken. Sein schärfster Widersacher, bei einer unfreiwilligen Flugstunde ums Leben gekommen. Andererseits wurde auch Keitel langsam etwas unbehaglich zumute. Weinrich hatte ja nicht ganz unrecht. Selbst wenn der sich als letzter Sorgen machen musste, dass ihn jemand als ernst zu nehmenden Konkurrenten betrachtete. Wenn hier tatsächlich jemand mit Hilfe von Mord und Totschlag Chefredakteur zu werden versuchte, wäre es doch glasklar Keitel, der in der größten Gefahr schwebte.

Er musterte die Reporter, die alle mehr oder minder blass in den großen Sesseln der Bibliothek saßen. Kaum vorstellbar, dass einer von ihnen – oder eine von ihnen, äffte Keitel in

Gedanken Anna Wallner nach – zwei Morde auf dem Gewissen haben sollte. Vielleicht könnte man es noch am ehesten Jensen zutrauen, dem Schweiger mit der beeindruckenden Statur eines Bauern in siebter Generation. Das hörte man ja häufiger, dass den Schweigsamen die Gefühle nur so herausexplodierten, wenn das Fass dann doch mal überlief. Sowohl Schmickler als auch Hecker hatten nur zu gut gewusst, wie man jemanden zur Weißglut trieb. Insofern kam natürlich auch Weinrich in Betracht, der alte Schienbeinzertrümmerer.

Wie auch immer, oder besser, wer auch immer. Keitel beschloss, etwas mehr Vorsicht walten zu lassen und sich mit niemandem mehr alleine in einem Raum aufzuhalten. Am Ende war es ja auch nur noch ein lächerlicher Tag bis zur Entscheidung.

Die Entscheidung. Gott sei Dank hatte Dengler den Wettbewerb nicht abgebrochen. Er hatte nur eine Stunde später begonnen und um eine geheime Abstimmung gebeten, weil er nicht mehr selbst bestimmen wollte, ob sie weitermachten.

»Wir haben heute Vormittag einen Gast«, fuhr Dengler fort. »Herr Hauptkommissar Monk wird den Wettbewerb verfolgen. Ich fürchte zwar, dass Ihnen das nicht viel bringt. Aber Sie sind natürlich herzlich willkommen.«

Auch damit hatte Dengler wieder recht. Wie kopflos musste dieser Polizist sein, dass er sich bei der Aufklärung seines Falls jetzt sogar schon Hilfe von der Literatur erhoffte oder glaubte, dass der Mörder dumm genug wäre, sich hier zu verraten. Ein Akt der puren Verzweiflung.

Na, was sollte man auch von einem erwarten, der in seiner Freizeit Elvis kopierte. Sicher ein Lokalheroe, der jährlich beim Festival seinen einzigen großen Auftritt hatte. Sollte er halt auf Kosten des Steuerzahlers etwas für seine literarische Bildung tun.

Keitel ließ seinen Blick noch einmal über die Runde schweifen. Unvorstellbar, dass einer von denen da ein Mörder war. Vielleicht gab es noch eine andere Verbindung zwischen Schmickler und Hecker. So wie diese Seminare bei Weinrich und Hecker.

Inzwischen war Anna Wallner an das Pult getreten. »Liebe Kolleginnen und Kollegen«, sagte sie, »es fällt mir genauso schwer wie Ihnen, jetzt einfach so weiterzumachen. Aber ich habe dafür gestimmt, weil ich nicht will, dass der Mörder sein Ziel erreicht und wir der Gewalt weichen.«

Wieder so ein Gutmenschengeschwätz. Aber andererseits auch eine interessante Idee, dachte Keitel. Wollte der Mörder sogar, dass der Wettbewerb abgebrochen wurde?

»Deshalb lese ich heute meine Geschichte vor und widme sie den beiden Opfern, die weiß Gott nicht meine Freunde waren. Aber sie haben es verdient, dass wir im Guten an sie denken.«

Nina Kinzig schluchzte wieder leise. Die Wallner war doch eine alte Schlange. Benutzte die Toten für ihre Sache, dabei wollte sie nur Chefredakteurin werden wie sie alle. Oder Chefredakteur, Keitel grinste so breit über seine stille Häme, dass Wallner ihn irritiert ansah und kurz ins Stocken geriet.

»Meine Geschichte führt nach Bad Salzuflen und beschäftigt sich, wie sollte es anders sein, mit einem meiner Spezialthemen …«

Zu den Ufern des Yarlung Tsangpo

Die Villa sah noch prächtiger aus, als sie es sich in ihren Tagträumen ausgemalt hatte. Hinter zwei hohen, schmiedeeisernen Torflügeln, in deren Mitte jeweils ein Tàijítú die Einheit von Yīn und Yáng symbolisierte, schlängelte sich ein Kiesweg durch das weitläufige Anwesen. Hügelan führte er auf einen mächtigen Portikus zu, der verriet, dass hier ein Mann wohnte, der sich der Tradition verpflichtet fühlte. Hinter dem Portikus erhob sich in Kontrast ein zweigeschossiger, weiß verklinkerter Flachbau. Und doch auch ganz der modernen Welt zugewandt, fand sie sich in ihrem Bild von ihm bestätigt. Allein die wenigen, Schießscharten gleichenden Fenster überraschten sie, war doch seine Musik so durchströmt von Licht und Offenheit.

Sie saß bereits eine dreiviertel Stunde in ihrem *Punto.* Das Buch in ihren feuchten Händen war schon ganz zerlesen. Noch ein paar Minuten, und sie würde wieder – wie oft schon? – ihren ganzen Mut verlieren. Aber heute müsste sie es endlich wagen, sonst wollte sie nie wieder hierher fahren. Sie summte ein Mantra, SO-HAM, SO-HAM, bis sich so viel Energie in ihr angesammelt hatte, dass sie dem grasgrünen Auto entsteigen konnte.

Kurz nachdem sie die Klingel neben dem Tor gedrückt hatte, stand sie in einem hellen Lichtkegel, und eine jugendliche Stimme meldete sich aus dem Lautsprecher.

»Ja bitte?«

Sie lächelte unsicher in ein elektronisches Glubschauge. »Mein Name ist Jutta Klinkenberg. Ich würde gerne Sören, ich meine natürlich Herrn Marin sprechen.«

»Worum geht es denn?«, fragte die Stimme.

»Ich wollte ihn bitten, ich habe hier sein Buch. Ich ... Das würde ich ihm eigentlich lieber selbst sagen«, antwortete sie und bemühte sich, ihr charmantestes Lächeln durch die Elektronik zu schicken.

Es blieb eine Weile still. Nie würde sie an diesem Assistenten vorbeikommen. Diese Leute waren schlimmer als die Witwen berühmter Künstler.

»Kommen Sie bitte herein.«

Während sie noch zweifelte, ob die Einladung statt aus der Gegensprechanlage nicht eher aus ihren Tagträumen herübergeweht war, entriegelte sich das Torschloss mit einem metallischen Klacken, und die beiden Flügel öffneten sich unter dem feinen Surren eines Elektromotors.

Sie war versucht, die Sandalen auszuziehen, um sich jeden Schritt über den schneeweißen Kies intensiver einprägen zu können. Aber am Ende des Weges hatte sich bereits die Tür geöffnet, und sie erkannte ihn sofort. Er war ganz in Weiß gekleidet, in einer weiten Leinenhose und einem langen, leinenen Hemd, das er leger über der Hose trug. Seine blonden, gewellten Haare reichten ihm bis auf die Schulter und waren, angestrahlt vom Licht des Entrees, von einer goldenen Aura umgeben. Sie musste sich zwingen, nicht schneller zu gehen, und doch geriet sie kurz ins Straucheln, als sie endlich die erste Treppenstufe erreichte und die Höhe des Absatzes unterschätzte.

Marin verfolgte ihren Beinahesturz regungslos, eine Unhöflichkeit, die sie irritierte. Aber dann begriff sie: Er hatte einfach gewusst, dass sie nicht fallen würde.

Jetzt lächelte er sie an und sagte mit der jugendlichen Stimme, die sie einem Assistenten zugeschrieben hatte: »Sie wollten mir etwas sagen?«

Jutta war eine Stufe unterhalb des Treppenabsatzes stehen geblieben und schwieg. Orientierungslos gefangen in einem Wirbel von Worten, die zuvor wohlgeordnet und durchdacht soeben in ein kosmisches Chaos stürzten. Als sie alle zugleich aus ihrem Mund herauswollten und Jutta ihm schließlich hilflos einfach das Buch entgegenhielt, lachte er und lud sie mit einer leichten Handbewegung zum Eintreten ein.

Er führte sie in den Wohnraum, der sich über den gesamten rechten Flügel des Erdgeschosses erstreckte. Anders als die Front bestand die Rückseite des Hauses quasi aus einem einzigen großen Fenster. Die vom Boden bis zur Decke reichenden Scheiben waren so in Aluminiumgelenke eingesetzt, dass man sie drehen und über eine Laufleiste bis zu den steinernen Eckpfeilern schieben konnte. Die Terrasse ging in eine von hohen Bäumen umsäumte Rasenfläche über.

Sie schaute andächtig auf den weißen, geöffneten Flügel, der vor den Glastüren in einem wundervollen Kontrast zum satten Grün des Gartens stand. Genauso hatte sie sich diesen Ort der Schöpfung vorgestellt, wenn sie Marins Musik hörte.

An der rechten Wand stand ein Regal voller gelb leuchtender Wörterbücher. Es sah ein wenig merkwürdig aus, aber Marin war natürlich ein Kosmopolit, der die Sprachen dieser Welt sprach, dachte sie. Gleich daneben entdeckte sie zum Garten hin eine kleine Treppe. Erst jetzt nahm sie draußen einen schlauchartigen Anbau wahr, der vom Hauptgebäude abging. Das eigenartige Gebäude schien einem Souterrain ähnlich aus einem Hügel herauszuwachsen und war an die dreißig Meter lang. Anstelle von Fenstern hingen an der Außenwand in regelmäßigen Abständen Klimageräte wie Nistkästen.

Wo war ihr Gastgeber? Sie drehte sich in diesem großen, weiten Raum, der über Flügel und Regal hinaus nur noch mit zwei weißen Ledersofas, einem kleinen Glastisch und einer *Bang&Olufsen*-Anlage mit Plasmabildschirm möbliert war.

Da stand Sören Marin. Hinter einer Halbmauer, die sich als Theke einer Bar entpuppte, und beobachtete sie, während er zwei Cocktails mixte.

»Oh, ich trinke keinen Alkohol«, sagte sie entschuldigend.

»Sehr gut, Jutta. Dies hier ...«, er ließ nun eine weißlich-sämige Flüssigkeit mit orangefarbenen Sprenkeln aus dem Shaker in die Gläser laufen, »ist ein alter, balinesischer Zaubertrank. Gemixt aus dem Saft und etwas Fleisch einer jungen Kokosnuss, einigen Stückchen einer reifen Limette, einem guten Schuss ihres Saftes sowie geraspelter Papaya und natürlich aufgefüllt mit zerstoßenem Eis. Voilà!« Er trat hinter der Bar hervor und kam nun mit den Gläsern in der Hand zu ihr in die Mitte des Raums: »Membuat bahagia!«

»Membuat bahagia!«, antwortete sie.

»Oh, Sie kennen den indonesischen Trinkspruch?«

»Seit Sie ihn sagten. Er ist sehr schön.«

»Sie sprachen ihn so natürlich aus, mit genau dem nötigen leichten Vibrato der Lippen. Sie waren schon in Indonesien?«

»Nur in Gedanken. Beim Hören Ihrer CD *Softly as in a balinesian sunrise*.

»Ja«, sagte er versonnen, griff nach einer kleinen, runden Scheibe, die sich als Fernbedienung entpuppte, drückte eine Sensortaste, und aus unsichtbaren Boxen erklang das erste Stück *Aeroplane to Bali*. »Nicht dass Sie mich für eitel halten. Eigentlich höre ich nie meine eigene Musik. Aber heute hatte mich eine ungeheure Sehnsucht nach den glücklichen Inseln erfasst. Gerade als Sie klingelten, hatte ich die CD eingelegt, um ein wenig zu träumen.«

»Und ich habe Sie davon abgehalten. Dabei weiß kaum jemand besser als ich, wie wichtig es ist, den Wegen Ihrer Musik zu folgen. Ich werde Sie jetzt nicht länger stören. Wären Sie nur so nett, mir Ihr Buch zu signieren?« Jutta stellte das halb leere Glas ab und hielt ihm erneut das Buch entgegen, auf dessen vielfach eingerissenem Schutzumschlag ein Traumstrand leuchtete.

»Aber nein, bleiben Sie«, rief der Komponist aus, klappte den Einband von *Swingin' Marin – Ein Leben für die Weltmusik* auf und schrieb seinen Namen in vielen Kreiseln quer über den Schmutztitel. Dabei hatte er nicht aufgehört, ihr in die Augen zu sehen. Als er ihr das Buch zurückreichte, strahlte er sie an: »Es ist schön, mit jemandem zu sprechen, mit dem man die Leidenschaft, zu träumen, teilt.« Er folgte ihren Blicken, mit denen sie die Atmosphäre des Raums in sich aufzunehmen suchte. »Möchten Sie auch die obere Etage sehen?«, fragte er, als sie gerade auf eine Wendeltreppe sah.

»Ich weiß nicht. Es ist so schön, hier unten mit Ihnen Ihre Musik zu hören.« Sie war wie betäubt von der Harmonie des Augenblicks. Hier stand sie endlich. SO-HAM. Mit dem Mann, in dessen Musik sie sich so verlieren, nein, in der sie sich erst wirklich finden konnte.

Ganz zu Beginn hatte sie Marins Musik nur als Entspannungshilfe für ihre Klienten eingesetzt. Aber ganz schnell hatte sie für Jutta so große Bedeutung gewonnen, dass sie beim Zuhören manchmal vergaß, die ayurvedischen Behandlungen ihrer Kunden fortzuführen. Wenn die dann zuweilen unangemessen laut und unentspannt mehr Engagement einklagten, konnte sie da anders, als unwirsch zu reagieren? Offenbar war ihnen doch die Größe der Marin'schen Kompositionen verborgen geblieben – und wie sollte dann sie, Jutta, bei ihnen überhaupt irgend etwas bewirken können? Lieber Umsatzverluste hinnehmen, als solchermaßen Resistente vergeblich behandeln.

»Aber das ist doch gar kein Problem«, hörte sie Marin sagen. »Ich habe die gleiche Anlage auch oben, und ein Exemplar der CD wird auch dort zu finden sein. Ich mache Ihnen einen Vorschlag, Jutta. Er widerspricht zwar eigentlich meinen Grundsätzen, aber ich habe auf meinen Reisen gelernt, dass man die Magie eines solchen Augenblicks niemals von Prinzipien zerstören lassen darf.«

Jutta nickte wissend, denn diesen Satz hatte sie wie sehr viele andere in seinem Buch mit grünem Stift markiert.

»Treten wir die Traumreise nach Bali gemeinsam an. Wir legen uns oben in mein Aqua-Landscape – Sie ziehen die Stirn kraus, Sie werden sich doch nicht schon wieder Sorgen machen, Jutta? – Es ist kein banales Wasserbett, in das ich Sie locken wollte. Ich rede von einem sechs mal vier Meter großen Areal, umgeben von einem kleinen Wasserlauf, der jenem Weg nachempfunden ist, den sich der Yarlung Tsangpo durch den Himalaya gegraben hat. Jeder von uns behält seinen Freiraum, und doch erfahren wir alles gemeinsam. Wollen wir, Jutta?« Er streckte ihr seine geöffneten Hände entgegen und sah sie mit ungeschütztem Blick an.

Jutta wurde schummrig. Sie fürchtete und hoffte zugleich, in der nächsten Sekunde zu Hause in ihrem Bett aufzuwachen, durchgeschwitzt, aber dankbar für einen erregenden Traum. Sie starrte auf die Wendeltreppe, die ihren Schwindel bis zur Hilflosigkeit verstärken würde. Und sie spürte, wie alle Orientierungspfeiler, die sie in den vergangenen Jahren in den Boden gerammt hatte und auf denen Sätze standen, die mit *Nein, ich möchte nicht, dass jemand mit mir ...* begannen, drohten, in einem Wirbel der Betörung fortgerissen zu werden. »Ich glaube, ich muss jetzt dringend gehen«, stammelte sie. »Ich habe gleich noch einen Termin. Entschuldigen Sie.« Sie drehte sich abrupt in Richtung des Entrees, voller Scham, dass sie mit ihrem Unvermögen, einfach Ja zu sagen, nun die Magie des Augenblicks zerstörte.

Marin konnte die Enttäuschung in seinem Gesicht kaum verbergen. »Wenn Sie meinen, Jutta. Falls Sie irgendwann einmal wieder hierher kommen, bringen Sie doch etwas mehr Zeit mit.« Er wandte sich ab. »Ich würde Sie gerne noch zur Tür bringen. Aber in der Melancholie dieses plötzlichen Abschieds sind mir die Fragmente eines neuen Songs in den Sinn gekommen. Ich wünsche Ihnen alles Gute, Jutta.«

Marin setzte sich an den Flügel und legte die Hände auf die Tasten, als wartete er darauf, endlich alleine zu sein. Mit diesem Bild und in hastiger Unachtsamkeit verließ Jutta die Villa.

Schwerer Landregen hatte einen mystischen Schleier über das Anwesen und den jenseits der Straße liegenden Wald gelegt. Sie blieb unter dem Portikus stehen. Das gleichmäßige, pladdernde Geräusch des auf den Kies und die Blätter der Bäume fallenden Regens beruhigte sie. Was war da eben geschehen? Warum war sie davongestürzt wie ein überforderter Teenager? Und was hatte er im Sinn gehabt, nur schnellen Sex oder nicht doch die wundervolle spirituelle Begegnung zweier im selben Rhythmus pulsender Sakralchakren? Vielleicht war sie vor einer neuen Erfahrung geflohen, die ihr Leben hätte verändern können.

Wie auch immer, sie sog die kühle, saubere Luft tief ein, es war vorbei. Sie ging langsam in Richtung des Tores, das sich plötzlich zu öffnen begann – ein Sensor? Oder stand er im Entree und beobachtete sie? Der Gedanke gefiel ihr. Sie schritt aufrecht, das Qi floss blockadefrei durch ihre Meridiane. Sie erreichte den *Punto*, öffnete die Tür, setzte sich, drehte den Schlüssel, der Motor sprang nicht an.

Sie ließ den Anlasser zwei-, dreimal orgeln, dann bekam sie Angst um die Batterie. Verdammte Feuchtigkeit, verdammte Zündkerzen. Sie stöhnte leise auf, versuchte es lange und verzweifelt, bis der Anlasser nur noch ein trockenes Klacken von sich gab.

Ihre Wohnung und die Praxis waren gut fünfzehn Kilometer entfernt im Zentrum Bad Salzuflens. Von hier aus fuhr kein Bus. Und ihr Handy hatte sie vor Aufregung zu Hause liegen lassen. Sie musste zu Fuß gehen. Fünfzehn Kilometer. Im Regen.

Als sie eingesehen hatte, dass es nur eine Alternative gab, wurde sie ganz ruhig. Sie sprach laut. »Erstens: Du gehst da rein. Zweitens: Du gehst nicht mit ihm ins Bett, auch nicht in eine Aqua-Landschaft oder sonst etwas. Nicht heute jedenfalls. Drittens: Du bist eine selbstbewusste Frau. Viertens: Er ist Sören Marin. Einer der größten Komponisten unserer Zeit. Aber er ist ein Mann. Nur ein Mann. Mit einigen primitiven Reflexen, die er offensichtlich noch nicht im Griff hat. Fünftens: Er wird dich begehren, gerade weil du anders bist als all die Esoterik-Groupies und Exotinnen, die sich ihm zu Füßen werfen. Du, Jutta, du wirst den Zeitpunkt bestimmen. Du ganz allein. Und jetzt los.«

Das späte Öffnen der Torflügel, ihr trotz des Regens ruhiger Gang den gewundenen, weißen Weg entlang und ihr selbstbewusster Aufstieg zur Tür unter seinem nur mühsam verdeckten amüsierten Blick erschienen ihr jetzt wie die ersten Züge in einem Strategiespiel, das zu verlieren sie nicht bereit war.

»Sie sind wieder da«, er lächelte sie an. »Kommen Sie herein. Konnten Sie Ihren Termin doch noch absagen?«

Sie blieb an der Schwelle stehen. »Ich hoffe, ich bereite Ihnen keine Unannehmlichkeiten. Aber mein Wagen springt nicht an.«

»Ich kenne mich mit Autos unglücklicherweise nicht aus.«

»Vielleicht könnten Sie mir Starthilfe geben.«

»Mein Wagen ist leider in der Werkstatt. Er sollte eigentlich längst wieder hier sein. Aber wie Sie sehen ...«

Jutta wurde allmählich unsicher. »Aber ein Taxi werden Sie mir schon rufen können. Oder ist Ihr Telefon auch defekt?«

Sie hatte es keck sagen wollen, aber es klang schnippisch. Marin überhörte den schiefen Ton und bewahrte sein Lächeln. »Kommen Sie erst einmal herein.«

In der spiegelnden Glastür zwischen Entree und Wohnraum konnte sie sehen, dass er ausgiebig ihren Po begutachtete, während sie vor ihm herging.

»Nehmen Sie Platz, Jutta. Ich rufe eben meinen Mechaniker an.«

»Machen Sie sich keine Umstände. Uflener Vorwahl und fünfmal die Zwei.«

»Nein, ich bestehe darauf, Sie nach Hause zu fahren, wenn es denn möglich ist.« Marin klappte sein iPhone auf. »Jimmy? Ja, wo bleibst du? Verstehe. Eine Stunde? Okay.« Er legte das Handy weg und seufzte: »Mein 59er Impala. Wenn so ein Schätzchen erst mal in der Werkstatt ist, lassen die es nicht mehr so schnell raus. In einer Stunde kann ich Sie fahren – viel schneller wäre ein Taxi auch nicht hier. Tun Sie mir den Gefallen und leisten Sie mir noch ein wenig Gesellschaft.«

»Und Ihr neuer Song?«

»Schon fertig. Es war sehr intensiv.« Er sah zur Seite, als schämte er sich für eine so intime Auskunft.

Jutta genoss den Blick in den Garten. »Eine Stunde. Also gut, mein Termin ist sowieso nicht mehr zu halten.«

Er mixte an der Bar einen neuen Cocktail, diesmal grün mit einer gelben Haube. »Brazilian Spirit«, sagte er, »das Rezept eines alten Freundes aus Uruguay. Natürlich alkoholfrei.«

»*Brazilian Spirit*, so hieß doch Ihre vorletzte CD. Ich höre sie oft, wenn ich sehr müde von der Arbeit bin. Dieser großartig lebensfrohe Rhythmus – besser als jede Dusche.«

»Oh, Sie mögen sie auch so sehr? Sie ist mein persönliches Lieblingsalbum. Ich habe sie sozusagen aus den Hüften heraus komponiert. Es war eine irre Erfahrung. Wollen wir sie hören?«

Er ging hinüber zu der *B&O*-Station, drückte daneben auf einen Sensor in der Wand, die leise nach vorne surrte und zur Seite fuhr.

»Hier muss sie doch irgendwo sein«, sprach er in ein mächtiges CD-Regal hinein, »ach, ich weiß – ich hatte sie gestern mit nach oben genommen. Soll ich sie eben holen, oder wollen wir die verbleibende Zeit nutzen und die Besichtigung von *Summerhill* fortsetzen, Jutta?«

»Summerhill? Was für ein schöner Name. Danke Sören, ein andermal. Ich möchte sofort los, wenn Ihr Wagen gebracht wird.«

Marin seufzte leise und ließ sich Jutta gegenüber auf das zweite Sofa fallen. »Also plaudern wir ein wenig. Wenn ich mir einen Termin bei Ihnen geben ließe, welche Behandlung würden Sie mir empfehlen?«

»Oh, das kann ich ohne eine Puls- und Zungendiagnose und eine umfassende Konstitutionsbestimmung nicht beantworten.«

»Ach, versuchen Sie's doch, ich werde Sie hinterher schon nicht verklagen.«

»Na, das will ich doch hoffen«, Jutta rutschte auf dem Sofa ein wenig nach vorn. »Also, wenn ich mal von Ihrer Musik ausgehe, was schwierig ist, weil Ihre Kompositionen so vielfältig und von so vielen Kulturen beeinflusst sind, aber ich schätze, in Ihnen ist das Pitta-Dosha außerordentlich dominant, dazu kommt aber sicher noch ein guter Teil des Vata-Doshas. Darum würde ich versuchen, das zu Gunsten des Kapha auszugleichen, um Ihre innere Harmonie weiterzuentwickeln. Ich würde wohl mit einem Shirodhara-Stirnguss beginnen. Aber wie gesagt, das wäre erst der Anfang eines ausführlichen Panchakarmas.«

»Und bei diesem Stirnguss spielen Sie dann meine Musik?«

»Ja, wenn zum Beispiel Ihr Kapha zu massiv wäre und ich eine Udvarthana-Massage durchführte, dann würden Sie dabei Ihre CD *The whispering winds from Waikiki Beach* hören. Und beim Shirodhara-Stirnguss läuft immer *Lovely Tune.*«

Marin lächelte freundlich und wollte sich gerade erheben, vermutlich um an der Bar einen neuen Drink zu mixen, aber Jutta war noch nicht fertig. »Wenn Sie hingegen gerade in einer Phase existentieller Suche wären, würde ich Ihr Kronenchakra mit einem Ätherischen Kristall stimulieren, wahrscheinlich einem Amethysten. Dazu passt ganz ausgezeichnet *With the eyes of a child.* Und dann zum Beispiel ... «

Es war ein wundervolles Gefühl in ihr. Jutta spürte, wie ihre Meridiane sie durchpulsten, die Worte flogen ihr nur so zu. Nie war sie sich bewusster, wie weit sie den Weg der Erkenntnis schon beschritten hatte, ja wie intuititv sie mittlerweile durch die verschiedenen, aber eng miteinander verwandten Systeme zu navigieren wusste, denn alles war mit allem verbunden und alles zusammen war Qi.

Und Ausdruck dieses Ganzen war die Musik Marins. Sie war stolz und glücklich, ihm nun zeigen zu können, wie vertraut sie mit seinen in nur drei Jahren erschienenen siebenundvierzig CDs war, diesem unglaublichen Werk esoterischer und ethnomusikalischer Komposition.

Marin saß die ganze Zeit über ruhig da. Er schien vergessen zu haben, dass er eben noch hatte aufstehen wollen. Seine Augen wirkten müde, aber das war wohl nur sein Ausdruck konzentrierten Zuhörens, einer Innenschau, die darauf achtete, was ihre Sätze in ihm zum Klingen brachten.

Sie war gerade erst bei ihren Überlegungen zu seiner zehnten CD angelangt, *Crying for a doomed Kiribati*, seinem einzigen unmittelbar politischen Werk, das er jenen Inselketten gewidmet hatte, die durch den Klimawandel in den Fluten des Pazifiks untergehen würden. Da störte plötzlich ein schauderhaft schriller Schrei die Harmonie ihrer Begegnung. Sie zuckten beide zusammen, als das furchtbare Geräusch vom Garten aus durch die geöffneten Oberlichter die Luft durchschnitt.

»Was war das?«, fragte Jutta bebend, doch Marin lachte nur ein wenig gekünstelt.

»Ein Luchs, Jutta. Es war einer dieser Luchse, die sich vom Harz hierher verirrt haben. Ganz schön unangenehm.«

»Lassen Sie sie jagen?«

»Um Gottes willen, nein. Die Katzen sind ja extra ausgewildert worden. Aber ich gestehe, dass ich keine Lust habe, eines Morgens von den Pinselöhrchen eines Luchses geweckt zu werden. Darum habe ich einen Elektrozaun um das Anwesen herum ziehen lassen. Der Stromstoß ist sicher schmerzhaft, aber keinesfalls tödlich.«

»Schauderlich«, sagte Jutta. »Es hörte sich so menschlich an.«

»Ja, Katzen. Wer einmal mit einer zusammenlebte, weiß, wie nahe sie uns sind.«

Juttas Anspannung ebbte langsam ab, und sie musste lachen. »Ich habe sogar zwei. Sie ergänzen sich prima. Paul fehlt der Schwanz und Lissy ein Ohr. Die mögen von Ihren Songs übrigens am liebsten die auf Ihrer zweiundzwanzigsten CD *Pharao's Dance*, zu der ich eigentlich erst später etwas sagen wollte, um die Chronologie nicht zu verletzen, aber wo wir gerade so emotional aufschäumend dahin gekommen sind …«

Marin schloss nach fünf Minuten wieder ganz konzentriert die Augen, doch kurz darauf sprang er urplötzlich auf und warf sein Handgelenk mit der überdimensionalen Armbanduhr in die Höhe. »Oh je, bei all unserer schönen Plauderei haben wir ja ganz die Zeit vergessen. Kurz nach elf schon. Ich fürchte, mein Mechaniker hat uns versetzt. Ein Künstler in seinem Fach, aber vollkommen unzuverlässig. Verzeihen Sie, Jutta, nun werde ich Ihnen doch ein Taxi rufen müssen.« Ehe sie etwas erwidern konnte, hatte er auch schon das Telefon in der Hand. Er drückte eine Kurzwahltaste und fluchte leise. »Wie war Ihre Taxinummer noch gleich? Fünfmal die Zwei?« Er wählte und wieder musste er den Anruf ergebnislos abbrechen. »Besetzt«, sagte er über seine

Schulter hinweg, wählte aufs Neue und noch einmal und ein weiteres Mal. »Das kann ja wohl doch nicht sein, dass alle Taxibetriebe in Salzuflen dauerbelegt sind.«

»Vielleicht ist Ihr Telefon ja gestört«, sagte Jutta irritiert von Marins plötzlichem Aktionismus und seinem unwirschen Herumdrücken auf der Tastatur.

Statt zu antworten, griff er nach seinem Handy und versuchte es damit. »Besetzt, kaum zu glauben. Aber keine Sorge, ich versuche es weiter.« Er lächelte sie an, doch die negativen Vibrationen dahinter wären auch ohne Reiki-Ausbildung mit Händen zu greifen gewesen.

Schließlich, es lastete schon eine unangenehme Stille auf ihrer Paarkonstellation, ging der Ruf doch noch durch. Marin nickte ihr zu, schob die Hand in die Hosentasche und legte den Kopf in den Nacken, als er sich meldete. Kaum hatte er seine Adresse genannt, ruckte er mit dem Kopf nach vorne. »Wie? Frühestens in drei bis vier Stunden? Ich bin einer Ihrer besten Kunden. Ja. Hören Sie, ich zahle den doppelten Preis. Plus Anfahrt. Das werde ich mir merken, vielen Dank.« Marin warf das Handy auf das Sofa.

»Was ist los?«

»Kein Taxi vor drei Uhr.«

»Sie machen sich einen Spaß mit mir, oder?« Jutta spürte, wie sich ihre Abwehrmechanismen regten.

»Meine Späße sehen anders aus, Jutta. Der bittere Ernst heißt 775 Jahre Schötmar.«

»Das große Stadtfest.«

»Der Lippetag. Die Lipper zu Gast bei Verwandten.« Marin verzog das Gesicht.

Jutta wollte nicht, dass die schöne Stimmung von eben nun ganz verfliegen sollte. »Vielleicht nicht so einfallsreich, aber ich fand das Motto des Bürgermeisters trotzdem schön. So friedlich.«

»Na gut. Jedenfalls sitzen die Lipper und ihre Verwandten im Augenblick allesamt in Taxis. Da wird sich kein Fahrer den Schnitt kaputtmachen lassen, indem er zu mir rausfährt. Es hilft nichts. Wir müssen noch einmal nach Ihrem Auto sehen.«

Jutta stand auf, fast war es ihr, als ob sie schwankte. Sie folgte Marin, der schon zur Haustür vorgelaufen war. Eben hatte sie noch geglaubt, der Komponist wollte eine Art Taxitrick anwenden, um sie über Nacht hierzubehalten. Jetzt fühlte sie sich von ihm zurückgestoßen und wurde wütend. Hatte sie denn etwas Falsches gesagt? Sie rekapitulierte im Schnelldurchlauf ihre Ausführungen zu seiner Musik und ihren Behandlungsformen, aber sie fand keinen Misston darin. Vielleicht hatte er plötzlich Angst vor seinen eigenen Wünschen bekommen. Oder er mochte es nicht, wenn eine Frau über Nacht bei ihm blieb. Es gab ja Männer, die aus Furcht, im Schlaf ins Kissen zu sabbern oder, ohne es zu ahnen, in eine echte Beziehung hineinzurutschen, alles dafür taten, die zuvor mit allen Mitteln eroberte Frau gleich wieder in die Nacht hinauszujagen. Sie war in den letzten fünf Jahren mit gleich drei dieser Blockadetypen zusammengestoßen.

Marin ließ sich den Autoschlüssel geben und sprintete durch den strömenden Regen, wobei er mit seinen Mokassins immer wieder fluchend in tiefe Pfützen geriet. Jutta verfolgte vom Portikus aus, wie er vergeblich den Wagen zu starten versuchte, um danach über den Motor gebeugt mit spitzen Fingern ratlos an Kabeln zu ziehen, ehe er resigniert die Haube herunterkrachen ließ.

Als er sich unter den Portikus gerettet hatte, waren seine weiße Leinenhose mit Schlammspritzern übersät, sein Hemd durchnässt und seine Mokassins aufgeweicht.

Er brauchte ein paar Sekunden, um wieder zu Atem zu kommen, dann sagte er beinahe verzweifelt: »Es tut mir leid, Jutta, aber ich habe wirklich keine Idee mehr, wie wir Sie heute noch nach Hause bekommen. Ich kann Ihnen nur noch ein regenfreies Zimmer in *Summerhill* anbieten.«

Jutta sah den derangierten Sören Marin an, der hilflos mit den Schultern zuckte, und akzeptierte das offenkundig hintergedankenfreie Angebot mit huldvollem Nicken.

»Das Gästezimmer befindet sich ebenfalls im ersten Stock, sagte Marin. »Es ist immer vorbereitet – meine Freunde stehen oft ziemlich spontan vor der Tür. Sie finden dort bestimmt auch einen frischen Pyama in Ihrer Größe.«

Jutta folgte ihm ein wenig aufgeregt, weil sie nun doch schon dem Innersten des Musentempels so nahe kommen sollte. Sie überlegte, ob sie das

Gespräch an sich ziehen sollte, damit Marin sie nicht doch noch plötzlich in seine Wasserwelt einlud, aber er stand schon am Kopf der Treppe und wies ihr den Weg zum Gästezimmer wie ein Verkehrspolizist, der im Regen stoisch seiner Aufgabe nachging.

»Die erste Tür links, gleich gegenüber ist Ihr persönliches Badezimmer. Wann würden Sie gerne frühstücken? Wäre Ihnen acht Uhr recht?«

Jutta war unzufrieden. Sie verstand diesen Mann nicht. Es schien jetzt wieder, als könnte er es kaum erwarten, sich in getrennte Betten zu verabschieden. Auch hatte seine Freundlichkeit etwas beinahe Professionelles, Überkorrektes. Sicher, Prominente wie er bedurften solcher Methoden, um sich vor falschen Freunden zu retten. Aber hatte ihm ihr langes Gespräch dort unten nicht gezeigt, wie vertraut sie mit seiner gedanklichen Welt war? Und hatte Sören denn nicht gespürt, wie ungeheuer synchron die Schwingungsfrequenzen ihrer beider Chakren verliefen? Sie hatte den oberen Treppenabsatz erreicht und trat, ihrem dritten Auge folgend, gegen die Richtung, die seine Hand wies, auf ihn zu. Sie streckte sich ein wenig, schuf sich Halt, indem sie ihre Hand sanft auf sein Brustbein legte, und küsste ihn lächelnd auf die Wange.

Dass ihn eine solche zarte Geste sofort irritierte, erfüllte sie mit warmherziger Freude, sodass sie ihn gleich noch ein zweites Mal küsste und fast flüsternd sagte: »Sie sind noch sympathischer, als ich es mir vorgestellt hatte, Sören Marin.«

Ebenso schnell, wie sie an ihn herangetreten war, löste sie sich nun und ging mit einer flotten Wendung zu ihrem Zimmer, nicht ohne sich noch einmal herumzudrehen und ihm lächelnd eine gute Nacht zu wünschen.

»Ich werde gleich noch einmal nach den Luchsen sehen müssen«, rief er ihr hinterher, »nicht dass Sie erschrecken, wenn Sie draußen Geräusche hören sollten.«

»Ich werde schlafen wie in Gaias Schoß«, rief sie zurück und entschwand in ihr Zimmer.

Nachdem sie sich umgesehen hatte, nahm sie sich einen Herren-Pyjama aus dem Schrank und ging in das Badezimmer, das auf der Seite zum Vorgarten lag.

Sie griff nach einer eingeschweißten Zahnbürste und der Zahnpasta. Aber wollte sie denn diesen Tag einfach so mit dem üblichen Ablauf beenden? Sie legte alles beiseite und ließ heißes Wasser in die Badewanne einlaufen. Dann knöpfte sie langsam ihr Kleid auf, ließ es von den Schultern zu Boden gleiten. Vom Vorgarten und der Straße aus würde sie gut zu erkennen sein. Der Gedanke ließ ihr Sakralchakra ein wenig schneller kreisen. Sie fühlte seinen Schwingungen nach, bis ein Gong sie plötzlich aus ihren sanften Empfindungen riss. Schnell löschte sie das Licht und öffnete leise die Tür.

Sie hörte eine Stimme, zwar laut und polternd, in dem, was sie sagte, jedoch gänzlich kleinmütig und von Entschuldigungen durchzogen – es war der Mechaniker, der sich, wie er beteuerte, bis eben noch damit abgemüht hatte, die Kurbelwelle eines falschen Baujahres passend zu machen. »So 'n Impala ist eben 'n echtes Individuum, sag ich dir.«

Nachdem sie beobachtete hatte, wie der Mechaniker zusammen mit einem Kollegen in einem zweiten Wagen weggefahren war, lauschte Jutta eine Zeit lang, ob Marin sie doch noch nach Hause bringen wollte. Aber er kam nicht, und sie legte sich mit einem wohligen Seufzer in die Muschelwanne. Den Kristallleuchter hatte sie nicht wieder angeschaltet, der Schein des Dreiviertelmondes tauchte das Badezimmer in ein alles verzauberndes, blaues Licht, in dem die Armaturen sich glitzernd zu einem Sternbild fügten, für das es noch keinen Namen gab.

Sie hatte ein wenig meditiert und war dann eingenickt. Als sie auffuhr, wusste sie für eine kurze Weile nicht, ob sie noch träumte. Dann erinnerte sie sich an alles. Durch das halb offene Fenster waren schwere Schritte auf dem Kies zu hören und das ebenso schwere Rollen eines Reifens. Sie stieg leise aus der Wanne, schlang sich ein Handtuch um den Körper und schlich zum Fenster.

Marin mühte sich damit ab, eine Schubkarre zu seinem Auto zu schieben. Sie war mit einem großen schwarzen Sack schwer beladen, sodass das Rad der Karre tief in den nassen Kies einsank. Als sie einmal beinahe umkippte, entfuhr Marin ein heftiger Fluch. Erschreckt schaute er zur Villa herüber, Jutta zuckte vom Fenster weg.

Als sie wieder einen Blick nach draußen wagte, war Sören damit beschäftigt, den Sack in den Kofferraum seines schicken 50er-Jahre-Cabriolets zu hieven. Er drückte den Deckel so leise wie möglich ins Schloss, sah noch einmal kurz zu den oberen Fenstern der Villa, sprang über die geschlossene Fahrertür ins Auto hinein und verließ im Schritttempo das Anwesen. Als er die Straße erreicht hatte, verschwanden die Rücklichter schnell in die Dunkelheit.

Jutta merkte, dass sie die ganze Zeit über kaum zu atmen gewagt hatte. Wie schwer war so ein Luchs eigentlich? Wohin bringt man so einen Kadaver? Ob Marin wohl lange fortbliebe? Sicher lange genug für eine kleine Besichtigung der Villa, dachte sie, während sie sich einen der weißen, flauschigen Bademäntel überzog.

Sie war eigentlich nicht der Typ Mensch, der in anderer Leute Sachen herumschnüffelte, aber dieser Mann war ihr seit drei Jahren ein so treuer Begleiter in allen Lebenslagen, dass es ihr irgendwie zustand, zu überprüfen, ob ihr Bild von ihm der Realität entsprach.

Es fanden sich noch zwei weitere Gästezimmer in diesem Flügel des Hauses. Im anderen entdeckte sie das Aqua-Landscape. Es war unglaublich schön, so fantastisch authentisch, wenn natürlich auch nur im Maßstab. Jutta musste sich losreißen. Ihr würde bei einem zweiten Besuch noch genug Zeit bleiben, sich den Emotionen hinzugeben, die dieser Raum in ihr auslöste.

Nach einer kurzen Visite des dahinterliegenden Bades und des nicht minder geräumigen Ankleidezimmers, in dessen begehbarem Kleiderschrank sie etwa zwanzig gleichartige Garnituren von Marins aktuellem Outfit entdeckte, stieg sie die Treppe hinab.

Sie wollte gerade in den Flur hinter der Wendeltreppe gehen, als ein heftiges Wummern gegen die Glastür zum Park sie erstarren ließ.

»Sören? Sind Sie das?«, rief sie in das Dunkel hinein. Aber statt einer Antwort trommelte jemand erneut heftig gegen die Glasfront. Jutta zuckte zusammen, Marin würde sich sicher keinen Scherz mit ihr erlauben. Angst stieg in ihr auf.

Sie konzentrierte sich und stellte sich vor, dass ein rotes Licht auf sie falle und aus ihren Füßen Wurzeln in den Boden wüchsen. Das Wummern nahm zu.

Aber erst als die Wurzeln den Erdmittelpunkt erreicht hatten, öffnete sich der vierblättrige Lotus ihres Muladhara-Chakras so weit, dass Jutta den Mut hatte, sich von ihrem Platz zu lösen. Sie näherte sich der Tür, bereit, auf etwas Furchtbares zu treffen. Doch was sie sah, war fern all ihrer Erwartungen. Sie zweifelte an ihrer Wahrnehmung, erwog und verwarf den Gedanken, dass Marin eine halluzinogene Droge in ihren Cocktail gemischt haben könnte.

So sehr sie die Augen zusammenkniff – wenn sie sie danach wieder öffnete, stand da immer noch ein kleiner, dicklicher Indio in einem abgerissenen Poncho und warf ihr flehend seine gefalteten Hände entgegen. Die Thermopenverglasung schluckte seine Worte, aber es war auch so klar, dass er darum bettelte, hineingelassen zu werden.

Marin würde sicher bald zurückkehren, und er war der eigentliche Adressat dieses Problems. Sie sollte sich besser oben auf ihr schönes Futon legen. Wenn sie jetzt die Tür öffnete und das da draußen war der Lockvogel einer Bande, die das Haus ausräumen wollte? Wo ein Indio war, standen doch in aller Regel drei, vier andere direkt dahinter, das kannte man ja aus der Fußgängerzone.

Der Indio fiel jetzt auf die Knie, Jutta machte unwillkürlich einen Schritt auf ihn zu. Tränen liefen über seine Wangen. Plötzlich griff er in ein schmales weißes Band aus Kieseln, das die Terrasse vom Haus trennte. Jutta schrak zurück, doch statt die Steine gegen das Glas zu werfen, begann der Fremde einen Kiesel nach dem anderen auf den Boden zu legen: S.O.S. Sie sah direkt in die verheulten Augen des Indios. Eine Welle des Mitgefühls durchwogte sie. Hier musste geholfen werden, sofort.

Sie entriegelte die Tür und winkte den Mann herein. Plötzlich zögerte er, sah ängstlich in das dunkle Innere hinter Jutta. »Böser Mann?«, fragte er und trat erst ein, nachdem ihm Jutta, nicht ohne leichten Schauder über diese Selbstauslieferung, zweimal versichert hatte, vollkommen alleine zu sein.

Der Indio sprach kaum Deutsch und etwas weniger Englisch als Jutta, der dazu noch ein paar Brocken Schulspanisch in den Sinn kamen. Alles zusammen führte immerhin zu so viel Verständigung, dass Juttas Angst abebbte und sie bereit war, Pedro an den Ort zu folgen, auf den er immer wieder aufgeregt zeigte.

Die Tür am Fuß der kleinen Treppe, die die Villa mit dem Anbau verband, war aus massivem Stahl gefertigt und abgeschlossen. Während ihr Begleiter erneut in großes Wehklagen ausbrach, sah Jutta sich um und entdeckte eine Vase. Sie griff hinein und holte nicht ohne Triumph einen Schlüssel hervor.

Als sie die Tür geöffnet hatte, schaltete sich klickend eine Reihe von Neonröhren an, die einen sehr langen und schmalen Flur beleuchteten, auf dessen linker Seite sich mehrere Türen befanden.

Pedro griff nach Juttas Hand und zog sie hinter sich her. An der ersten Tür blieb sie stehen. Sie drückte die Klinke herunter und fand ein riesiges Mischpult. Dahinter trennte eine Scheibe einen großen Raum ab, in dem zahlreiche Instrumente und Mikrofone standen. Obwohl dort gerade keine Musik gemacht wurde, liefen im Regieraum fünf große Tonbandmaschinen, deren Pegelanzeigen in unterschiedlichen Mustern ausschlugen. Tief beeindruckt, im Zentrum von Marins Komponistendasein zu stehen, verharrte Jutta, bis Pedro sie schimpfend weiterzerrte.

An der zweiten Tür stoppte der Indio. In die schwere, genietete Eisentür war über eine verschlossene Handreiche eine Plexiglasscheibe eingelassen, die einen weitwinkligen Blick auf ein Zimmer mit vier Etagenbetten, einer Toilette und einem Waschbecken freigab. Auf Betten und Boden hockten sieben südostasiatisch aussehende Männer versunken vor Gamelan-Instrumenten und machten Musik. Sie trugen brokatene Sarongs, Saputs und Udengs – eine traditionelle und kostbare Kleidung, die allerdings stark abgetragen und zerknittert wirkte.

Jutta versuchte die Tür zu öffnen, aber sie war abgeschlossen. Sie bemühte sich, mit wilden Bewegungen vor dem Fenster die Musiker auf sich aufmerksam zu machen, doch ihr Begleiter erklärte ihr in einer kuriosen Pantomime, dass die Scheibe auf der anderen Seite verspiegelt sei, sodass man zwar hinein-, aber nicht hinausschauen könne.

Sie hätte gerne ein paar Atemübungen gemacht, um die in ihr aufsteigende Übelkeit zu bekämpfen, doch Pedro zog sie weiter zur nächsten Tür. Dieser Raum war etwas kleiner und mit nur zwei Etagenbetten ausgestattet. Hier saß ein einzelner Indianer auf dem Boden, der gerade ein Ledersäckchen umdrehte, sodass eine Menge kleiner Steine oder Knochenstücke herausfiel. Er beugte sich über das Orakel und bewegte dabei die Lippen. Jutta entdeckte einen kleinen, unscheinbaren Knopf am Türrahmen, drückte ihn und hörte aus einem verborgenen Lautsprecher den leisen, unruhigen Gesang des Mannes. Sie rief in die Richtung, in der sie den Lautsprecher vermutete, aber Pedro winkte kopfschüttelnd ab und mahnte zur Eile.

In den nächsten Räumen fand Jutta eine portugiesische Fado-Sängerin, die von einem steinalten Gitarristen begleitet wurde und ein australisches Didgeridoo-Trio. Aber Pedro zog sie immer wieder schnell weiter hin zur letzten Tür, hinter der drei ebenso kleine, aber noch viel dickere Ponchoträger hochnervös im Kreis liefen.

»Amigos?«, fragte Jutta hilflos.

Pedro nickte und begann wie ein Irrer an der sich keinen Millimeter bewegenden Tür zu ziehen. Plötzlich aber ließ er von der Tür wieder ab und stürzte dem fernen Ausgang zu. Hatte er etwas gehört? Vielleicht war Marin zurückgekehrt? Jutta lief Pedro in wachsender Panik hinterher – wenn er jetzt die Tür hinter sich zuwarf?

Aber Pedro rannte wie kopflos zum Ausgang, ehe Jutta ihn mit einem schrill gerufenen »Dangerous! Stop! Marin coming!« zum Halten brachte. »I know a way out of here«, sagte sie, »I take a look, ob he comes, and then I verstecke you in my car, understand?«

Pedro nickte und schüttelte dann direkt den Kopf. »No verstecke, run!«

»No, no, the Böse Mann is searching you out there. And there is no City, only Wald and one street here. He will find you – ganz sicher. Comprendre?«

Sie schob den Indio, der unter der Ausweglosigkeit seiner Situation zusammenzubrechen drohte, resolut hinter einen Vorhang, »Wait here, I look!«, und öffnete vorsichtig die Haustüre.

Es war absolut still, kein Auto, nichts. Sie trat hinter den Vorhang, der nicht nur den Indio, sondern auch einen grauen Kasten mit der Steuerung von Tor und Alarmanlage verbarg. Sie jubelte innerlich, als sich gleich beim ersten Tastendruck die Torflügel in Bewegung setzten, und winkte Pedro zur Tür.

»See the green car? That's mine. You versteck in the Kofferraum, understand? No? Place for luggage? Okay. We can not drive sofort. Marin would know also sofort. Okay? Okay! Tomorrow is a good day. We then drive to the city and go to police.«

In Pedros Augen kehrte etwas Leben zurück, als er »police« hörte. »Can telephone police directo?«

»Is no good«, schüttelte Jutta den Kopf. »Niemand will believe us at telephone. The böse Mann is very famous. Let's go.«

Pedro quetschte sich mit einiger Mühe in den Kofferraum. Sie musste mehr erfahren, ehe Marin zurückkehrte, dachte Jutta und begann hastig, Fragen zu stellen.

Sie war sich nicht sicher, ob sie alles richtig verstanden hatte, aber was sie sicher begriffen hatte, reichte aus, um Marin in einem völlig neuen Licht zu sehen.

Offenbar hatte der Komponist die Indios, die in der Bad Salzuflener Fußgängerzone gespielt hatten, angesprochen und zu sich nach Hause eingeladen. Nachdem er sie mit Alkohol und anderem betäubt habe, seien sie erst wieder in ihrer Zelle aufgewacht. Das sei vor mehr als drei Jahren gewesen. Sie waren die ersten gewesen, aber bald folgten weitere Gefangene – Afrikaner, Inder, Südseeinsulaner.

Sie alle waren Straßenmusiker, die von niemandem vermisst wurden. Einige Monate lang mussten sie für Marin die Musik ihres Landes spielen. Dann ließ Marin sie plötzlich verschwinden. Die Peruaner hatten sich nach und nach eine Vertrauensstellung erworben und gingen Marin gegen kleinere Vergünstigungen bei alltäglichen Arbeiten im Trakt zur Hand. Ihnen gegenüber behauptete er, er würde die Musiker mit einem Flugticket und einem großzügigen Taschengeld nach Hause entlassen. Aber Pedro und seine Freunde seien sich sicher, dass er alle ermordet hätte. Warum er sie verschonte, wussten die Indios nicht. Marin habe mehrfach erklärt, dass er sie anders als die übrigen nicht freilassen könne, weil sie wüssten, wo sie sie sich befanden. Alle anderen Musiker habe er in weiter entfernten Großstädten in einen Caravan gelockt und entführt. So sehr er sie mögen würde; sie sollten sich doch besser darauf einstellen, ihre Heimat nie mehr wiederzusehen.

Jetzt verstand Jutta, warum er gleich sechs CDs mit peruanischer Panflötenmusik veröffentlicht hatte.

Mit den anderen Musikern durften die Peruaner nie sprechen. Dafür ließ er sie nachts im Garten umherspazieren oder in einem der Gartenhäuschen an Fitnessgeräten trainieren. Stets habe Marin sie dabei aber wie Tiere an der Kette gehalten. Schließlich waren sie, als ein Stück Putz von der Wand ihres Gefängnisses abgefallen war, auf die Idee gekommen, hinter einem der Betten den Mörtel zwischen den Steinen der Hauswand herauszukratzen. Gestern Abend hätten sie endlich so viele Steine gelöst, dass sich Pedro und ein weiterer Indio durch das entstandene Loch hatten hindurchzwängen können. Die übrigen drei Kameraden hatten sie wegen ihrer Dickleibigkeit, die sie der Gefangenschaft und fettiger Nahrung verdankten, jedoch zurücklassen müssen.

Als sein Freund Emilio in den Metallzaun, der das Anwesen umgab, sprang, um ihn zu übersteigen und Hilfe zu holen, habe ihn ein heftiger Stromschlag getroffen, und er sei mit einem furchtbaren Schrei leblos zu Boden gestürzt.

Pedro hatte sich sofort hinter den Bäumen versteckt. Marin, der erst viel später herausgekommen sei, habe Emilio und das Loch in der Mauer entdeckt, das er notdürftig mit Stacheldraht verstopfte, ehe er sich auf die Suche nach Pedro machte. Der aber war mittlerweile in die oberen Äste eines Baumes geklettert. Schließlich habe Marin aufgegeben und den immer noch wie tot daliegenden Emilio in einen Sack gestopft und auf einer Schubkarre fortgebracht.

Endlich verebbte der Redeschwall Pedros. Jutta beschwor ihn, ruhig zu warten, bis sie am nächsten Morgen den Kofferraum öffnen würde. Es werde bestimmt acht, neun Stunden dauern, die er am besten schlafend verbringen sollte.

Pedro bat die Haube nur anzulehnen. »Too dangerous«, wehrte sie ab und wies beruhigend auf einige Rostlöcher hin, die für eine regelmäßige Luftzufuhr sorgen würden. Sie nickte ihm zu und schloss die Haube.

Im Haus zog es sie zurück in den Trakt. Sie musste noch einmal sehen, was sie nicht fassen konnte. Aber der Blick in den langen, kalten Flur ließ sie so sehr schaudern, dass sie die Tür schnell wieder abschloss und den Schlüssel in eine nahe der Bar stehende Vase warf.

Dann setzte sie sich auf eines der Sofas und meditierte. Über ihr Bild des Komponisten, über die wahre Wirklichkeit, die echte Wirklichkeit und die wirkliche Wirklichkeit sowie die drei Welten.

Sie sah sich über eine gewundene Straße mit vielen Umwegen zu diesem Haus gelangen, zu diesem Punkt, an dem sich alles entscheiden würde. Und sie erkannte, dass sie bis zu diesem Augenblick ihren Weg hinkend hatte bewältigen müssen und dass aber nun Heilung nahte. Und sie durchschaute die innere Struktur und den Zusammenhang all dessen, was sie von sich und von Marin wusste.

Nach einer guten Stunde hörte sie die Haustür. Marin ging zielstrebig auf die Glastür zu, eine Stabtaschenlampe in der Hand, und verschwand im Garten. Zwanzig Minuten später, in denen er jeden Winkel des Anwesens ausgeleuchtet hatte, kehrte er vollkommen verschwitzt und erschöpft zurück.

Als er das Deckenlicht anschaltete und Jutta still dasitzen sah, erschrak er heftig. »Was machen Sie hier?«, herrschte er sie an, um sofort deutlich milder fortzufahren: »Es war ein harter Abend. Können Sie nicht schlafen?«

Jutta schüttelte den Kopf.

»Ich hoffe, ich war nicht zu laut. Ich habe den Luchs zum Tierpark Olderdissen gebracht. Eine ganz schöne Schlepperei. Aber es war nichts mehr zu machen. Er hatte sich unglücklicherweise mit dem Hals in einem aufgerissenen Stück Zaun verfangen und sich mit jeder Bewegung weiter stranguliert.«

»Armes Tier«, sagte Jutta. »Ich bewundere einmal mehr Ihre Phantasie, Sören.«

Es war deutlich erkennbar, dass Marin kurz davor stand, die Augen zu verdrehen. »Sie erlauben, dass ich mich jetzt zurückziehe. Ich möchte mich frisch machen. Soll ich Sie danach nach Hause fahren? Wir sind beide wach – die kleine Fahrt würde mir nichts ausmachen.«

»Es ist nur natürlich, dass Sie jetzt gerne allein wären, Maestro. Aber glauben Sie, es wäre wirklich klug? Es könnte doch sein, dass Sie auf der Suche nach dem zweiten Luchs meine Hilfe benötigen?«

»Nach dem was?« Sören wich der letzte Rest Farbe aus dem Gesicht.

»Ihre Suche nach dem zweiten peruanischen Luchs, Sören. Der Ihnen gerade so viel Sorgen bereitet.«

Er stürzte ein paar Schritte auf sie zu, doch ihr selbstbewusstes Lächeln war wie ein Kraftfeld, das er nicht durchbrechen konnte.

»Wo ist er? Haben Sie die Polizei gerufen?«

Jutta wunderte sich, wie schnell sich ein so gestandener, erfolgreicher Mann in einen kleinen, panischen Jungen verwandeln konnte; verschwitzt, verstrubbeltes Haar, ohne jede Idee, was zu tun war. Sie musste bei seinem Anblick plötzlich lachen, obwohl sie es selbst als unpassend empfand. Aber es machte erkennbar Eindruck auf Marin.

»So vieles willst du plötzlich von mir wissen«, sagte sie sanft. »Ich hatte schon befürchtet, du hättest das Interesse an mir verloren, bloß, weil ich nicht gleich mit dir in deine schöne Wasserlandschaft eintauchen wollte.«

»Also?«, presste er zwischen zusammengekniffenen Lippen hervor.

»Machst du uns einen Cocktail? Du siehst aus, als könntest du ein paar Vitamine gebrauchen. Und dann erzähle ich dir etwas, und du mir, und ich wieder dir. Möchtest du mit einer Entspannungsübung beginnen?«

»Überspannen Sie den Bogen nicht, Jutta. Sie wissen mehr von mir, als Ihnen lieb sein kann, und der Zaun steht immer noch unter Strom«, sagte Marin scharf, aber er war zugleich auch schon auf dem Weg zur Bar.

»Ich werde es einem so intelligenten Menschen nicht eigens sagen müssen, aber, Sören, du wirst beim Mixen nicht auf dumme Gedanken kommen, nicht wahr? Ein plötzliches Verschwinden von Jutta Klinkenberg würde in kürzester Zeit dazu führen, dass sich deine schöne Villa in ein Polizeirevier verwandelt und der Gefängnisdirektor Marin in einen Gefangenen. Das wollen wir doch beide nicht, Sören?«

Beim Wort Gefängnisdirektor hatte Marin mit einem nervösen Zucken unwillkürlich auf die Treppe zum Anbau gesehen.

»Oh, keine Sorge. Deine singenden Vöglein kommen nicht heraus, ich habe doppelt abgeschlossen. Wo war denn nur noch gleich der Schlüssel?« Juttas Energiemeridiane sprangen Seilchen, Wurzel- und Solarplexuschakra vereinigten sich in einer gelbrot aufflammenden Kernfusion, ihr Pitta-Dosha hatte die Macht übernommen. Noch nie hatte sie eine so unglaubliche, innere Stärke und Kraft empfunden. Es war atemberaubend.

Marin stellte den Cocktail vor ihr ab und setzte sich ihr gegenüber auf das andere Sofa. Jutta wartete gespannt und amüsiert.

»Es war ein netter Versuch, Jutta. Ich habe in meinem Leben eine Menge Pokerspieler kennen gelernt, die meisten waren leider schlecht. Aber Sie sind die lausigste von allen. Sie haben nicht die Polizei gerufen, also wollen Sie mich nicht verraten. Also haben Sie es bisher auch niemand anderem erzählt. Geben Sie mir den Schlüssel, Jutta, und ich lasse Sie gehen.«

»Das soll ich dir glauben, Sören? Bisher habe ich dich bewundert, aber jetzt fange ich an, dich zu lieben, du bist so unbeholfen. Ich habe meine Freundin und Mitarbeiterin angerufen – der Name tut natürlich nichts zur Sache – und ihr Folgendes gesagt: »Ich habe es geschafft. Ich schlafe heute im Haus des größten Komponisten unserer Zeit, Sören Marin, Angabe der Adresse, in einem erstaunlichen Anbau seiner Villa. Es ist ein Traum, aber Sören ist mir auch etwas unheimlich. Wenn ich morgen um elf nicht in der Praxis bin, ruf bitte die Polizei.«

»Aber Jutta, ich weiß es genau, Sie haben meine Villa doch noch mitten in der Nacht verlassen, nachdem ich mich Ihrer aufdringlichen Art nicht mehr anders erwehren konnte. Ich werde ja so oft von Stalkerinnen belästigt. Also musste ich Sie leider hinauswerfen. Wenn ich aber geahnt hätte, dass Sie sich krank vor lauter Scham und Wut mit Ihrem dummen, kleinen Auto im Schieder See versenken würden, dann hätte ich Sie selbstverständlich hierbehalten und einen Arzt gerufen. Vielleicht«, Marin stand jetzt auf und ging mit neuer Energie im Raum umher, »vielleicht hätte ich es doch ahnen müssen. Ich mache mir jetzt schlimme Vorwürfe. Ich muss doch wissen, dass die esoterische und ethnische Musik psychisch labile Menschen geradezu magisch anzieht. Nur noch übertroffen von all den verschiedenen alternativen Heilmethoden. Und wenn beides zusammenkommt, wie bei Ihnen, Jutta, da hätte ich alarmiert sein müssen. Ich bin untröstlich. So ein trauriges Ende. Arme Jutta.«

Marin lächelte so kalt wie selbstzufrieden, ging zur Bar und kam mit einer barock gestalteten Flasche Kristall-100-Wodka zurück, um seinen Fruchtcocktail ein wenig aufzuhübschen.

»Du kennst mich noch lange nicht so gut wie ich dich, Sören. Aber ich bin dir ja auch siebenundvierzig CDs voraus. Schau, wenn ich um elf nicht in der Praxis bin, wird meine Mitarbeiterin, die um diese Zeit ihren Dienst beginnt, natürlich auch dort den Anrufbeantworter abhören. Und dann wird sie staunen, was ihre Chefin da so alles erzählt hat über Sören Marin und das vielköpfige Geheimnis seines immensen kreativen Outputs und natürlich auch über tote Luchse, die Ponchos tragen und mal als Straßenmusiker auf der Lange Straße gastiert haben. Und jetzt, lieber Sören, beleidige meine sieben Chakren nicht mit Spekulationen, ich könnte den Schlüssel zur Praxis bei mir tragen oder ihn zu Hause auf einem Silbertablett aufbewahren.«

Marins kurzer Höhenflug endete in einem um so tieferen Absturz. Seine Miene verdüsterte sich gefährlich und Jutta spürte, dass er im Begriff war, eine Dummheit zu begehen.

Darum sprach sie ohne die angedachte Kunstpause freundlich weiter. »Du weißt, wie sehr ich deine Musik liebe, Sören. Ich brauche sie beinahe wie den Sauerstoff zum Atmen. Selbst deine kleine Ideenwerkstatt da hinten kann daran nichts ändern. Kein Mensch kann ohne die Inspiration und den Austausch mit anderen kreativ sein. Deine Form der Teamarbeit ist zwar etwas extrem, aber ich kann mir denken, wie grausam der Markt ist. Es darf ganz einfach nicht herauskommen. Und dabei werde ich dir helfen. Du musst jetzt nur die innere Größe besitzen, zuzugeben, dass ich dir in dieser einen winzigen Hinsicht überlegen bin. Und alles wird seinen guten Weg gehen.«

Marin leerte das Glas und schenkte den Wodka pur nach. »Wie sieht dieser Weg aus?«

»Er führt uns morgen früh zunächst zu einem Notar meines Vertrauens nach Salzuflen. Dort wirst du darauf bestehen, mir die Hälfte Deines Allerheiligtums *Summerhill* zu überschreiben.«

Marin stöhnte auf.

»Sören, etwas mehr Haltung, bitte. Das einzig Beständige ist der Wandel. Und das sage ich nicht nur als deine Verehrerin, sondern auch als deine neue Impresaria, die dir vertragsgemäß ab morgen früh die nächsten fünfundzwanzig Jahre lang für faire fünfzig Prozent Gewinnbeteiligung den Rücken freihält und selbigen bei psychischen Verspannungen auch gerne mal massiert.«

»Fünfzig Prozent, fünfundzwanzig Jahre. Sie sind keine Heilerin, sondern eine Blutsaugerin.« Marin fuhr sich mit den Händen durch Gesicht und Haare.

»Aber, aber Sören. Ein kleiner Aderlass sorgt für frisches Blut. Wenn es nicht so uncharmant wäre, könntest du mich höchstens mit einem medizinischen Blutegel vergleichen.«

Marin saß wie ein Stein auf seinem Sofa.

»Na komm, lach doch mal, sieh doch mal die positive Seite. Ich werde dir ermöglichen, weiterhin ganz ungestört deine wundervolle Musik zu komponieren – oder sollte ich besser sagen: zu kompilieren? Na egal ...«

»Was nach dem Notar?« Marins Stimme klang, als wären alle Emotionen in ihm abgestorben.

»Danach setzt du mich bei meiner Praxis ab, damit ich meinen Bericht zu Papier bringen kann. Ich möchte gerne auch die Fotos von den Zellen ausdrucken, die du netterweise gleich morgen früh mit deinem schicken Handy machen wirst. Das Ganze gebe ich zu unserer beider Sicherheit an meinen Rechtsanwalt. In einem versiegelten Umschlag, zu öffnen im Falle meines Todes. Währenddessen kannst du dich um den armen Pedro kümmern.«

»Wo ist er?«, fragte Marin heiser.

»Er ruht. Ich übergebe ihn dir morgen gleich nach dem Notar. Aber jetzt, mein Bester, muss ich schlafen. Über mein inneres Auge legt sich allmählich ein Schleier. Und auch du musst dringend schlafen. So viele Veränderungen und bewältigte Gefahren an nur einem Tag. Du musst müde sein. Und schließlich soll der Notar doch nicht denken, du seiest nicht Herr deiner Sinne. Komm.«

Er folgte ihr gehorsam die Treppe hinauf. Als er nach rechts abbiegen wollte, schüttelte Jutta nachsichtig den Kopf.

»Sei mir nicht böse, Sören, aber heute nicht mehr.«

Sie wies ihm den Weg nach links zu den Gästezimmern.

»Träum von mir, mein großer Maestro«, sagte sie sanft, und während sie sich achtsam, heiter und doch ruhig und geschmeidig Schritt für Schritt dem Wasserlauf des Yarlung Tsangpo näherte, öffnete sich in ihr erst der sechsblättrige Lotus zu einer glühend orangefarbenen und darüber der Zwölfblättrige zu einer grün schimmernden Blüte.

»SO-HAM«, summte sie leise, »SO-HAM.«

Eine Weile saßen sie alle stumm und starr nur da. Ob es daran lag, dass alle fürchteten, ein Applaus könnte heute pietätlos erscheinen, oder an dem Polizisten, der der Runde buchstäblich im Nacken saß, die Situation war jedenfalls plötzlich wieder sehr beklemmend, nachdem es während der Geschichte sogar einige verstohlene Lacher gegeben hatte.

Dann stand Waterhuus auf, der sich bislang zu keinem anderen Beitrag geäußert hatte, und begann demonstrativ, langsam und sehr laut zu klatschen. »Haben Sie herzlichen Dank, liebe Frau Wallner, dass Sie uns mit Ihrer rundum gelungenen Geschichte für eine Dreiviertelstunde diesem irdischen Jammertal hier entzogen haben«, sagte er in einem würdevollen Ton, als wäre er Thomas Mann und spräche gerade auf einer Tagung der Deutschen Akademie für Sprache und Dichtung.

Auch Weidenfeld begann nun zu applaudieren, die anderen stimmten ein. Selbst Keitel konnte nicht umhin, ein paar Mal die Hände ineinanderzulegen. Es war zugegebenermaßen ein reifes Stück, mit dem sich die Wallner in eine Favoritenrolle katapultiert hatte. Dieser absurde Witz mit den Panflötisten, die sich schon jeder einmal aus den Fußgängerzonen entführt gewünscht hatte, die Ironie über das esoterische Musikgeseiere, und dass sie sich sogar die Yoga-Absolutisten vorgeknöpft hatte, obwohl sie doch selbst intensiv Yoga betrieb, und natürlich dann quasi als Krönung der abgefeimte Betrug des Betrügers. Falschheit, dein Name ist Jutta Klinkenberg. Oder Anna Wallner, denn in deren Kopf war das ja alles entstanden. Verdammt, Keitel würde sich im Kritikgespräch nachher noch einiges aus den Fingern saugen müssen, um den Eindruck, den diese Geschichte gemacht hatte, wenigstens ein bisschen zu unterminieren.

11. Kapitel

Einige Minuten, bevor Anna Wallner ihre Geschichte beendete, war Jenny hereingeschlüpft, hatte Monk etwas ins Ohr geflüstert, ihm ein paar Bögen Papier in die Hand gedrückt und sich neben seinem Sessel auf den Boden gesetzt. Eine Freundin von ihr, die Geschichte und Germanistik studierte, hatte in der Universitätsbibliothek über den *Kurbad-Kompass* recherchiert. Monk begann zu lesen, sobald die Reporter in die Pause gegangen waren.

Es war eine beeindruckende Traditionsgeschichte, die Jennys Freundin knapp, aber offensichtlich auch fasziniert zusammengetragen hatte: *Allein in den Veränderungen des Magazinnamens spiegelt sich die deutsche Geschichte wider,* schrieb sie.

Erstmalig 1873 erschienen unter dem Titel *Kaiserlich-Königlicher Kur- und Heilbäder-Kalender. Kritische Darstellungen der deutschen Kur- und Heilbäder sowie der darin tätigen Kur- und Heilmittelbetriebe.* Da hieß der Verlag noch *Von Loschwitz & Dengler* und hatte sich schon seit 1763 einen Namen im Kurbadberichtswesen gemacht, mit so bemerkenswerten Publikationen wie *Specielle Beschreybung der Heilquellen, Mineralbäder und Molkenkuranstalten des Königreichs Bayern* oder *Diätetische und therapeutische Winke für die Besucher von Bad Homburg. Ein Wort zur Mahnung und Aufklärung.*

Seine große Zeit hatte der *K. & K. Kur- und Heilbäder-Kalender* zwischen 1900 und 1915. Er gab stolz die Zahl seiner Abonnenten im Impressum an und zitierte aus Zuschriften dankbarer Großbürger und Ärzte. Den Standortnachweisen zufolge, die Jennys Freundin recherchiert hatte, war das Blatt außerdem fester Bestandteil der Schlossbibliotheken des deutschen und internationalen Hochadels. *Kein Wunder, immerhin gab es auch in jeder Ausgabe mehrere Spalten, in denen Soft-Paparazzi-mäßig berichtet wurde, welche fürstlichen, königlichen und kaiserlichen Familienmitglieder gerade in welchem Kurort logierten.*

Im ersten Weltkrieg wurde das Blatt eingestellt. *Ebenfalls kein Wunder, denn statt holder Prinzessinnen und matronenhafter Großfürstinnen lagen in den Betten der Kureinrichtungen nur noch Gasbrandopfer, Amputierte und Kriegszitterer,* hatte die Studentin sarkastisch kommentiert. 1920 wurde der Kalender unter dem Namen *Volksgesundheit* wiederbelebt, der Name Von Loschwitz verschwand aus der Verlagsbezeichnung, eine kurze sozialistische Phase, die schon 1932 nahtlos in eine nationalsozialistische überging, wie Monk am Untertitel *Führer durch das großdeutsche Kur- und Heilbäderwesen* ablesen konnte. Jennys Freundin hatte einige Seiten aus dieser Zeit kopiert. Kurbäder warben in großen Anzeigen damit, *»judenrein«* zu sein, Fotoreportagen feierten die Erholung der Werktätigen auf Kraft-durch-Freude-Kreuzfahrtschiffen, bis der Propagandaminister Ende 1943 meinte, auf die *Volksgesundheit* vorläufig verzichten zu können. 1952 war am Verlagssitz Wiesbaden eine führerlose Wiedergeburt zu feiern: *Der Kurbad-Kompass. Unabhängiges Magazin für Erholungs- und Gesundheitsreisen.*

Hatte das Mädchen auch etwas herausgefunden, das nicht nur für Historiker interessant war? Ah, die wirtschaftliche Seite: Auflagenzahlen laut einer Quelle namens *Stamm.* Demnach hatte der *Kompass* seine Blütezeit in den Sechziger- und Siebzigerjahren gehabt, die Auflagenstatistik ab den 1980er Jahren nahm die Form einer Rutsche an. Monk sah, dass sich die Abonnentenzahlen erst 1999 auf niedrigem Niveau stabilisierten, während die Verkäufe an den

Kiosken wieder anstiegen. Eine Dekade Atempause für Dengler, denn seit 2009 ging es wieder stetig bergab. Es sah ganz so aus, als wollte der Herausgeber ein sinkendes Schiff verlassen.

»Sehr interessant. Hast du sonst noch etwas?«, fragte Monk, als er Jenny die Papiere zurückgab.

»Ja, Kopfschmerzen. Und ich weiß jetzt, dass Kinzigs Frankfurt-Geschichte stimmt. Der Moderator des Abends meinte, er würde immer noch über ihre Texte lachen.«

»Der Humor ist ihr gründlich vergangen«, sagte Monk und nickte in Richtung des Sessels, in dem Nina Kinzig mit hochgezogenen Beinen saß und ins Leere starrte.

Die ersten Reporter kehrten in die Bibliothek zurück. Laetitia Weidenfeld hockte sich neben Nina Kinzig und redete leise auf sie ein. Schließlich nickte Nina und verließ untergehakt bei Anna Wallner den Raum.

Weidenfeld holte ihren Text aus einer Folie und stellte sich an das Pult. Sie wirkte verlegen, fast verschämt, ihre Wangen röteten sich. »Ich habe hin und her überlegt, was ich tun soll. Aber es ist nun mal so, und ich habe nur diese eine Geschichte, und sie ist wirklich einfach nur erfunden und hat nichts mit der Realität zu tun.«

Monk und Jenny horchten auf.

»Darum werde ich sie vorlesen, selbst wenn es da diesen furchtbaren Zusammenhang mit dem Tod des armen Kai Hecker gibt. Ich möchte mich bei Anna bedanken, die sich während meines Vortrags um Nina kümmert, für die das hier sicher zu viel wäre. Anna kennt meinen Text auch schon. Ich hoffe, Sie haben Verständnis für mich, dass ich trotz allem an meiner Geschichte festhalte. Sie heißt ...«

Rupert fürchtete sich. Er stand auf der schmalen Galerie unterhalb der Kuppel des Kursaals und beobachtete, wie die Leute langsam von den Informationsständen weg in den Vortragssaal schlenderten. Sie erschienen ihm klein. Sehr klein. Es sollte ein gutes Gefühl sein, sie einmal von so hoch oben zu betrachten. Es kommt auf die Perspektive an. Auch so einer von Singers Merksprüchen. Die würden ihn wohl bis in den Tod verfolgen.

Aber er wollte jetzt nicht an Singer denken. Irina. Wenn Irina oben auf dem Seil stand, da gab es für sie keine Welt unter ihr. Da war sie ganz allein mit sich und ein bisschen Angst und ihrer großen Sehnsucht nach diesem unglaublichen Gefühl, sich in absoluter Balance und Harmonie zu befinden. Wenn sie davon erzählte, war das Grün ihrer Augen metertief klar.

So viel Glück hatte Rupert sich nicht erträumt, als er unter die Kuppel gestiegen war, aber doch etwas weniger Angst. Er stand bestimmt zehn, zwölf Meter höher als Irina, die jetzt gerade im Theatersaal nebenan ihre Nummer probte. Das musste reichen für einen sicheren Tod.

Wenigstens das sollte nicht schiefgehen. Er würde sich nie verzeihen, dass er sich so hatte blenden lassen. Auch wenn er Singers visionärer Beredtheit damals hoffnungslos unterlegen war, wer, wenn nicht er, hätte erkennen müssen, dass sie sich nur ein Luftschloss bauten? Er war doch der Experte, Singer nur der Geldgeber. Und doch hatte der es mit ein paar großen Gesten geschafft, alle inhaltlichen Einwände vom Tisch zu fegen.

»What you see is what you get, mein lieber Rupert. Kein renditeträchtiges Geschäft ohne Haken. Das Geheimnis ist: Du darfst den Haken nicht anstarren, sonst hängst du plötzlich dran und zappelst dich tot. Kaninchen und Schlange, verstehst du?«

»Aber ...«

»Du willst Geld machen?! Dann lerne anders zu denken. Frag nicht, ob die Brücke trägt, über die du gehen willst. Glaub daran, und sie wird dich tragen.«

»Aber du kannst doch echte Probleme nicht einfach ignorieren.«

»Nein? Wer sagt das? Grundregel Nummer eins, Rupert: Ein Problem ist so lange nicht existent, solange du es nicht anerkennst. Zweitens: Die meisten Probleme erledigen sich von selbst. Drittens: Alle anderen Probleme löst du in dem Augenblick, da du die Mittel dazu hast. Viertens: Wenn nicht, ist alles schon Geschichte und du machst längst etwas anderes.

Mensch, Rupert! Du hast ein super Produkt – so eine Chance bekommt man nur einmal im Leben. Außerdem trag ich das Hauptrisiko. Du kannst nur gewinnen!«

Zu gern hatte Rupert das glauben wollen, die Urkunde über den Dr. med. vet. frisch an der Wand, die Tinte des *summa cum laude* leuchtete tiefschwarz. War die Unterwürfigkeit, mit der man ihn zur Habilitation nach Zürich einlud, nicht etwa der schlagende Beweis dafür gewesen, dass seine neue Operationsmethode ein Goldesel sein würde? Man durfte den richtigen Zeitpunkt zum Absprung aus der Wissenschaft nicht versäumen.

Rupert sah auf das Mosaik der Haupthalle hinunter. Er spürte, wie sich der Schwindel in seinem Magen emporschraubte. Er stemmte sich vergeblich dagegen, musste abrupt den Kopf an die Wand zurückdrücken. Atmete durch. Sah auf seine Uhr. In drei Minuten würde der Vortrag der Warnier beginnen. Sie war die kommende Kapazität auf dem Gebiet der Tierpsychologie, und er hatte sich vorbehalten, die anschließende Diskussion zu moderieren, obwohl er hierzu noch nie publiziert hatte. In jedem Gespräch da unten konnte er die Überraschung spüren, dass sein Namen gerade an dieser Stelle des Programms stand.

Immerhin das lief so wie berechnet. Die Diskussion sollte die Neugier der Kollegen auf ihn und seinen Vortrag am nächsten Tag wecken. Vier Wochen lang hatte er Studie um Studie gelesen, um die Warnier in die Enge treiben zu können. Natürlich würde sie nicht wie ein verschüchtertes Kätzchen stillhalten, aber Rupert würde siegen und seinem Sieg Glanz verleihen, indem er ihr am Ende souverän eine große Zukunft attestierte. Diese dreißig Minuten würden noch das Abendgespräch im Restaurant der Sumatra-Therme beherrschen. Und Professor Carstensen wüsste, dass er sich mit Rupert nicht nur einen vielseitig kompetenten, sondern auch konfliktlösungserfahrenen Nachfolger an seine Klinik am Starnberger See holen konnte.

Der Plan ruhte auf drei Säulen: Warniers Überraschung, Ruperts Eloquenz und der Anwesenheit Carstensens.

Es war jetzt 16.00 Uhr und Carstensen war nicht gekommen. Dabei hatte Rupert dreimal in der letzten Woche angerufen, und jedes Mal hatte die Sekretärin bestätigt, dass der Professor die Tagung in seinen Terminkalender eingetragen hätte. Der Haken. Das war der Haken an der ganzen Planung, und Rupert hatte ihn zu lange angestarrt. Seine Knie begannen leise zu zittern. Kaninchen und Schlange, Singer, Kaninchen und Schlange. Ich werde dich nicht los.

Zehn Tage, nachdem sie sich auf Lucia Brauns Thirtysomething-Geburtstagsparty kennen gelernt hatten, war Singer mit einem komplett ausgearbeiteten Businessplan bei Rupert aufgetaucht. Er klappte sein Laptop auf und ließ eine Power-Point-Präsentation ablaufen, die Rupert eine blühende Zukunft nicht nur versprach, sondern in kaum fassbaren Videoanimationen auch zeigte.

»Wir bauen dir eine eigene Tierklinik, Rupert, mit allen Schikanen. Eine Spezialklinik, zu der die Leute aus ganz Deutschland reisen werden, damit ihre besten Freunde endlich von diesem peinlichen Leiden erlöst werden.«

Singer hatte an alles gedacht: Aseptischer OP-Saal, eine Aufwachstation mit monitorüberwachten Recoveryboxen, sogar ein Uro-Genital-Trakt-Endoskop und ein Hochfrequenzchirurgiegerät waren angekündigt.

»Natürlich bin ich nur ein Laie«, entschuldigte sich Singer, als Rupert verblüfft schwieg. »Du musst nur sagen, was fehlt, ich beschaff's dir.«

Ein Klick und Singers Marketingkonzept erschien auf dem Bildschirm. Bundesweite Werbung in Hundemagazinen, Fernsehzeitschriften, Autoclubgazetten, dazu eine Top-Website, kostenloser Ratgeberservice in Internetforen, und eine Liste der Talkshows von Beckmann bis Lanz, in denen Rupert das Ende allen Hundeunglücks versprechen sollte.

»Es wird 'ne harte Zeit für dich werden, Rupert. Bis der Laden läuft, wird Freizeit ein Fremdwort für dich sein. Aber es lohnt sich.« Ein weiterer Klick, und Singer scrollte durch einen Kostenplan, in dem die Ziffern von Ruperts zusätzlich zur Beteiligung gezahlten Klinikdirektorengehalt dezent einen Punkt größer gesetzt waren als alle anderen Daten. Eintritt in die ganz große Gewinnzone schon nach drei Jahren, das war, soweit Rupert das beurteilen konnte, alles hyperrealistisch in Zahlen und Bedarfsanalysen dargestellt.

Das Worst-Case-Szenario verdiente dagegen seinen Namen kaum. Zumindest, was Rupert anging. Singer wollte einen Investorenpool aufbauen, um sein Risiko zu minimieren, aber wenn es hart auf hart käme, stünde er auch allein für alles ein: Klinikeinrichtung, Personal, Werbung – die Summen schossen im Raum umher wie wild gewordene Neutrinos. Auf Ruperts Hals flammten Hektikflecken auf.

Spätestens als Singer ihm eröffnete, eine Gewinnbeteiligung von 65 Prozent haben zu wollen, war Rubert von der Ernsthaftigkeit des Unternehmens überzeugt. Denn es bestätigte alles, was Rupert über Singer gehört hatte. Der war kein Träumer und schon gar kein Samariter. Als die meisten das Wort *New Economy* nicht einmal kannten, habe er dort schon seine erste Million gemacht. Als dann aber auch der letzte Kleinanleger seine Kröten in den Nemax 50 transferierte, habe Singer auf einen Schlag seine drei dotcom-Firmen an jene Konzerne verkauft, die den Trend verschlafen hatten und nun darum bettelten, zu bluten. So erzählte man sich, und dazu, dass Singer seitdem sein Geld ganz konservativ in das investierte, was langfristig Rendite versprach und Steuern zu verhindern half. Er musste eine verdammt gute Nase für alles haben, was sich lohnte.

Singer war der erste Nichthundehalter gewesen, der nicht einfach nur blöd gelacht hatte, als Rupert auf der Party von seinem Fachgebiet erzählte. Normalerweise wurde Rupert sofort zum *running gag* des Abends, wenn er zugab, sein Forscherleben in den Dienst des langwierigen Kampfs gegen die Hunde-Inkontinenz gestellt zu haben.

Rupert hatte irritiert wahrgenommen, wie sein schamhaft dahingenuschelter Satz Singer an die Vorderkante des Rolf-Benz-Möbels gezogen und aus einem selbstgefälligen Genießer einen aufmerksamen Schüler gemacht hatte, der an den Lippen seines Lehrers hing. Geschmeichelt hatte sich Rupert dazu hinreißen lassen, großspurig einen Superlativ an den nächsten zu reihen: Kastration als die Hauptursache für Inkontinenz, der Boxer mit vierzig Prozent Erkrankungsquote Spitzenreiter unter den inkontinenten Kastraten – und dann die neuesten Schätzungen über das steile Wachstum der Hundekastrationsrate und also auch der Inkontinenzrate in Europa. Das war der Anfang vom Ende.

Die Stimmen einiger Nachzügler waren zu hören und das Klappern von Kaffeegeschirr. In spätestens fünf Minuten würde die Feigenbaum beginnen, ihn zu suchen. Seine letzte Mitarbeiterin. Vor acht Monaten hatte er keine Gehälter mehr zahlen können, alle mussten gehen. Die Feigenbaum hatte das Kündigungsschreiben sorgfältig in zwei Hälften gerissen und ihm in der ansonsten leeren Unterschriftenmappe zurückgegeben. Vielleicht glaubte sie an Rupert, vielleicht hatte sie mit Ende fünfzig keine andere Perspektive. Sie teilten das Geld, das sie am Gerichtsvollzieher vorbeischleusen konnten. Es war nicht viel. Die Schritte der seltenen Kundschaft hallten in den leeren Praxisräumen. Rupert war ein Behandlungstisch geblieben, der Feigenbaum ein Schreibtisch, dazu gut verteilt fünf Stühle, alles Designermöbel. Je nach Kontostand sahen die Besucher in der Leere das Zeichen des ökonomischen Niedergangs oder eine elegante Großzügigkeit, wie man sie in den Prada-Shops dieser Welt zu schätzen wusste. Tatsächlich war das Star-Architekturbüro *Herzog & de Meuron* mit dem Entwurf des Klinikbaus beauftragt worden. Darüber hatte Singer keine Debatte zugelassen. »Das ist Marketing, Rupert, davon verstehst du nichts.«

Rupert konnte eine Menge von Singer lernen. Etwa, dass man immer mindestens hundert Prozent größer planen musste, als es der mehr oder minder gesunde Menschenverstand von Bürokraten, Politikern und Bankdirektoren zuließ. »Fünfzig Prozent mehr wecken ihr Misstrauen, sie beginnen nachzurechnen, deine Pläne mit ihren Geschäften zu vergleichen, um sie schließlich als unausgegoren abzulehnen. Bei mehr als hundert Prozent kapitulieren sie. Es übersteigt ihre Vorstellungskraft. Und wenn du dann eine gute Performance hinlegst, läuft alles über Emotionen. Sie spüren, dass du alles hast, was ihnen fehlt: den Mut zur Vision, die Kraft, Großes zu schaffen, die Dynamik, es durchzusetzen. Dir Geld und Genehmigungen zu geben, gewährt ihnen die Illusion, Teil dieser Kraft zu sein, ja am Ende stärker zu sein als du, weil erst sie dir ermöglichen, deine Talente auszuleben. Sie handeln wie Stammesfürsten, die das Herz des Feindes verspeisen, um seine Kraft in sich aufzunehmen. Aber die Wahrheit ist: Während ihnen noch das Wasser im Munde zusammenläuft, kreuzt du schon lange das Besteck und zündest dir eine fette Havanna an, Rupert!«

Singer bestimmte den idealen Ort für Ruperts Klinik. Bad Oeynhausen, ein Kurbad mit großer Tradition und – angesichts noch größerer Finanzprobleme – manischer Aufbruchstimmung. Man befand sich mitten im Umbau zum Wellnesszentrum, Qi-Gong-Kurse bereiteten gestresste Manager auf die Arbeitslosigkeit vor. Ihre ahnungslosen Gattinnen nahmen nach der Wohlfühlakupressur ihren Aquatic-Fitnessdrink im Surabaya-Bistro ein, und im großen Kurhaus lockte ein Tempo-Tänzer-tolle-Typen-Varieté die Tagesbesucher aus der Region an. Eine Hundeklinik von internationalem Ruf in einem architektonischen Meisterwerk, das war eine Ergänzung des Angebots, auf die man hier nicht verzichten wollte.

Rupert hatte eigentlich an eine etwas größere Stadt gedacht, vielleicht Berlin, die Stadt mit den meisten Hundehaltern in Deutschland. Aber Singer hatte ihm auf der Landkarte gezeigt, dass Bad Oeynhausen für die Deutschen aus allen vier Himmelsrichtungen innerhalb von vier Stunden mit dem Auto erreichbar war und der nächste internationale Flughafen gerade vierzig Minuten entfernt lag. »Und dann das Tagesgeschäft, Rupert. Hier sind immer noch siebzig Prozent der Kurgäste über 60, von denen hat jeder vierte einen Hund. Die sind es leid, ihrem Waldi dauernd hinterherzuwischen. Und wenn die erst einmal am eigenen Hund erfahren haben, was für ein genialer Chirurg du bist, dann werden sie dir alles abkaufen. Dreißig Prozent unseres Umsatzes werden wir mit dem Crossselling von Zusatzprodukten machen: Nahrungsergänzungsmittel, Beißwürste, Computeranimationsspiele für übergewichtige Hunde und und und.«

Rupert löste die Hände von den Stuckverzierungen und hielt sich den Kopf. Singer, Singer, immer wieder Singer. Wieso gelang es ihm nicht, wenigstens in seinen letzten Minuten an etwas Schönes zu denken und einen freundlichen Gedanken mitzunehmen. Er konnte doch sowieso nichts mehr ändern. Dass sich Singers hervorragende Kontakte zu den Medien auf mediokre Redakteure der Kölner Lokalpresse beschränkten, dass der Investorenpool hauptsächlich aus Ruperts Vater bestand, dass Singers Strohunternehmen nach dem Bau der Klinik pleite war und vor allem, dass er, Rupert, alle Wirtschaftsförderanträge an Land und Stadt als künftiger Klinikdirektor mitunterzeichnet hatte, ehe Singer mit dem ganzen Geld abtauchte, an all dem war nichts mehr zu machen. Obendrein hatte Rupert Haftungsklauseln in Verträgen übersehen, weil er Singer erschöpft von den Dimensionen des Projekts blind vertraut hatte.

Er hätte zwanzigmal so viel operieren müssen, wie in Singers optimistischer Schätzung für das dritte Geschäftsjahr vorgesehen, um auch nur den Hauch einer Chance zu haben. Doch die Kurgäste brachten ihre Hunde nicht mit, sondern in Tierpensionen zu Hause unter, und wenn sie sie mitbrachten, waren es zumeist Dackel. Und bei Dackeln lag die Inkontinenzquote bei gerade zwölf Prozent, und für Werbung hatte Rupert keinen Cent übrig.

Schließlich lief auch noch Irinas Engagement aus. Und sie fand kein neues. »Ich verstehe das nicht«, hatte sich Rupert ereifert, »du bist die beste Kontorsionsartistin auf dem Seil, die ich kenne.« Irinas raues Lachen ging nahtlos in eine lüsterne Conferenciersstimme über: »Und versäumen Sie nicht Irina, die Ausnahmeabsolventin der Staatlichen Zirkusschule von Kiew – zugegeben vor Glasnost. Beachten Sie ihre äußerst feminine Ausstrahlung – am besten aus der Ferne. Irina bietet harmonische Kontorsionsartistik und entflammte Weiblichkeit. So weit es eben geht, denn sie ist alt, schon einundvierzig, und ...«

»Irina, hör auf damit. Das ist alles Quatsch.«

»Nein, Rupert, alles wahr. Eine junge Artistin bewundern alle: die Frauen, weil sie sich erinnern, dass sie auch mal so jung und beweglich waren, natürlich nicht so, aber theoretisch; die Männer, weil sie nächtelang träumen von den engen Trikots, den festen Brüsten und so weit gespreizten Beinen. Mit vierzig ist das vorbei. Den Frauen bin ich akrobatischer Vorwurf, dass man selbst in ihrem Alter so beweglich und so schlank sein kann. Die Männer sehen in mein Gesicht und grübeln, ob das nicht alles Fassade ist. Und dass es bei mir sicher auch nicht mehr besser laufen wird als bei der Frau zu Hause. Und dann die Mitleider: dass die sich immer noch so zerreißen muss, braucht bestimmt das Geld.«

Rupert wollte nicht, dass Irina wie Olena in der Konditorei Sültemeier endete. Weltmeisterin im Bodenturnen war die gewesen und zehnfache sowjetische Meisterin in der Rhythmischen Sportgymnastik: der Spatz von Minsk. Als Gorbatschow aufmachte, entkam sie den gierigen Blicken und Händen der Funktionäre, denen sie schon als Kind gehörte, und ging in den Westen. Sattelte um. Nach drei Jahren Varieté war's vorbei, der Rücken. Und heute dienten ihre Streckübungen einzig dem Herausheben der Torten aus der Kühltheke. Die Blicke der Funktionäre aber kehrten wieder in denen der alleinreisenden Herren. Unverhohlen und mit dummen Sprüchen brachten sie die Hände an Olenas Po und machten anzügliche Bemerkungen, wenn sie die Sahnemaschine bediente. Nein, das sollte Irina nicht widerfahren. Sie sollte lernen können, wonach sie sich sehnte und dann wieder auf eigenen Füßen stehen. Ohne Seil, aber in Balance und Harmonie mit sich selbst.

Es gab zwei Möglichkeiten. Carstensens berühmte Tierklinik am Starnberger See war die eine. Rupert wusste, der Professor suchte einen Nachfolger, und Carstensen, dass Rupert der beste Chirurg seiner Generation war. Ruperts Befürchtungen, er könnte ihm die Gründung eines Konkurrenzgeschäfts nicht verzeihen, erwies sich als unbegründet. Jetzt, da Rupert so gescheitert war, hatte Carstensen Größe bewiesen und Rupert die Hand gereicht. Nur die Vize-Stelle wollte er ihm nicht geben, aus Angst, sein Lebenswerk würde eines Tages von Rupert ebenso in die Tiefe gerissen wie die Oeynhausener Tierklinik.

Rupert musste dem Professor unbedingt die Unterlagen zeigen, die zwar seine Naivität, aber auch seine Unschuld bewiesen. Doch Carstensen erklärte, zu beschäftigt für einen solchen Ausflug zu sein. Also hatte Rupert diese

Tagung zum aktuellen Stand der Hundemedizin organisiert und eingeladen, was Rang und Namen hatte und von Carstensen geschätzt wurde. Die Pharmaindustrie hatte bezahlt. Alle waren gekommen, nur Carstensen nicht. Deutlicher konnte er Rupert keine Absage erteilen.

Jetzt blieb nur die zweite Option, Ruperts Lebensversicherungen, die er mit einigen Tricks vor seinen Gläubigern hatte retten können. Irina würde sicher um ihn trauern. Aber das Geld wäre für sie nicht nur ein Seil, sondern eine Stein um Stein gut gebaute Brücke, die sie in ein neues Leben führte.

Er würde jetzt springen. Rupert schloss die Augen, dachte an Irina. Hoffentlich verließ sie das Theater nach der Probe nicht durch den Kuppelsaal und sah ihn dort liegen. Er beugte sich nach vorn, schwankte, erschrak, öffnete weit die Augen: Da unten, das war, da kam er, Professor Carstensen, beschwingten Schrittes, gut zu erkennen dieses elegant graue, nach hinten gekämmte, leicht schüttere Haar. Carstensen!

Es war noch nicht zu spät. Rupert musste sich beeilen. Er tastete sich auf der Galerie entlang, spürte, wie seine Beine am kniehohen Geländer entlangschrappten. Unten kam aufgeregt die Feigenbaum auf Carstensen zugelaufen. Schneller. Noch ein paar Schritte.

Er hatte es schon beinahe bis zum Treppenabsatz geschafft, da rutschte er aus, der Kot einer Taube, die sich hier eingerichtet hatte, er griff noch nach dem Geländer, mehr Gips als Stein, vergeblich, er verlor den Halt und stürzte.

Die Taube flog erschreckt auf, ihr Flügelschlag hallte laut unter der Kuppel, Rupert nahm noch wahr, wie die Feigenbaum und Carstensen überrascht nach oben schauten.

Dann breitete er die Arme aus, ganz weit. Denn er sah, wie sich Irinas Artistenfreunde ans Trapez warfen und sich ihm entgegenstürzten. Er spürte, wie ihre kräftigen Arme ihn auffingen und sanft auf dem Seil absetzten. Auf dem ihm jetzt Irina in vollendeter Balance und Harmonie entgegenschritt. Ihre Augen grüne Gebirgsseen.

Sie lächelte und legte zärtlich seine Hände um ihre Hüften, damit ihm nichts geschah. Dann drehte sie sich um. »Komm, wir gehen heim, Liebster. Hab keine Angst mehr.«

»Was für eine traurige Geschichte«, flüsterte Jenny. Ihre Rührung half Monk, seine eigene zu verbergen. Je älter er wurde, umso häufiger kam es vor, dass er sich beim Fernsehen oder Lesen mit Tränen in den Augen ertappte. Das konnte ja noch heiter werden, also vielmehr unheiter, dachte er.

»Eine gute Idee, die Kinzig damit nicht zu konfrontieren«, flüsterte Monk nach einer ganzen Weile zurück. »Die Parallele zu Heckers Todessturz ist schon heftig.«

Auch die Reporter hatten bis dahin nur schweigend dagesessen. Uwe Weinrich sah besonders mitgenommen aus. Doch als er schließlich das Wort ergriff, um zu bekennen, selten eine schönere Liebesgeschichte gehört zu haben, und begann, das hohe Lied auf lebenslange Treue zu singen, entfachte Tyrannensohn Keitel einen Tumult. Demonstrativ laut stöhnte er auf und beschimpfte Weinrich als larmoyanten Egomanen, angesichts dessen begrenzten Horizonts man sich ja nur wundern könne, dass er von seiner Frau nicht schon viel früher verlassen worden sei.

Weinrich starrte Keitel fassungslos an und begann hilflos mit den Armen in der Luft herumzuwedeln, bis Waterhuus aufstand und Keitel scharf anging. Stünden denn nicht alle schon genug unter emotionalem Druck? Müsse man da wie der letzte schmierige Provokateur noch Öl ins Feuer gießen? Natürlich habe Weinrich recht, neben einer sehr guten Story über den Größenwahn der Investoren handele es sich zweifellos um eine sehr anrührende Liebesgeschichte, die viel Trost für die Zurückgelassenen in sich berge.

Keitel geiferte sogleich zurück, dass Waterhuus Nina Kinzig die Geschichte dann ja gleich auf ihrem Zimmer vorlesen könne. Dengler rief seine Reporter ebenso empört wie ohnmächtig zur Ordnung, und dann sprang auch noch der große Schweiger Jensen überraschend behände auf, allerdings nur, um Weinrich zu stoppen, der im Begriff war, sich auf Keitel zu stürzen, der seinerseits schon die Fäuste in Position gebracht hatte. Im selben Augenblick kehrten Anna Wallner und Nina Kinzig in die Bibliothek zurück. Unter dem erschreckten Blick der jungen Frau fiel die Eskalation unmittelbar in sich zusammen, und die Reporter sahen beschämt zu Boden.

Monk gab Jenny ein Zeichen, und sie schlüpften durch die geöffnete Tür nach draußen. Sie setzten sich auf eine schattige Bank im Park. Der Himmel war strahlend blau. Die Sonne schien so intensiv, dass die Vögel sich tief in das Geäst der Tannen zurückgezogen hatten und keinen Laut von sich gaben. Königswetter pünktlich zum Elvis-Festival.

»Diese Geschichte von Laetitia Weidenfeld lässt mich nicht los«, sagte Jenny nach einer Weile.

»Aber du glaubst nicht ernsthaft, dass es einen Zusammenhang mit Heckers Sturz gibt?«

»Nein, aber mit Schmicklers Tod vielleicht.«

»Hilf einem von kubanischem Rum perforierten Hirn auf die Sprünge.«

»Im Augenblick denken wir doch die ganze Zeit darüber nach, wer von denen da drin der Mörder sein könnte, weil es zwei aus ihren Reihen traf. Wenn die Fälle aber gar nichts miteinander zu tun haben, oder anders, als wir bis jetzt glauben ...«

»Dann?«

»Dann schauen wir doch noch mal, wo und wie Schmickler ums Leben gekommen ist. In einem frisch eröffneten Hotel, mehr noch: im dem neuen mega-top-luxuriösesten Hotel Bad Nauheims überhaupt. Und Schmickler war da, um es zu rezensieren.«

»Aber was hat das mit Weidenfelds Story zu tun?« Monk sehnte sich nach einer eisgekühlten Flasche Mineralwasser.

»Vielleicht ist das *Belle Epoque* die Hundeinkontinenzklinik von Claudia Metz.«

Monk schaute seine Kollegin an wie Elvis mit einer Überdosis Valium.

»Ich meine, vielleicht hat sich Claudia Metz durch diese Frankfurter Investmenthaie in ein so riskantes finanzielles Abenteuer drängen lassen, dass ihr selbst das kleinste Missgeschick das Genick brechen würde. Erinnerst du dich noch an die Briefwechsel in Schmicklers Büro? Vielleicht versuchte er Claudia Metz zu erpressen, um eine besonders fette Anzeige von ihr zu ergattern, er droht ihr mit einem üblen Verriss, sie verliert die Nerven ...«

»... und bringt ihn auf eine so detailliert durchgeplante Weise um? Alle Spuren sprechen gegen eine Affekttat«, wandte Monk ein.

»Ja, aber es bleibt die Frage, wie Schmicklers Mörder in den Badetrakt kommen konnte. Wir sollten Frau Metz noch einmal etwas intensiver befragen. Immerhin hat sie sich ja auch schon einen Tag lang von ihrem Schock erholen können.«

»Okay, aber das übernehme ich«, entschied Monk.

Jenny sah ihn missmutig an.

»Ich kenne sie schon so lange. Sie wird mir eher etwas sagen als einer Fremden«, erklärte er.

»Oder du kennst sie zu lange, um etwas aus ihr herauszubekommen.«

»Du unterschätzt mich. Zur Strafe besorgst du dir den *Kurbad-Kompass* der letzten drei Jahre und checkst, ob Schmickler mal das Kurhotel Metz zwischenhatte. Und ich will wissen, ob Claudia Anzeigen geschaltet hat – mit dem Kurhotel oder dem *Belle Epoque*. Dafür verspreche ich dir hoch und heilig eine unnachgiebige Befragung! Aber jetzt will ich mit Dengler reden und mir vielleicht noch diesen großen Unbekannten Jensen anhören. Und dann muss ich pennen, verdammt. Ich darf mich heute Abend auf der Bühne nicht blamieren.«

»Ja, das ist natürlich wichtig«, ätzte Jenny.

»Ja, das ist verdammt wichtig für mich. Danach ist nämlich alles erledigt. Und ich darf wieder einfach nur Viktor A. Monk sein, der zusammen mit seiner jungen zornigen Kollegin Jenny van Dooren zur Überraschung der ganzen Polizeidirektion mal eben einen Doppelmord aufklärt.«

»Du bist der Boss«, sagte sie kaum überzeugt.

»Nein, ich bin der King. Der Boss, das sind die Imitatoren des flanellkarierten Bruce.«

Jenny war zu jung, um den Springsteen-Witz wirklich zu verstehen, aber als sie Monks fettes Grinsen sah, klopfte sie ihm nachsichtig auf die Schulter.

Monk entdeckte Dengler erst nach längerer Suche im Schlosspark auf einer Bank mit Laetitia Weidenfeld. Als er sich quer über den Rasen näherte, stand die Reporterin auf und ging in einer anderen Richtung fort.

»Hat Ihnen ihr Text nicht gefallen? Sie wirkte deprimiert«, fragte Monk, dem selbst aus der Distanz die heftig geröteten Augen Weidenfelds und das zusammengeknüllte Taschentuch in ihrer Hand nicht entgangen waren.

»Ach Laetitia«, Dengler seufzte. »Nein, im Gegenteil, mir hat ihr Text außerordentlich gut gefallen. Das Mädchen hat es einfach so schwer. Sie war mal eine gute Lehrerin, aber dann einer furchtbaren Klasse in die Hände gefallen. Mobbing bis zum körperlichen Angriff. Und es gab noch einige unschöne private Probleme. Das alles hat sie ein komplettes Jahr gekostet. Und jetzt versucht sie seit ein paar Monaten in einer Wiedereingliederungsmaßnahme ins Leben zurückzufinden. Die schlimmen Ereignisse hier sind Gift für sie.«

»Wenn ich es richtig verstanden habe, stehen Ihre Leute nicht in engerer Verbindung zueinander?«

»Nur zum Teil, Laetitia und Frau Wallner sind befreundet, und Hecker und Kinzig waren ja ein Paar. Das ist alles so tragisch, einfach nur tragisch.« Dengler schüttelte gedankenverloren den Kopf.

»Und doch scheinen sie mir in einem verwandten Stil zu schreiben. Und sie haben alle einen ziemlich schrägen Sinn für groteske Situationen und Figuren.«

»Nicht wahr?« Über Denglers Gesicht huschte ein glückliches Lächeln. »Sie haben ja ein Gespür für Literatur, Herr Hauptkommissar, das freut mich. Meine Leute sind durch eine harte Schule gegangen. Als sie zu mir kamen, waren sie alle nur Rohdiamanten. Ich habe sie stilistisch geschult, so wie mein Vater mich geschult hat. Aber dazu kommt, wenn ich so unbescheiden sein darf, eine besondere Stärke von mir. Ich habe ihren Blick für die zerbrechliche Einrichtung der Welt geschärft, für all das Tragikomische darin. Wenn man das einmal erkannt hat, entwickelt man automatisch eine besondere Form des Humors, einen freundlichen Humor, dessen Basis die Liebe zum Menschen mit all seinen Schwächen ist.«

»Galt das für Ihren Schwager auch?«

»Man soll über die Toten nicht schlecht reden. Er stand noch ganz am Anfang.«

»Dafür hat er seine Kunden umso härter rangenommen.«

»Hat sich in Bad Nauheim jemand beschwert?« Dengler sah ihn beunruhigt an.

»Hat jemand Grund dazu?«

»Möglicherweise. Ich muss zugeben, wir hatten häufiger Probleme wegen seines Geschäftsgebarens.«

»Aber Ihnen steht das Wasser wirtschaftlich doch bis zum Hals. Vielleicht musste da mal jemand mehr Druck machen?«, ließ Monk einen Versuchsballon steigen.

»Wer behauptet so etwas? Uns geht es gut. Na ja, vielleicht nicht gut, aber im Grundsatz sind wir ein gesundes Unternehmen.«

»Mit immer geringeren Leserzahlen.«

»Deshalb will ich ja die Führung in jüngere Hände geben. Um den *Kompass* fit für die Zukunft zu machen.«

»Sie wollen nicht einfach nur sich selbst retten?«

»Wir alle reisen mit offenem Blick durch das Land. Jeder von uns weiß, wie schwer die Zeiten auch für unser Magazin sind. Aber ich werde immer bereitstehen, wenn man meine Hilfe braucht.« Monks Provokation hatte Wirkung gezeigt. Dengler wahrte nur mühsam die Form. »Und jetzt entschuldigen Sie mich bitte, ich muss zurück in die Bibliothek, der Nachmittagswettbewerb beginnt gleich.«

»Oh, da begleite ich Sie doch gerne«, sagte Monk und schenkte Dengler sein freundlichstes Lächeln.

12. Kapitel

Keitel spürte ein Kribbeln. Jetzt stand nur noch der Ostfriese zwischen ihm und seinem Auftritt. Eigentlich hatte er sich über Mittag ein wenig hinlegen wollen, aber dann hatte er sich doch zum x-ten Mal seinen Text vorgenommen und Feinschliff betrieben. Auch ein noch so guter Text war niemals fertig. Wieder hatte er ein paar Zeilen gestrichen, an denen er eigentlich hing, aber die Story überschritt immer noch die zulässige Vorlesezeit. Nun, wenn er etwas am Tempo zog, würde es schon irgendwie passen. Keitel war beim Lesen wieder hemmungslos begeistert gewesen. Wie unglaublich gut es ihm gelungen war, echte Zeitgeschichte einzufangen! Er konnte kaum abwarten, die Reaktionen seiner Kollegen zu beobachten, auch wenn sie überwiegend nicht in der Lage sein würden, den Text in seiner ganzen Tiefe zu erfassen.

Es ging los. Jens Jensen trat an das Pult, einen Stapel Papier in der Hand. Er räusperte sich. Wahrscheinlich hatte er seit seinem knappen »Moin« beim Frühstück kein Wort mehr gesprochen, da konnte der Stimmapparat leicht mal einrosten.

»Die Geschichte, die ich für diesen Wettbewerb geschrieben habe, heißt *Messerschmidt und Paulukat,* und sie spielt zum einen in Schönebeck/Bad Salzelmen an der Elbe und zum anderen in Eckernförde.«

»Lesen Sie doch einfach vor«, rief Keitel. Jensen sah ihn mit einem ausdruckslosen Gesicht so lange schweigend an, bis Keitel es nicht mehr aushielt und einlenkte: »Ist ja schon gut. Nehmen Sie sich alle Zeit, die Sie brauchen.«

Der Ostfriese war ein cooler Hund.

»Und ich werde diese Geschichte nicht vortragen.«

Was hatte Jensen da eben gesagt?

»Ich habe mir das Schauspiel hier anderthalb Tage lang angesehen und es nicht begreifen können. Zwei unserer Kollegen sind ermordet worden. Einer fast direkt vor unseren Augen. Aber alle machen weiter, als wäre nichts geschehen. Eine von uns, die eigentlich wissen sollte, was soziale Kälte ist, liest sogar eine Geschichte vor, in der jemand auf dieselbe Weise zu Tode kommt wie Kollege Hecker. Ich gebe zu, ich konnte weder ihn noch Herrn Schmickler besonders leiden. Aber der Anstand hätte es geboten, den Wettbewerb sofort abzubrechen, und ich hatte gehofft, wenigstens einer von Ihnen wäre aufgestanden und hätte sich geweigert, das Spiel weiter mitzuspielen. Da ich mir sicher bin, dass Herr Keitel der Allerletzte sein würde, der zu einer solchen Geste bereit wäre, hat sich diese Hoffnung für mich jetzt erledigt und ich werde diese Runde verlassen. Und zwar in jeder Hinsicht. Ich hatte immer geglaubt, der *Kurbad-Kompass* würde einer der letzten Orte sein, der sich der rücksichtslosen Ausbeutung von allem, was Wert hat, widersetzt. Ich habe mich geirrt.« Er klopfte den Stapel Papier, auf dem seine unerhörte Geschichte stand, auf dem Pult zurecht, knickte ihn längs und ging zur Tür.

»Blöder Kommunist«, entfuhr es Keitel zwar leise, aber in der atemlosen Stille doch laut genug, um auch im hintersten Winkel noch gehört zu werden.

Jensen kehrte mit einer fast tänzerischen Bewegung um, ging zu Keitel herüber, der sich tief in das knarzende Leder seines Sessels hineinpresste. Das war einer zu viel gewesen, dachte Keitel und schluckte. Jensen legte seine großen Hände schwer auf den Sessellehnen ab und fixierte ihn. Jetzt würde er gleich eine seiner Pranken in Keitels Gesicht versenken.

Jensens Gesicht kam seinem bedrohlich nahe. Keitel überlegte schon, einen Kopfstoß zu wagen und den Überraschungsmoment zur Flucht zu nutzen. Aber das war wieder nur eine seiner großen Fantasien. Jetzt schlag schon zu, wimmerte er innerlich. Denn noch schlimmer als die Angst vor dem Schmerz war die Demütigung, so vor all den anderen als Schwächling bloßgestellt zu werden.

»Sie armer Wicht«, sagte Jensen so leise, dass nur Keitel es hören konnte, richtete sich wieder auf und verließ ohne Gruß die Bibliothek.

Alle sahen Hilfe suchend zu Dengler, der zusammengesunken auf einem Stuhl hockte. Das Gewicht der ganzen Welt schien auf ihm zu lasten, aber er hatte doch verdammt noch mal eine Aufgabe, und die bestand darin, den *Kurbad-Kompass* durch die Wirren der Zeiten zu steuern. Als wollte er sich selbst anspornen, ließ er die Hände auf seine Oberschenkel fallen und stand auf.

»Ich respektiere die Meinung von Herrn Jensen, auch wenn ich glaube, dass er unrecht hat. Es gibt Dinge, die sind größer als wir, Dinge, die bleiben, wenn wir längst gegangen sind. Und deswegen ist, glaube ich, der rechte Zeitpunkt gekommen, eine Geschichte zu hören ...«

Keitel glaubte seinen Ohren nicht zu trauen: »Dinge, die größer sind als wir.« – Sollte Dengler ahnen, dass Keitels Geschichte der Höhepunkt des Wettbewerbs sein würde und ihm schon vor dem Vorlesen seine Referenz erweisen wollen? Ein leises Zittern durchlief ihn, sodass die weiteren Worte Denglers erst nach und nach in sein Bewusstsein vordrangen.

»... eine Geschichte, die uns einer von jenen beiden hinterlassen hat, die von uns gegangen sind. Es ist, man kann es nicht anders sagen, das Vermächtnis Werner Schmicklers.

Denn diese Geschichte zeigt, zu welchen Leistungen Werner doch befähigt war. Sie ist, sie wäre sein persönlicher Durchbruch gewesen. Ich danke der örtlichen Polizei für die Bereitstellung des Textes, die ihn in Werners Hotelzimmer gefunden hat«, Dengler nickte dem Kommissar zu, dessen Lächeln irgendwie gequält wirkte, »und so kann ich sie jetzt vorlesen.«

War das denn erlaubt? Durfte Dengler einfach die Geschichte eines Toten vortragen? Der Auslosung nach wäre jetzt Keitel drangewesen. Wenn das ein Verfahrensfehler war, konnte man später die Wahl anfechten? Alles in Keitel empörte sich, aber ihm war klar, sagte er jetzt etwas, würde sich die Stimmung sofort gegen ihn wenden. Also gut, sollte Dengler in Herrgottsnamen seinem dummen Schwager doch die Ehre erweisen.

Chefredakteur konnte der eh nicht mehr werden. Und nachdem mit Jensen nun auch der zweite Unbekannte in Keitels Rechnung das Handtuch geworfen hatte, konnte es nach menschlichem Ermessen nur noch um eine Entscheidung für Wallner oder ihn gehen. Also, locker bleiben und in Ruhe hören, ob dieser dilettierende Kretin von Schmickler tatsächlich einen Glückstreffer gelandet hatte.

»Die Geschichte von Werner Schmickler«, sagte Dengler, »führt uns nach Bad Berleburg und heißt: ...«

Bring mir die Asche der dänischen Königin

Was war das? Barni schaltete hastig die Säge ab, knipste die Stirnlampe aus und lauschte. Zum Teufel mit diesem Schloss! Überall knackte, fistelte, raschelte irgendetwas, ab und zu glaubte er sogar, den Nachklang scheppernder Töpfe aus der weit entfernt liegenden Küche zu hören. Aber dieses

Geräusch war anders gewesen, eine Tür, ein Fenster, ein Tritt auf eine knarzende Holzbohle, so etwas. Schweiß troff von seinen Haarspitzen in seinen Nacken. Er hätte sich niemals darauf einlassen dürfen.

Hätte, hätte. Da musste er jetzt durch. Bestimmt hatten ihm eben nur die Nerven einen Streich gespielt.

Er wartete noch ein paar Sekunden, dann drückte er auf den roten Knopf der Akkusäge. Das feine, sirrende Blatt ließ das Geweih des ehemals stolzen, dann nur noch toten Hirsches vibrieren. Barni musste unwillkürlich an die letzten Zuckungen frisch geschlachteter Tiere denken und einen aufsteigenden Schauder unterdrücken. Er hatte mit der Jagd und ihrem Trophäentrieb nichts am Hut. Und einen kapitalen 28-Ender wie einen Obstbaum zu beschneiden, machte ihm erst recht keinen Spaß.

Aber Rossmann hatte sich auf keine Diskussionen mit ihm eingelassen, als er Barni in letzter Sekunde diesen Zusatzjob aufdrückte. Rossmann musste einen zahlungskräftigen Käufer für das Horn an der Hand haben, sonst wäre ihm das Risiko zu groß gewesen, ihren eigentlichen Deal über die Asche der Königin zu gefährden. Vielleicht wollte Rossmann sich ja vom Acker machen. Ab in den Vorruhestand! Das war ja auch kein Leben, über Jahre hinweg nur als Adelsreporter zu arbeiten.

Als Barni einige Monate zuvor den Reporter zum ersten Mal seit vier Jahren wieder angerufen hatte, hätte er sich nicht gewundert, wenn Rossmann sein Handy vor Wut sofort gegen die Wand geworfen hätte. Aber Rossmann war ganz cool geblieben.

»Es geht um die Königin von Dänemark«, hatte Barni angesetzt.

»Die Vulkankönigin?«, hatte Rossmann mit der Nennung des Spitznamens der ketterauchenden Majestät Fachkenntnis bewiesen. »Red nur weiter, wenn es eine positive Story ist. Sie ist zu beliebt. Selbst bei deutschen Republikanern.«

»Mehr als positiv. Nach dieser Veröffentlichung darf sie bestimmt sogar wieder öffentlich rauchen.«

»Okay, erzähl mir die Story in einem Satz.«

»Man kann aus der Zigarettenasche der dänischen Königin die Zukunft lesen«, hatte Barni mit einem Triumph in der Stimme gesagt, als verkünde er die Einführung der bemannten Raumfahrt.

»Weiter«, sagte Rossmann scheinbar unbeeindruckt.

»Die ehemalige Verlobte eines Neffen vierten Grades schwört es hoch und heilig. Sie hat es in den letzten Sommerferien als Gast der Königin auf Schloss Gravenstein ausprobiert. Bis dahin hatte sie immer nur spaßeshalber und mit wechselndem Erfolg aus dem Kaffeesatz gelesen. Aber alle Voraussagen aus dem Aschelesen sind tatsächlich eingetroffen.«

»Sagt sie.«

»Ich habe einen Kronzeugen. Ein angeheiratetes Mitglied des griechischen Königshauses. Er bestätigt, dass die Frau die ganze Palette von Glanz und Elend des menschlichen Daseins vorhergesagt hat, unter anderem eine Schwangerschaft, eine Trennung, eine Hochzeit und einen Todesfall. Ich habe Expertisen der beiden bekanntesten professionellen Kaffeesatzleserinnen Deutschlands eingeholt. Sie bescheinigen, dass das Aschelesen unter bestimmten Voraussetzungen funktioniert.«

»Und die wären?«

»Der Raucher muss eine charismatische Persönlichkeit mit reifer und kreativer Psyche sein.«

»Passt. Was noch?«

»Keine industriell gefertigten Zigaretten.«

»Gestorben. Die Königin raucht griechische Karelia.«

»Bei besonderen Feierlichkeiten soll sie nach Auskunft meiner Zeugen aber eine spezielle schwarze Zigarre rauchen, die ihr ihre Schwester aus Bad Berleburg mitbringt. Eine handgefertigte Sorte, die die Großmutter des dortigen Fürsten zu rauchen pflegte und deren Asche besonders schöne Formen bildet.«

Rossmann gab keinen Ton von sich. Es wurde unerträglich still. Dann, nach einigen quälend langen Sekunden, hatte Barni tief durchgeatmet und endlich zugegeben, dass die Ascheleserin höchstwahrscheinlich eine Betrügerin und ihre Story ein Schwindel mit ein paar verstreuten Wahrheitsfragmenten war. Sie und ihr Kronzeuge waren die klammen schwarzen Schafe der Familie und brauchten dringend Geld für den nächsten Wiener Opernball. Und seine Kaffeesatz-Expertinnen? Die hatten zuletzt außergewöhnliche Aktienkursgewinne für Atomkraftwerksbetreiber und einen Besuch des amerikanischen Präsidenten am Krankenbett von Fidel Castro vorausgesagt.

Nach Barnis Geständnissen erklärte Rossmann großzügig, die Story einigen Redaktionen anbieten zu wollen. Sein Schweigen war wohl nur ein Test gewesen, ob Barni ihn als Opfer oder als Partner in dieser Sache sah. Und Barni war stolz darauf, instinktiv richtig reagiert und die Karten anders als damals bei dieser böse daneben gegangenen Lady-Diana-Geschichte offen auf den Tisch gelegt zu haben. Freilich hatte Rossmann auch kein Problem mehr damit, gut erfundene Stories zu veröffentlichen. Denn den meisten Postillen, für die er inzwischen arbeitete, konnten die Berichte über blaublütige Prominente gar nicht abseitig genug sein.

»Ich kann euch das alles schon jetzt liefern«, hatte Barni behauptet, um dann seinen größten Trumpf auszuspielen. »Aber richtig knallen würde die Geschichte natürlich im Juni, wenn ihr sie zusammen mit euren Berichten über die Hochzeit der Berleburger Prinzessin brächtet – mit meinen Fotos der rauchenden Königin von der Feier und vor allem den Fotos von der Asche in ihrem Aschenbecher. Die legt ihr dann der Ascheleserin vor und sie erstellt eine Ferndiagnose über die Zukunft des jungen Paars.«

»Und wie kommst du in das Festzelt rein?«

»Als persönlicher Kellner der Königin.« Mehr musste Rossmann nicht wissen. Schon gar nicht, dass der Inhaber des von der Fürstlichen Rentkammer engagierten Cateringunternehmens *Royal Business Fine Food* Barni einen immens großen Gefallen schuldete.

Eine Woche nach ihrem Telefonat hatte Rossmann sich mit Barni in einem Café getroffen. »Eine meiner Redaktionen kauft die Story. Auf den Fotos und Clips müssen aber immer beide drauf sein: die Königin und der Ascher, klar? Wir zahlen dir dreitausend.«

»Vier«, hatte Barni gegrinst.

»Drei-fünf. Und die Sache läuft nur unter einer Bedingung. Es gibt einen Extradeal mit mir persönlich: Du bringst mir die Original-Asche und bekommst tausend obendrauf.«

»Was willst du mit der Asche?«, hatte Barni gefragt. »Die wird beim Transport garantiert zerfallen.«

Rossmann hatte sich zurückgelehnt und die Espressotasse gekippt, als wollte er sie verschlingen. »Es gibt Leute, die glauben, die Asche enthalte lebensverlängernde Stoffe, und wenn man sie in einen Tee – ach, vergiss es. Deal or no deal?«

Und jetzt saß Barni tief drin in diesem Deal, den Rossmann vor wenigen Stunden noch einmal um das Hirschhorn aus der fürstlichen Jagd erweitert hatte. Zerrieben sollte es angeblich Bio-Viagra hoch fünf sein.

Die Eis- und Augsprossen lagen schon in seinem Rucksack. Überhaupt war bis jetzt alles fantastisch gelaufen. Die Helmkameras, die er geschickt im Gestänge des Festzeltes auf dem Reitplatz versteckt hatte, hatten die Königin und ihren Aschenbecher permanent in HD-Qualität gefilmt.

Barni hatte ihr gleich zu Beginn ihre drei Päckchen Karelias gestohlen und hilfsbereit ziemlich teure, schwarze Zigarren überreicht. Die Königin hatte sie seufzend angenommen, nachdem alle anderen nur alberne EU-nikotinbegrenzte Attrappen anzubieten hatten. Kaum hatte sie eine Zigarre erledigt und die nächste angezündet, hatte Barni als dienstbarer Geist den Ascher ausgewechselt und die Aschestücke behutsam in eine Schale transferiert. Auch die lag jetzt gut gepolstert neben den Helmkameras und dem Gehörn im Rucksack. Der Job war also so gut wie erledigt. Nur die Enden der Geweihkrone mussten noch dran glauben.

Barni stand ächzend auf und rieb sich die Knie. Er hielt inne. Da war es wieder, dieses Geräusch. Barni schaltete die Lampe aus. Langsam sich nähernde Schritte. Direkt aus der Richtung seines Fluchtwegs durch den Flügelbau.

Die Tür sprang mit einem Krachen auf, Barni drehte sich erschrocken um, und ein sekundenlanges Blitzlichtgewitter blendete ihn. Er erstarrte wie ein

Reh im Licht von Autoscheinwerfern. Dann endlich griff er in Panik nach der Tasche und rannte in den Haupttrakt.

Eine Tür führte zur zentralen Treppe, aber die Gefahr, auf vorzeitig vom Fest zurückkehrende Gäste zu stoßen, war zu groß. Barni musste sich verstecken, bis sein Verfolger an ihm vorbei und sein eigentlicher Fluchtweg wieder frei wäre. In einem der angrenzenden Räume fand er Zuflucht unter einem antiken Bett mit Baldachin.

Er versuchte, einen klaren Kopf zu bekommen. Aber jeder Gedanke an die gespenstische Blitzlichtattacke versetzte ihn erneut in Schrecken. Sein Atem ging schnell und laut.

Der Teil in ihm, der immer schon gewusst hatte, dass die Sache schieflaufen würde, triumphierte mit altklugen Sprüchen: Macht hier einen auf Profieinbrecher, der Herr.

Dabei war er ja einfach nur ein Verkäufer. Immer gewesen. Als Azubi hatte er bei *Bang&Olufsen* High-End-Design an den Kunden gebracht, danach Autos bei *Daimler* und schließlich exklusive Immobilien. Alles wertvolle Dinge, die zum Erfolg gehörten wie die Beulen zur Pest.

Irgendwann aber war Barni durch einen Vergleich seiner Provisionen mit den Gewinnen der Unternehmen in eine tiefe Gerechtigkeitslücke gestürzt, und er machte sich selbstständig. Seine ungewöhnliche Geschäftsidee verdankte er einer adelsvernarrten Großtante, die ihr Vermögen für Devotionalien aller Art ausgab.

Barni hätte besser seinen üblichen Geschäften nachgehen sollen, statt Rossmann mit der Aschestory anzufixen. Zum Beispiel am Morgen im *Landhaus Wittgenstein*. Als neben ihm am runden Tisch seine Zielgruppe frühstückte. Acht Zaungäste der Hochzeit, sieben Damen und ein Herr, alle weit jenseits der Pensionsgrenze.

Bestimmt hätte er bei denen ein, zwei Tausender machen können.

Normalerweise hätte er diskret durchscheinen lassen, wie viel mehr als die Regenbogenblätter er wusste. Nach einiger Ziererei hätte er ein paar Anekdoten zum Besten gegeben, die exakt an das anschlossen, wovon die Zaungäste selbst angeregt erzählten. Denn das war sein besonderes Talent: seine

Lügen mit dem Wissen seiner Opfer auf eine Weise zu verknüpfen, dass sie zu Kronzeugen seiner Erfindungen wurden.

Dann waren sie reif, ihnen den Namen seiner durchlauchtigsten Quelle zu offenbaren. Er zeichnete das Bild eines aufgrund ungerechter Erbfolgeregelungen verarmten, für das alltägliche Leben zu feinen Charakters, der sich in aller Heimlichkeit von seinen letzten kostbaren Erinnerungsstücken trennen musste.

Bilder und Möbel fanden auf diesem Wege ebenso leicht Käufer wie Orden und alte Waffen. Am besten lief Porzellan, das trainierte Kinderhände in chinesischen Fabriken für Barni in Windeseile mit allen gewünschten Wappen und Dessins des europäischen Hochadels bemalten. Und Barnis hoch talentierter Freund Kalle Gutbergen fälschte Dankesschreiben des verzweifelten Adligen ebenso liebevoll wie Lieferscheine kaiserlich-königlicher Manufakturen auf altem Papier. Und das war alles im Preis inbegriffen.

So hätte es ewig weitergehen können, wenn Rossmann nicht aufgetaucht wäre. Mit Rossmann kam die Gier. Und mit ihr würde alles auch enden, ätzte der Besserwisser in Barni, als er plötzlich einen Atem registrierte, der nicht der seine war. Einen Wimpernschlag später wurde eine zweite Salve von Blitzlichtern auf ihn abgeschossen. Instinktiv rollte sich Barni auf der anderen Seite unter dem Bett hervor und stolperte in das hell erleuchtete Treppenhaus. Unten im Vestibül hörte er Stimmen, er konnte nur weiter nach oben flüchten.

Barni rüttelte panisch an den Türen im zweiten Stock, aber die Wohnräume des Erbprinzen und seiner ständigen Verlobten waren verschlossen. Endlich gab eine Tür nach, die in den Turm führte. Vielleicht konnte er ja über den Speicher wieder in einen der Seitenflügel gelangen. Barni blickte sich um. Ein Mann folgte ihm, ganz in Schwarz gekleidet und mit einer Sturmhaube maskiert.

Obwohl seine Kräfte allmählich schwanden, nahm Barni zwei Stufen auf einmal. Aber auch die Tür zum Speicher war abgeschlossen. Er hetzte weiter nach oben.

Auf der nächsten Etage öffnete er eines der Fenster zum Innenhof. Das Dach war abschüssig, wie ein Dach nur abschüssig sein konnte. Und nass, wie ein Dach nur nass sein konnte, nachdem ein so übler Hagelschauer niedergegangen war wie an diesem historischen Tag. Zu allem Überfluss leuchteten im Innenhof inzwischen Strahler jeden Winkel des Gebäudes aus. Barni war erledigt. Tränen stiegen ihm in die Augen.

»Mir auch, Herr Dengler, mir auch!«, rief Keitel entrüstet mitten in den Vortrag des Chefredakteurs hinein. »Dass Sie uns hier mit einer solchen Adels-Schmonzette kommen! Damit tun Sie weder Ihrem Schwager einen Gefallen noch sich selbst, von uns zwangsverpflichteten Zuhörern ganz zu schweigen.«

»Ich verbitte mir solche Invektiven, Herr Keitel! Das ist eine sicherlich eher lustig daherkommende Geschichte, aber in keinem Fall eine Schmonzette. Dafür ist sie nämlich viel zu sorgfältig und vielschichtig ausgearbeitet.« Denglers Gesicht war puterrot angelaufen, er rang eine Weile nach Luft, ehe er weitersprechen konnte. »Sie haben ja nachher noch Gelegenheit, Ihre Kritik zu präzisieren. Aber ich rate Ihnen dringend, zu überlegen, ob Ihre Art dem Stil unseres Hauses entspricht!«

Keitel schluckte. Das war starker Tobak. Aber wer die Wahrheit sagt, hat es eben nie leicht. Und dass sich diese Story maximal auf dem Niveau der in ihr erwähnten Presseerzeugnisse bewegte, stand ja wohl außer Frage,

»Ich würde dann jetzt gerne fortfahren, wenn Sie nichts dagegen haben«, ranzte Dengler ihn erneut an.

So hatte Keitel den Alten ja noch nie erlebt. Er hatte ihn doch nicht persönlich angegriffen.

Keitel hob einladend die Hände und nuschelte dabei etwas, das als Entschuldigung hätte verstanden werden können. Gequält verfolgte er, wie sich Dengler augenfällig in die dramatische Situation dieses Barni hineinzufühlen bemühte, um endlich mit Emphase auszurufen:

Rossmann! Jetzt konnte ihm nur noch Rossmann helfen. Immerhin war Barni ja in dessen Auftrag hier, und sie hatten schon einiges zusammen durchgestanden. Damals, als Rossmann noch Chefadelsreporter der *Wochenrevue* gewesen war. Barni hatte ihm bei ihrer ersten Begegnung ein Service verkaufen wollen, aus dem dereinst Prinz Eitel Friedrich im Plöner Prinzenhaus Kaffee geschlürft haben sollte. Aber Rossmann wollte Material, das er journalistisch ausschlachten konnte. Am besten über Lady Diana. Man musste international denken.

Ein Wunsch, der Barnis Möglichkeiten überstieg. Aber dann tat er doch nach vielen Vorschüssen, die Rossmann ihm aufgedrängt hatte, in London einen Exbutler der Herzenskönigin auf, der ihm einen ihrer Briefe verkaufte. Zurück in Deutschland besprach Barni sich mit Kalle Gutbergen und konnte einen Monat später ein mit blauem Band umwickeltes Briefkonvolut zu Rossmann tragen. In der rundlichen Mädchenhandschrift der Prinzessin dokumentierte es nichts Geringeres als die Tragödie von Elton und Diana, eines Traumpaares, dessen Liebe keine Erfüllung fand.

Die Artikelserie schlug in der Welt der Illustrierten ein wie eine Konfettibombe und trug Rossmann sogar Angebote ein, für englische und dänische Illustrierte zu arbeiten.

Das alles hatte Rossmann doch Barni zu verdanken, nicht wahr? Und dass ihr letzter Coup zum zehnten Todestag der Lady geplatzt war? Daran war Rossmann doch wohl auch nicht ganz unschuldig gewesen. Und das wusste Rossmann ja auch, sonst liefe jetzt nicht dieser Deal hier. Barni schöpfte Hoffnung. Rossmann würde ihn ganz bestimmt raushauen.

Er hörte schwere Schritte auf der Treppe und ein leises Keuchen. Mit zitternden Fingern zog er sein Handy aus der Tasche und wählte Rossmanns Mobilnummer.

Er hörte ein Freizeichen und jubilierte, doch zeitgleich hallte eine grässliche Dosenmusik zu ihm herauf, kaum identifizierbar, aber Barni erkannte den Song natürlich sofort. Dafür hatte er sich zu lange mit ihm beschäftigt. Damals, als er von Rossmanns Geld erpresst beschlossen hatte, dass die Sache mit Diana und Dodi im Tunnel in Wirklichkeit ganz anders abgelaufen war.

Barni hatte bei seinen ersten Recherchen eher zufällig in einem Londoner Musikladen einen illegalen Mitschnitt eines Elton-John-Konzertes entdeckt. Ein halbes Jahr später erwies sich der Kauf als Glücksfall. Zur Inspiration hatte Barni das Band im Hintergrund laufen lassen und plötzlich stand ihm alles klar vor Augen. Aus vielen kleinen Indizien bastelte er sich eine Theorie zusammen, die zumindest einem zweiten Blick noch standzuhalten vermochte:

In Barnis Tunnel-Version hatte sich Elton mit Dianas Zurückweisung nicht abfinden wollen und sich in einem letzten Akt der Verzweiflung auf seine künstlerischen Qualitäten besonnen. Er schickte ihr eine Musikkassette ins Pariser *Ritz*, auf der sich in einer seltenen Live-Version ein einziger alter Song von ihm befand: *Don't Go Breaking My Heart*.

Nach Barnis Legende übergab ein Bote Diana die Kassette, die erst im Mercedes dazu kam, sie anzuhören. Vieles sprach dafür, dass es wegen Eltons Liebeserklärung zu einem Streit gekommen war, in dessen Verlauf Dodi oder Diana mit einem unglücklich geführten Schlag oder sogar einer selbstmörderischen Attacke den Fahrer so touchierte, dass er das Lenkrad verriss.

Der letzte Beweis dafür würde natürlich niemals zu erbringen sein. Bekannt war nur: Die Kassette war von einem anonymen Feuerwehrmann wie durch ein Wunder unversehrt aus dem völlig zerstörten Fahrzeug geborgen worden und über nicht mehr nachzuvollziehende Umwege in Barnis Hände geraten.

Die Dosenmusik war jetzt verstummt. Aus dem Lautsprecher von Barnis Handy drang ein leises Schnaufen.

»Bist du das, Rossmann?«, fragte Barni zaghaft.

Dasselbe gehässige Lachen dröhnte minimal zeitversetzt von der Treppe her und aus dem Handy. Barni ließ das Telefon sinken und beobachtete mit starrem Blick, wie der Maskierte die letzten Stufen erklomm. Um den Hals eine Kamera mit großem Blitzlicht, in der einen Hand eine Axt, die eben noch an einer Ritterrüstung eine Etage tiefer gelehnt hatte, in der anderen eine zusammengerollte Peitsche. Der Mann zog sich die Maske vom Kopf.

»Rossmann, mein Gott, hast du mich erschreckt. Gut, dass du da bist. Ich hab alles beisammen«, sprudelte es aus Barni heraus, und er wies auf den Rucksack am Boden.

»Was soll ich mit dem Scheiß?«, fragte der Reporter verächtlich.

»Ich, ich schenk es dir, alles«, stotterte Barni, während Rossmann die Peitsche aus dem Handgelenk heraus zu schwingen begann und auf ihn zuging.

»Die Leiter zum Fenster!«, herrschte Rossmann ihn an, zeigte auf einen kleinen dreistufigen Holzhocker, dann zu einem der Fenster, die zum Schlosspark hinausgingen, und hob drohend die Axt.

»Du musst mir keinen Cent zahlen, ehrlich. Als Entschädigung für die Sache mit der Musikkassette. Also, nur als erste Rate.«

»Du bietest mir Almosen? Seh ich aus wie ein Penner?«

»Nein, Entschuldigung, so habe ich das natürlich ...«

»Halt's Maul. Klar seh ich aus wie ein Penner. Du hast nämlich mein Leben zerstört, du Arsch!«

»Ich konnte doch damals nicht wissen, dass der blöde Mercedes nur einen CD-Spieler hatte«, jammerte Barni.

»Und dass die Kassette keine fünf, geschweige denn zehn Jahre alt war, das hast du Idiot auch nicht gewusst, was?«, höhnte Rossmann.

»Nein«, schluchzte Barni, während er nach einem Peitschenknall die Trittleiter zum Fenster trug, »ehrlich nicht. Wer konnte denn ahnen, dass Sony irgendwann die Beschichtung der Bänder geändert hat und dann auch noch Scotland Yard eine chemische Analyse macht? Rossmann, das war Pech, einfach nur Pech!«

»Eben, Pech für dich! Und jetzt: Auf die Leiter, fertig, los!«, schrie Rossmann und zog ihm den Lederriemen über die Beine.

Barni kletterte mit zitternden Knien auf die oberste Stufe.

»Das Fenster auf!«

Barni gehorchte. Er schaute vorsichtig hinaus. Von hier aus war kein Dach zu erreichen. Nur der Abgrund wartete. Ihm wurde schwindelig, er suchte Halt am Fensterrahmen.

»Barni, Barni«, seufzte Rossmann mitleidig. »Ich habe deine Zukunft aus der Asche meiner Zigarette gelesen. Sie ist grau, ganz übel grau.« Dann griff er nach Barnis halb offenem Rucksack und warf ihn Barni zu. Der schnappte ihn instinktiv und geriet dabei für endlos scheinende Hundertstel gefährlich ins Schwanken.

»Schmeiß ihn raus«, befahl Rossmann.

»Rossmann, bitte. Rache ändert doch nichts. Lass mich leben. Ich besorg dir einen Haufen wasserdichter Stories. Mit mir kommst du wieder ganz nach oben, vertrau mir«, flehte Barni.

»Ich vertraue dir doch«, grinste Rossmann. »Du bist mein Ticket zurück zur *Wochenrevue*. Der Hochzeitsdieb von Berleburg. Der militante Tierschützer und Jagdtrophäenschänder. Der Terrorist im Rücken der dänischen Königin. Sobald du da unten liegst, mach ich einen Zehnteiler aus dir. Und jetzt den Rucksack raus! Und vergiss ja nicht ihm hinterherzuspringen!«

Wieder zischte die Peitsche durch die Luft. Barni fühlte durch den Nylonstoff die Schale mit der Asche der dänischen Königin – und plötzlich erwachte sein Überlebenstrieb. Rossmann weiter anstarrend, ließ er vorsichtig die Hand in den Rucksack gleiten und zippte mit dem Daumen den Deckel ab.

Rossmann hob wieder die Peitsche und trat dabei einen weiteren Schritt nach vorn. Im selben Moment zog Barni die Schale aus dem Rucksack und schleuderte Rossmann die Asche ins Gesicht.

Rossmann schrie auf, ließ die Peitsche fallen und versuchte wie irrsinnig, sich die Asche aus den Augen zu reiben, aber das machte alles nur schlimmer. Blind und ungelenk schwang er die Axt auf das Fenster zu, während Barni eine der mächtigen, ungewöhnlich spitzen Augsprossen aus seinem Rucksack fischte.

Als das Axtblatt scharf an Barnis Schulter vorbeischoss und Rossmann vom Schwung des Hiebes mitgerissen ins Taumeln geriet, stieß Barni ihm die Spitze erst in die Seite und dann in blinder Wut mehrmals tief in den Bauch, dabei furchtbare Schreie ausstoßend, in denen sich alles vereinte: der ungezügelte Hass auf den, der ihn vernichten wollte; das Entsetzen über die brutale Gewalt, die Barni wie viele andere sein Leben lang ahnungslos in sich getragen hatte; das Wissen, dass er mit seinem Kampf um eine Zukunft zugleich all seine Pläne und Hoffnungen unwiederbringlich zerstörte, und in all dem und über alles das hinaus die Angst! Diese furchtbare Angst vor den anderen und vor sich selbst. Und die Angst vor dem, was bis zum Ende nunmehr bitter folgen würde.

Als man am Morgen nach dem rauschenden Fest entdeckte, dass offenbar Vandalen und Diebe im Berleburger Schloss gewütet hatten, fand man Barni hoch oben im Turm. Er saß mit sich wiegendem Oberkörper immer noch an Rossmanns Seite inmitten einer großen Blutlache.

Auf die Frage, was um Himmels willen hier geschehen sei, wusste er nichts zu antworten, als dass er doch nur ein einfacher Verkäufer sei. Ein Mensch, der anderen Menschen dabei helfen wolle, sich wenigstens ein paar ihrer kleinen Träume zu erfüllen.

»Ja, Werner Schmickler«, setzte Dengler an, aber seine Stimme versagte ihm den Dienst. Keiner der Reporter zeigte den Hauch einer Reaktion. Entweder sie teilten Denglers Rührung, was Keitel als geradezu degoutant empfunden hätte, oder sie wollten nicht genau so abgefertigt werden wie er eben. Aber wenn sie nun darauf hoffen sollten, dass der böse Keitel mal wieder die Meinungskastanien für sie aus dem Feuer holte, dann hatten sie sich geschnitten. Keitel schaute demonstrativ aus dem Fenster, während sich Denglers Stimme allmählich wieder festigte.

»Ich fürchte, wir haben ihn unterschätzt. Mir erscheint seine Geschichte als ein beeindruckendes Gleichnis für unsere Arbeit beim *Kurbad-Kompass*. Aber ich will mich an meine Regeln halten und diese Geschichte jetzt nicht weiter kommentieren. Gönnen wir uns eine zehnminütige Pause, bevor Herr Keitel den Wettbewerbstag abschließt, Herr Keitel?«

Widerwillig sah Keitel Dengler an, der ihm jetzt so etwas wie ein versöhnliches Lächeln schenkte, und nickte gezwungenermaßen zustimmend.

So ein sentimentales Geschwurbel, dachte Keitel. Da hätte nur noch die feierliche Ankündigung gefehlt, dass Dengler Schmicklers Schwabbelkörper in Bronze nachgießen und als Statue vor dem Redaktionssitz aufstellen lassen würde. Irgendetwas führte Dengler hier im Schilde, das spürte Keitel und fand seinen Verdacht in den nachdenklichen Gesichtern der anderen bestätigt.

* * *

Monk suchte sich eine stille Ecke im Park und rief Jenny an.

»Könntest du mir bitte verraten, wie Dengler an Schmicklers Story gekommen ist?«, fragte er anstelle einer Begrüßung.

»Die hat er von mir. Du hattest mir doch gesagt, du hättest ihm versprochen, dich drum zu kümmern. Ich dachte, du musst dich mit so einem Krimskrams nicht beschäftigen.«

»Krimskrams? Das ist ein Beweismittel! Das kannst du nicht so einfach rausgeben.« Monk konnte nicht glauben, dass das Mädchen so naiv sein konnte.

»Viktor. Wie kannst du nur so naiv sein, zu glauben, dass ich das Original rausgegeben hätte. Es ist nur eine Kopie.«

»Ja, äh, aber trotzdem ...« Monk hatte keine Ahnung, wie er aus der Sache mit heilem Gesicht herauskommen sollte.

»Im Prinzip«, fuhr Jenny fort, »hätten wir ihm allerdings auch ruhig das Original geben können. Das war nämlich so sauber wie ein Babypopo nach dem Baden.«

»Na ja, aber Fingerabdrücke von Schmickler ...«, wandte Monk ein wenig kleinlaut ein.

»Nein, absolut clean. Nicht ein einziger Abdruck. Aber jetzt, wo du so komisch fragst ...«

»... erscheint dir das vielleicht auch ein bisschen seltsam?« Da war Monk wieder im Rennen. »Meint ihr, so ein Dichter packt seine Texte nur mit Samthandschuhen an? Oder dass er vielleicht eine Papierallergie hat?«

»Ja, Viktor, ich habe es ja jetzt verstanden.«

»Vielleicht hat jemand Schmickler den Text untergeschoben.«

»Ich weiß nicht. Schmickler soll doch ein schlechter Texter ohne große Chancen gewesen sein. Vielleicht hat er sich die Geschichte von jemand anderem schreiben lassen. «

»Dann wäre sein Ghostwriter aber sehr darauf bedacht gewesen, ein Geist zu bleiben«, sagte Monk skeptisch.

»Vielleicht so zwischendurch mal etwas ganz Handfestes«, unterbrach Jenny seine Überlegung unvermittelt. »Sie haben mir endlich die Verbindungsliste von Schmicklers Handy geschickt. In den letzten Tagen hat er vor allem mit einer Nummer Kontakt gehabt. Eine Anwaltskanzlei in Koblenz. Laut ihrer Homepage spezialisiert auf Wirtschafts- und Gesellschaftsrecht. Ich hab schon angerufen, aber die sind natürlich im Wochenende. Und privat steht der Anwalt nicht im Telefonbuch.«

»Gut, bleibst du dran? Ich verdrück mich jetzt nach Hause.«

»Wir sehen uns morgen früh.«

»Ein ›Toi toi toi‹ wäre nett.«

»Du bist der King und der Monk dazu. Was soll dir schon passieren?«

13. Kapitel

Als Keitel die Bibliothek betrat und Dengler hinter ihm die Tür schloss, war zu seiner Überraschung nicht nur Heckers Platz frei geblieben. Einzig Wallner, Weinrich und Waterhuus saßen in ihren Sesseln. Sollten ihn die anderen etwa boykottieren? Dengler trat mit bekümmerter Miene an das Pult und wrang seine Hände, während er sprach.

»Wie Sie sehen, sind wir leider nur noch eine Rumpfmannschaft, was mir insbesondere für Sie leid tut, Herr Keitel. Aber ich kann leider nichts daran ändern.«

Keitel musste die ganze Zeit auf Denglers permanent ineinander krampfende Hände starren. Warum kam er nicht endlich zur Sache?

»Nun, Herr Jensen hat uns ja vorhin sehr deutlich gesagt, was er von unserer Veranstaltung hält. Er hat seine Ankündigung wahr gemacht und sowohl dem Schlosshotel als auch dem *Kurbad-Kompass* den Rücken gekehrt.«

»Das ist wirklich ungerecht«, nölte Weinrich, obwohl Keitel ihn sogleich mit hasserfülltem Blick anstarrte. »Mir hat die Polizei gestern Nacht strikt verboten, abzureisen. Warum durfte Herr Jensen das dann?«

»Warum, warum – ist die Banane krumm. Weil er gewartet hat, bis die Polizei weg ist, vielleicht? Und weil er nicht so blöd war, um Erlaubnis zu fragen?«, ranzte Keitel. »Aber wo sind die Kinzig und die Weidenfeld?«, wendete er sich leicht hektisch wieder an Dengler.

»Die beiden Damen bitten um Verständnis, dass sie lieber auf ihren Zimmern bleiben möchten. Die Vorwürfe Herrn Jensens haben sie emotional sehr angegriffen. Ich hoffe, sie wenigstens zu unserem Abschlussabendessen wieder begrüßen zu können.«

»*Zehn kleine Negerlein* ist nichts dagegen. Ich hoffe, Sie werden bei Ihrer Entscheidungsfindung berücksichtigen, dass nur noch drei statt sieben Kollegen zur Diskussion meiner Geschichte verfügbar sind«, forderte Keitel streng.

»Selbstverständlich wird das meine Entscheidung weder positiv noch negativ beeinflussen«, versicherte der sichtlich zermürbte Dengler. »Wenn ich Sie jetzt bitten dürfte ...«

Keitel erhob sich, atmete wie ein Boxer noch einmal tief durch und trat hinter das Pult.

»Meine Dame, meine Herren. Meine Geschichte führt sie in das traditionsreiche Land der Franken, um genauer zu sein: ins Fichtelgebirge nach Bad Berneck, nahe der Wagnerstadt Bayreuth. Sie spielt in einer fernen Zukunft, und die beiden Hauptrollen sind mit real existierenden Personen besetzt, von denen Sie eine sicher kennen: Professor Duigo Knops, der uns mit seinen Geschichtsdramen bis vor Kurzem ungestraft im deutschen Fernsehen quälen durfte. Die andere Figur ist ein berühmter Maler aus unserer Zeit. Jonas-Jan Schmeese, Liebling des Kunstbetriebs, ein Berserker sowohl in seiner Malweise als auch in der Durchbrechung gesellschaftlicher und geschichtlicher Tabus. Ich habe mir erlaubt, im Damensalon einige Farbkopien seiner Gemälde aufzuhängen und bitte Sie zum besseren Verständnis meiner Texte um spätere Betrachtung selbiger. Es war für mich ein spannendes literarisches Experiment ...«

»Herr Keitel, können Sie jetzt bitte endlich beginnen? Wir sind hier, um Ihren Krimi zu hören, keinen Vortrag!«, unterbrach ihn die Wallner in einem so scharfen Ton, dass Keitel sich schon fast wie Weinrich fühlte.

»Ja, also dann«, fasste er sich mühsam, »wenn Sie keine weiteren Erläuterungen benötigen, beginne ich jetzt: ...«

Diese Ereignisse haben mein Leben derart aus der Bahn geworfen, dass sie sich unauslöschbar in mein Gehirn eingebrannt haben. Vor meinen Augen läuft die Erinnerung als Film in Endlosschleife ab.

An jenem Samstag vor einem Jahr reiste ich nach Bad Berneck, um meine vierundachtzigjährige Mutter aus der Kur abzuholen. Wir hatten daheim ohne sie und ihre Besserwissereien wundervolle Wochen gehabt. Wir konnten uns kaum mehr erinnern, wann es in unserer Familie zuletzt so entspannt zugegangen war. Aber auch die schönste Zeit muss einmal zu Ende gehen.

Als ich – um gleich den ersten Ärger zu vermeiden, pünktlichst auf die Sekunde – in ihrer Pension erschien, stand sie anders als sonst nicht schon längst reisefertig und verärgert an der Rezeption. Ohne Hut und Mantel saß sie huldvoll lächelnd in einem cremefarbenen Sessel im Aufenthaltsraum. Ich hatte gleich ein schlechtes Gefühl, begrüßte sie aber möglichst unbefangen.

»Hat man dir deine Koffer nicht heruntergetragen?«

»Ich bleibe hier«, sagte sie gut gelaunt.

»Deine Kur ist zu Ende, Mutter.«

»Ich bleibe trotzdem hier, mein Junge.«

»Das geht nicht. Die Krankenkasse hat eine Verlängerung abgelehnt.«

»Krankenkassen sind etwas für Leute von gestern.«

Ich glaubte, mich verhört zu haben. Natürlich war mir ihr Altersstarrsinn vertraut. Aber noch nie hatte sie ihn mit solcher Sanftmütigkeit an mir ausgelebt. Während mich die Frage beschäftigte, ob dies erste Anzeichen einer Demenz sein mochten, trumpfte ich mit einem Sachargument auf. »Dein Zimmer ist sicher schon vergeben.«

»Kein Problem, ich ziehe ins Seniorenheim von Dr. Schmeese.«

Eine Woge unerwarteten Glücks überflutete mich. Alle Probleme gelöst: Mutter geht ins Altersheim. Freiwillig. Gute Pflege, gutes Essen, gute Fichtelgebirgsluft. Gut weit weg. Für alle das Beste, nur das Beste. Ich mochte es kaum glauben. »Hast du dir das denn auch wirklich gut überlegt, Mutter?«, fragte ich mit ernster, ja geradezu trauriger Stimme. Fast schämte ich mich für meine Schauspielerei, aber meine wahren Gefühle zu zeigen, hätte alles verderben können.

»Aber damit treibt man doch keine Scherze, mein Junge.«

Hätte ich damals gewusst, was ich heute weiß, hätte ich sie angebrüllt: Nein, das hast du nicht. Du bist wahnsinnig geworden. Du steigst jetzt in mein Auto, und wir fahren sofort zurück nach Kevelaer, zurück zu Birgit und den Kindern. Schluss, aus, basta. Aber ich wusste es damals noch nicht.

Ich konnte mein Glück nicht fassen. Und zugleich ergriff mich etwas Wehmut. Dass sie doch noch so nett sein konnte. Ich würde sie vermissen. Ein wenig jedenfalls. »Wo liegt denn dieses Seniorenheim des Dr. Schmeese?«

»In der Burg Neuwallenrode.«

»Das ist doch eine Ruine.«

»Ist es nicht.«

»Es steht aber überall zu lesen, dass es eine ist. Seit fast sechshundert Jahren schon, Mutter.« Ich hatte doch geahnt, dass alles nur ein übler Scherz gewesen war. Sie hatte sich hier offenbar eine neue Art von Humor angeeignet, und ich war ihr prompt auf den Leim gegangen.

»Der Dr. Schmeese hat das Wohnhaus der Burg wieder aufgebaut. Er hat da sehr viel Geld reinstecken müssen. Er ist ein so großzügiger und geschichtsinteressierter Mensch, weißt du?!«

Ich war so hin- und hergerissen, wie ich das alles einzuschätzen hatte, dass ich eine Zeit lang wortlos herumstand.

»Schön, dass du dir wenigstens ein bisschen Sorgen um deine alte Mutter machst.« Sie kicherte. »Du darfst mich jetzt gerne nach Neuwalkürenrode bringen und dann gleich zurück zu deiner spießigen Birgit fahren.«

»Mutter«, sagte ich drohend, war angesichts ihres Seitenhiebs gegen meine Gattin aber zugleich etwas sicherer, dass sie noch bei Sinnen war, obwohl: »Hattest du eben Neuwalkürenrode gesagt?«

»Der Dr. Schmeese hat die Burg umbenannt. Wagner geht ihm über alles.«

»Wagner, so so. Na, dann wollen wir mal. Wo ist dein Gepäck?« Jetzt würde sich die Wahrheit von der Lüge scheiden.

»Das hat der Doktor schon abholen lassen.«

Guter Service, dachte ich. Aber Service kostet Geld. Bevor ich Mutter dort einziehen ließe, müsste ich den Vertrag eventuell nachverhandeln.

Wir stellten den Wagen auf einem Parkplatz am Fuße der Burg ab. Von hier unten aus machte sie einen ebenso ruinösen wie unbewohnbaren Eindruck.

»Dort hinten hat der Dr. Schmeese eine Zahnradbahn für uns bauen lassen. Er ist so besorgt um uns«, sagte Mutter und ging zügig voran.

An der Station drückten wir auf eine Klingel. Es knackte im Lautsprecher und Mutter nannte ihren Namen. Die Tür der führerlosen Kabine öffnete sich, wir stiegen ein und fuhren der Burg Neuwalkürenrode entgegen.

Oben empfing uns ein Hausmeister, bei dessen Anblick mir sogleich der Begriff »Faktotum« in den Sinn geriet. Er mochte weit über sechzig sein. Sein strähniges, graues und ungekämmtes Haar reichte ihm bis fast zu den Lenden. Das Gesicht, aus dem uns große schwarz-lodernde Augen ansahen, war von einer Menge Barthaar umrahmt. Der drahtige Körper steckte in einer alten Jeans und einer ehemals wohl dunkelblauen *Adidas*-Sportjacke, deren Reißverschluss bis zum Kinn hochgezogen war.

»Wie schön, dass Sie selbst gekommen sind, um uns zu begrüßen, Herr Doktor«, sagte meine Mutter zu dem Hausmeister, und ich musste husten. Diesem Mann sollte ich meine alte Mutter ausliefern?

Nur wenige Minuten später aber schämte ich mich schon für meine Oberflächlichkeit. Denn Dr. Schmeese erwies sich als vollendet höflicher und gebildeter Mensch und beeindruckte mich durch die warmherzige Freundlichkeit gegenüber meiner Mutter. Fast hätte man glauben können, nicht ich, sondern er sei der liebste Sohn der alten Dame, die sich sofort vertrauensselig bei ihm eingehängt hatte.

Das schlechte Gewissen, ihn falsch eingeschätzt zu haben, trieb mich dazu, ohne Unterlass zu reden. Ich erklärte ihm, wie ungern ich Mutter in ein Heim gehen ließe, obwohl ich ihr doch sonst jeden Wunsch sofort von Herzen gern erfüllte; wie traurig es uns daheim alle machen werde, dass sie nun so weit weg von unserem schönen Kevelaer wohnen würde, sodass wir sie höchstens zweimal im Jahr – Dr. Schmeese sah mich an – vielleicht aber auch dreimal im Jahr würden besuchen können. Ich erklärte ihm meine Lage als überstundengeplagter Verwaltungsbeamter im gehobenen Dienst, legte meine finanziellen Verhältnisse schonungslos offen; zugegebenermaßen nicht ohne den Hintergedanken, ihm deutlich zu machen, dass im Notfall bei mir nichts zu holen sein würde.

Wir standen schließlich schon eine ganze Weile vor dem Eingang, da sagte meine Mutter mitten in einen meiner Sätze hinein: »Nun lass man gut sein, Junge. Der Doktor muss arbeiten, und du willst jetzt nach Hause.«

»Aber Mama, selbstverständlich will ich erst sehen, dass du hier gut aufgehoben bist.« Ehrliche Empörung ließ meine Stimme zittern. War ich denn ein Rabensohn?

Mutter und Dr. Schmeese warfen einander einen schnellen Blick zu. Dann öffnete der Heimleiter die schwere, reich verzierte Holztür und lud uns mit einer tiefen Verbeugung ein, das aus mächtigen, grob behauenen Steinen gebaute Wohnhaus zu betreten.

Drinnen war es düster, nur eine einzelne nackte Glühbirne sorgte für gerade so viel Licht, dass wir schwache Schatten warfen. Es roch ein wenig muffig, das wuchtige Mauerwerk war unverputzt. Ich fühlte mich ins Mittelalter zurückversetzt. War dies der richtige Ort für eine alte Frau?

Als sich meine Augen an das Dreivierteldunkel gewöhnt hatten, erkannte ich entlang der Treppe eine Reihe von offenbar modernen Gemälden, die zwar in scharfem zeitlichen Widerspruch zum Haus standen, in ihrer groben, ja brutalen Malweise allerdings ideal hierher passten. Netterweise hatte der Maler am unteren Rand der einige Grausamkeit ausstrahlenden Portraits mit breitem Strich die Namen der Dargestellten notiert. Ich las *Dietrich von Bern*, *Hagen von Tronje*, die Namen weiterer Ritter und immer wieder *Wagner, Wagner, Wagner.*

»Die hat alle vor dreißig Jahren der Dr. Schmeese gemalt, als er noch ein Künstler war«, flüsterte mir meine Mutter ehrfürchtig zu, »aber er mag nicht drüber reden. Die Leute im Haus sagen, die Bilder seien ein Vermögen wert.«

Dr. Schmeese schaute ob der trotz des Flüstertons nicht zu überhörenden Worte beschämt zu Boden, räusperte sich schließlich und erklärte mir, dass im Erdgeschoss die Versorgungsräume untergebracht seien. Zu den Wohn- und Behandlungsräumen würden wir mit dem Aufzug gelangen.

Im ersten Stock sah alles schon sehr viel mehr nach einem schönen Heim für den letzten Lebensabschnitt aus. Der Flur war breit genug, um zwei Betten oder Rollstühle aneinander vorbeizuschieben. Allerdings hingen an den ockerfarbenen Wänden anstelle der üblichen pastellfarbenen Blumenaquarelle merkwürdig bearbeitete, überdimensionale Stadtpläne von Hamburg, Berlin, München und Baden-Baden, die mich an militärische Lagekarten des Zweiten Weltkriegs erinnerten. Mit dickem, schwarzem Filzschreiber hatte jemand wild Pfeile eingezeichnet, die aus allen Himmelsrichtungen auf verschiedene Punkte in den Zentren wiesen, die wiederum mit roten Fähnchen markiert waren.

Während ich mich bemühte, diese Karten zu lesen, ließen mich plötzlich martialische Schreie aus dem daneben gelegenen Raum zusammenzucken. Alarmiert lief ich dorthin. Was ich durch das Sichtfenster in der Tür beobachtete, war alles andere als beruhigend. Sechs alte Männer und Frauen bewegten sich durch einen Gymnastiksaal und schlugen unter Anleitung immer wieder heftig mit langen Stäben aufeinander ein.

Dr. Schmeese legte beruhigend seine Hand auf meinen Arm. »Das ist der Paukboden, einer unserer Trainingsräume. Körperliche Ertüchtigung ist das A und O im Alter. Hier werden gerade fortgeschrittene Übungen des Kendo ausgeführt. Wir wollen natürlich keinen unserer Fighter im Training verlieren. Deshalb verwenden wir keine Holzstäbe, sondern mit Pressluft gefüllte Kunststoffhülsen.«

»Die kennst du doch von Birgits Sportfesten, Junge. Diese Klatschhilfen, weil man die wenigen Leute im Stadion sonst nicht hören würde«, erklärte mir Mutter, als wäre ich schwer von Begriff.

Während sie sprach, drängelte mich Dr. Schmeese ein Stück zur Seite, um den Kämpfenden ebenfalls zusehen zu können. Bei einer offenbar besonders gelungenen Attacke stieß er unvermittelt ein lautes, helles »Hey!« aus und riss die Faust nach oben. Als wäre das nicht schon befremdlich genug gewesen, sprang er in die Mitte des Flurs und ahmte die komplexe Figur aus Finte, Ausweichmanöver und Gegenangriff nach.

»Total großartig, nicht wahr?«, rief er etwas außer Atem, nachdem er seine Trainingsjacke wieder in Form gezogen hatte und zu uns zurückgekehrt war. Meine Mutter nickte beeindruckt. Dann setzte er seinen Weg fort, als wäre nichts geschehen.

Die Vielzahl absonderlicher Eindrücke ließ mich im Zimmer meiner Mutter sogleich auf einen Stuhl sinken. Ich sah mich in der Furcht vor neuen Überraschungen vorsichtig um. Die asketische Einrichtung des Zimmers aber beruhigte mich: Bett, Schrank, Tisch, zwei Stühle und eine Turnmatte, die wie ein Teppich auf dem grauen Linolboden lag. Es war vielleicht alles noch ein wenig unpersönlich, aber in Ordnung.

»Wenn erst einmal deine Lieblingsmöbel und Fotos von uns und den Kindern hier sind, fühlst du dich bestimmt schnell heimisch«, sagte ich zu meiner Mutter.

»Lass nur, Junge, ich brauch den alten Kram nicht mehr. Gib ihn der Caritas.«

»Die Bilder auch?«, fragte ich fassungslos.

»Die Bilder natürlich nicht. Was soll die Caritas damit? Die könnt ihr behalten. Warte, das Foto von Heinrich könnt ihr mir schicken. Wenn er noch gelebt hätte, wäre er ja mit nach Neuwalkürenrode gekommen. Mein armer Teckel«, erklärte sie Dr. Schmeese. »Aber jetzt wird es wirklich Zeit für dich, mein Sohn. Birgit will doch nicht, dass du im Dunkeln mit dem Auto unterwegs bist. In deinem Alter.«

Ich ignorierte den spöttischen Unterton, denn mich beschäftigte etwas viel Gravierenderes. Dieser unglaubliche Charakterwandel – ich fürchtete plötzlich, meine Mutter könnte in eine Art Sekte geraten sein. Bevor ich ging, musste ich mehr in Erfahrung bringen.

»Vielleicht dürfte ich noch am gemeinsamen Abendessen teilnehmen«, sagte ich fast bettelnd zu Dr. Schmeese. »Die Fahrt ist lang, und ich werde unten in Bad Berneck sicher keinen Proviant mehr kaufen können.«

Mutters Miene verdüsterte sich, aber Dr. Schmeese sagte: »Sie sind natürlich unser Gast. Gastfreundschaft ist uns ebenso erzheilig wie den Arabern.«

»Das weiß mein Sohn nicht«, entschuldigte Mutter mich. »Sobald du das Zelt eines Arabers betrittst, Junge, bist du sein Gast. Man bewirtet dich, man unterhält sich, und du kannst dich ruhig schlafen legen. Selbst als größter Feind des Arabers brauchst du dich um nichts zu sorgen. So lange, bis du das Zelt verlassen und dich einige Meter entfernt hast.«

Ich starrte meine Mutter an. Was wusste sie denn von fremden Ländern und Sitten? Sie hatte mit uns nicht mal Urlaub in der Eifel machen wollen.

»Natürlich weiß ich das, Mutter«, sagte ich streng, obwohl es glatt gelogen war.

»Wir essen in zehn Minuten. Gehen wir doch gemeinsam in den Speisesaal«, sagte Dr. Schmeese.

Unterwegs versuchte ich zu Mutters Verwunderung das Gespräch auf das Thema Religion zu lenken. Aber Dr. Schmeese antwortete kurz, dass Neuwalkürenrode ein konfessionell ungebundenes Seniorenheim sei und alle Weltreligionen willkommen seien, so sie nur unbedingt privat ausgelebt würden und jegliche Missionierungsversuche anderer Bewohner unterblieben.

Das Essen verlief in einer schönen Atmosphäre. Die alten Leute lachten und sprachen viel. Die Lebendigkeit der Bewohner versetzte auch mich schnell in eine bessere Stimmung. Mutter war geradezu beschwingt, ihre Wangen leuchteten rosig. Erneut schalt ich mich wegen meiner Vorurteile gegen den Direktor und sein Haus.

Was sollte dagegen zu sagen sein, wenn sich der Mensch im Alter von allem Materiellen befreite, um sich auf das Kommende besser konzentrieren zu können? Und was hatte es für einen Sinn, sein Herz an die zu hängen, die man eh verlassen musste? Wer schließlich mochte bestreiten, dass sportliche Betätigung, und darunter jegliche Form fernöstlicher Übung, bestens dazu geeignet war, den körperlichen Verfall zu verlangsamen. Der Dr. Schmeese wusste schon, was er da tat, und ich konnte nach drei dick mit Bad Bernecker Wurst aus Gläsern belegten Scheiben fränkischen Krustenbrots gut gesättigt und ganz einverstanden mit den plötzlichen Wendungen des Lebens das Seniorenheim verlassen.

Ich verabschiedete mich aufs Herzlichste von meiner Mutter und dem Direktor, die mir beide noch zuwinkten, als ich mit der Zahnradbahn zu Tale fuhr.

Vor meinem Wagen stehend, bemerkte ich, dass ich meinen Schlüssel in Mutters Zimmer liegen gelassen hatte. Ich lief fluchend den Weg zurück und schellte, damit man mir die Kabine, die wieder zum Schloss hochgeholt worden war, noch einmal herunterschickte. Doch trotz lang anhaltendem Klingeln tat sich nichts. Verärgert machte ich mich auf den beschwerlichen Weg den Schlossberg hinauf. Es dämmerte schon.

Endlich oben angekommen, schellte ich an der verschlossenen Eingangstüre, doch erst als ich verzweifelt mit dem bronzenen Türklopfer auf mich aufmerksam machte, wurde mir von einer kräftigen, blond bezopften Schwester aufgemacht.

Ich stellte mich vor und erklärte, nur eben meinen Autoschlüssel aus dem Zimmer meiner Mutter holen zu wollen.

Sie schüttelte knapp den Kopf. »Der Herr Direktor hält gerade sein abendliches Motivationsseminar. Kommen Sie in zwei Stunden wieder.«

»Ich möchte nicht mit Dr. Schmeese sprechen, sondern meinen Schlüssel holen. Vor mir liegen sechshundert Kilometer Fahrt.«

»Ihre Frau Mutter nimmt selbstverständlich an dem Seminar teil. Ich bin nicht befugt, Fremde in die Zimmer unserer Bewohner zu lassen.«

»Ich bin ihr Sohn!«

»Sind Sie denn auch Bewohner unserer Einrichtung?«

»Äh, nein, natürlich nicht. Zumindest noch nicht.«

»Sehen Sie.« Die Schwester machte Anstalten, die Türe zu schließen.

»Warten Sie«, rief ich. »Aber Sie, Sie dürfen doch das Zimmer meiner Mutter betreten.«

»Selbstverständlich. Ich bin ja keine Fremde.«

»Dann bitte, bitte, bitte, holen Sie doch den Schlüssel für mich heraus. Sie würden mir so weiterhelfen. Es ist ein Opelschlüssel. Mit einem Nilpferd daran.«

Sie starrte mich einige Sekunden mit unbewegter Miene an. »Warten Sie hier«, sagte sie endlich und schloss die Tür vor meiner Nase.

Dabei war der unfreundlichen Person entgangen, dass sich ein Steinchen so zwischen Tür und Schwelle gesetzt hatte, dass die Tür nicht ganz ins Schloss gefallen war. Ich entschied, das Recht zu haben, das Heim zu betreten.

Ich wollte gerade die Treppe hinaufschleichen, als von ferne über den Flur seltsames Johlen und rhythmisches Rufen zu mir drangen. Ob dies das Motivationsseminar war? Neugierig folgte ich den Geräuschen und stieß bald auf eine eichenhölzerne Doppelflügeltür, hinter der sich wildeste Szenen abzuspielen schienen.

Millimeterweise öffnete ich sie, bis mich ein lautes Klacken des Schlosses verriet. Schon war ich entdeckt. Im Türspalt erschien das wildverzerrte Gesicht des Dr. Schmeese, der zwar die Tür mit einem Ruck ganz aufriss, ansonsten aber wie in Trance durch mich hindurchsah.

Hinter ihm tat sich eine Art Rittersaal auf; ein Raum von gewiss hundertfünfzig Quadratmetern, beschirmt von einer wuchtigen Holzdecke, die von einer Phalanx schwarzer Säulen in der Mitte des Saals getragen wurde. An den Längsseiten zwischen den Fenstern waren abwechselnd blank polierte Ritterrüstungen und weiß gekleidete Pfleger mit griffbereiten Erste-Hilfe-Koffern, Bahren und Defibrillatoren aufgestellt.

Bestimmt hundert Bewohner des Seniorenheims – man muss eigentlich von Bewohnerinnen sprechen, denn nur ein Dutzend Männer befand sich darunter – standen oder saßen stramm in Reihen hintereinander. Die Spitze bildeten die Senioren ohne Gehhilfe, gefolgt von jenen, die auf Krücken und Rollatoren angewiesen waren. Den Abschluss bildete ein kleiner Verband von Rollstuhlfahrerinnen. Vorne war man mit langen, weiter hinten mit kurzen Versionen des luftgefüllten Prügelstabs ausgerüstet. In meiner Erinnerung stiegen Bilder der Schlachtaufstellungen im Zinnfigurenkabinett meines Großvaters auf.

Im Moment meiner Entdeckung war es schlagartig still geworden. Alle starrten mich an. Ich wagte nicht, mich zu rühren. Als der Heimleiter mich endlich registrierte, entspannten sich seine Züge ein wenig. »Ach, Sie sind zurückgekehrt«, sagte er mit einer merkwürdig hohen Stimme.

Weil mir die Worte ausblieben, nickte ich nur, woraufhin das Gesicht des Doktors erneut zum Schlachtfeld widerstreitender Empfindungen wurde. Es war wohl die blitzartig aufsteigende Angst, die mir den Weg zum rettenden Ufer wies, jedenfalls tat ich so, als wäre ich außerordentlich fasziniert, wobei ich darauf achtete, so leise zu sprechen, dass nur der Doktor mich verstehen konnte: »Dies ist also Ihr berühmtes Motivationsseminar, von dem meine Mutter so begeistert berichtet hat. Ich bin überwältigt. Das ist ja wahrhaft revolutionär, ein geradezu radikales Konzept. Gestatten Sie mir ausnahmsweise, dem Ereignis beizuwohnen, Herr Direktor Doktor, bitte.«

Er fühlte sich offenkundig geschmeichelt; bei den Worten »revolutionär« und »radikal« hatten seine dunklen Augen heftig aufgeblitzt.

»Zardoz spricht aus Ihnen. Ich spüre es, auch Sie sind ein Gralssucher«, sagte Dr. Schmeese und führte mich in den Saal. Ich hörte es in den Reihen rumoren. Sicher war Mutter mit meiner Anwesenheit nicht einverstanden.

Der Doktor schlug auf einen Knopf, der über seinem Herzen am Hemd angebracht war, und seine Stimme wurde nun laut in den Saal übertragen: »Fahret fort, meine Besten! Wir müssen trainieren. Der Tag der Neutralisierung ist nah!«

Er drückte auf eine Fernbedienung, und auf einer riesigen Leinwand am Kopf des Saales erschienen handgeschrieben die Worte *Pol Pot*. Sofort begannen alle den Namen zu skandieren. Kurz darauf tat sich ein Mann mit lockigem, weißem Haar besonders hervor, indem er die Arme hochwarf und schrie: »Pol Pot ist ein Pimmel!« Sofort begannen die Leute zu jubeln, und Dr. Schmeese lachte keckernd auf. Der Mann schrie wieder: »Pol Pot ist ein Erz-Pimmel!«

»Ja, das ist er!«, antworteten ihm einige Teilnehmer in wildem Durcheinander aus der Menge, während die Rollstuhlfahrerinnen mit ihren Luftkeulen rhythmisch auf kleine, hölzerne, mit Reichskriegsflaggen bemalte Schilder schlugen, sodass ein Heidenlärm entstand. Kurz darauf wechselte das Bild, und als neuer Name erschien nun *Nero*, bei dem das Spektakel nicht ganz so groß wurde.

Schmeese nutzte die ruhigere Phase, um das Mikrofon auszuschalten und sich mir wieder zuzuwenden. »Sicher hat Ihre Mutter Ihnen auch etwas über unsere Ziele erzählt.«

»Ja, aber ich gestehe, es klang mir etwas verworren.«

»Mütter sind halt die großartigsten Wesen der Welt, aber die Revolution begreifen sie erst, wenn sie mitten in ihr stecken. Oder umgekehrt.« Der Doktor kicherte in sich hinein. »Doch dann kennen sie keine Gnade mehr. Was tun wir hier, mein lieber Freund. Wir reichern den Sud an, den radikalsten Sud, den die Menschheit bisher produziert hat, den Erzerzerzsud. Eingekochter Hass, verstehen Sie? Wir überschreiten alle von der Staatsmacht kalkulierten Regeln und lassen den ganzen Hass heraus, der in jedem von uns steckt, und führen alles zusammen und bringen es mit unserer Energie zum Siedepunkt. Die radikalsten Verbrecher und Tyrannen der Menschheit kochen wir in unseren Goldhirnen zu einem gehörigen Staatssatanismus-Konzentrat ein. Und dann, und dann, und dann«, Dr. Schmeese verschluckte sich beinahe, »dann spritzen wir es heraus. In und auf und über die Welt. Und dieser herausgespritzte Sud, nicht wahr, nicht wahr, nicht wahr, neutralisiert dann alles – und auf der Erde herrschen endlich wieder Friede, Freude, Eierkuchen überall. Bis der nächste Erztyrann kommt. Und dann fange ich wieder von vorne an. Ganz einfach, nicht wahr? Ein großes Konzept muss so einfach sein, dass es den Begriff ›Konzept‹ gar nicht verdient.«

Auf der Leinwand erschien nun der Name Robespierres und darunter das Bild eines weggeschossenen Kiefers, das großes Entzücken hervorrief. Dr. Schmeese begann die Bilder schneller zu wechseln, als wollte er mir zeigen, wie sich der Sud immer brodelnder konzentrierte. Mussolini erschien, Stalin bereitete riesige Freude, die »Stalin hoch, er lebe hoch«-Rufe schockierten mich, der ich den Zusammenbruch des Kommunismus als junger Mensch live im Fernsehen hatte erleben dürfen, aber ich ließ mir nichts anmerken. »Stalinietzsche ist ein supergeiler Super-Erzpimmel«, hörte ich eine Rollstuhlfahrerin weit links von mir schreien. Die gesamte Truppe stockte und schaute beeindruckt zu ihr herüber.

»Ja, du bist so großartig, Marieluise«, rief Dr. Schmeese ihr zu, nachdem er mit der flachen Hand wieder auf seine Brust geschlagen und das Mikrofon eingeschaltet hatte. »Marieluise wird für besondere Tapferkeit gegenüber dem Freundfeindsatan ausgezeichnet. Wie findet ihr das?«

Unter wildem Applaus und zunehmenden Hoch-Rufen rannte der Direktor mit jugendlich federnden Schritten auf sie zu. Er stellte sich mit dem Rücken zu ihr auf, alle hatten sich ihm zugewendet. Mit weit auseinandergestellten Beinen streckte er sich, warf in einer theatralischen Geste die Hände, die er zuvor in den Taschen seiner Sportjacke verborgen gehalten hatte, empor, und man sah, dass er eine Art Eisernes Kreuz hoch in die Luft hielt.

»Ich verleihe dir das Ritterkreuz des heiligen Zardoz!«, sagte er nun wieder mit seiner hohen Stimme, drehte sich um und heftete Marieluise das Metall seitlich des Rüschenbesatzes an die beigefarbene Seidenbluse. Angefeuert vom grenzenlosen Jubel ging er eine Reihe weiter nach vorne.

»Wo ist mein zweitliebster Adjutant?«, rief er, und der Mann mit dem lockigen, weißen Haar reckte den Arm nach oben.

»Hier bin ich, mein Doktor!«

»Du bist mein Christophorus, auf deinen Schultern will ich meine Revolution in die Welt transportieren!« Dr. Schmeese verbeugte sich tief, und zog im Wiederaufrichten wie ein Magier ein weiteres, diesmal dunkel glänzendes Kreuz aus der Tasche. »Ich zeichne dich mit dem Scheißheiligen Orden des Dr. Nodzilla in Rotgoldbraun aus.«

Wieder brandete Applaus auf, wobei mir nicht verborgen blieb, dass die Senioren Marieluise den Orden mehr gegönnt hatten als dem Adjutanten, dessen Brust schon über und über mit Abzeichen besetzt war, sodass Dr. Schmeese lange nach einem freien Platz für die Nadel suchen musste. Dann stellte er sich zu einem offenkundig schon sehnsüchtig erwarteten Ritual vor dem Ausgezeichneten auf, denn es wurde plötzlich ganz still, und alle reckten sich, um das Kommende nicht zu versäumen.

Dr. Schmeese ließ sich in einen feldgrauen Mantel helfen und setzte eine ebenso feldgraue Baseballkappe auf, die er sich tief ins Gesicht zog. Er senkte den Kopf und verschränkte die Hände hinter seinem Rücken. Man konnte ahnen, dass sie plötzlich heftig zu zittern begannen. Sein schwerer, fast röchelnder Atem wurde über die Lautsprecher gespenstisch verstärkt. Obwohl es sicher nicht lange dauerte, schien mir eine Ewigkeit zu verstreichen, ehe er langsam und unter größtem Kontrollaufwand eine Hand wieder nach vorne nahm, sie wie in Zeitlupe erhob und dem Mann vor ihm die Wange tätschelte, dabei in traurigem Wissen um den drohenden Untergang nickend, um sich dann seitwärts zu wenden und in tiefen, sorgenvollen Gedanken die Reihe der Seniorenkombattanten abzuschreiten. Es war ein geradezu melancholisches

Bild, das nur dadurch gestört wurde, dass sich der Adjutant auf den Boden warf und die ganze Zeit über schrie: »Er hat mich berührt, mein Gott, er hat mich berührt.«

Am Ende der Seniorenreihe angelangt, verwandelte sich dieser das Ende nahe fühlende Feldherr in den echten Dr. Schmeese zurück, der, als wäre er einem Jungbrunnen entstiegen, plötzlich wie ein Rockstar in die Luft sprang, die geballte Faust mit einem Schrei des Triumphs in den Himmel warf und wieder mit dieser eigenartig hohen Stimme schrie: »SCH! SCH! SCH!« Und die Senioren antworteten: »Eine Welt sucht ihren Schmeese!«

Schließlich begannen sie in militärischer Silbenteilung »Jonas-Jan, geh du voran« zu skandieren, und Schmeese rannte Hände abklatschend durch die Reihen, blieb immer wieder kurz vor einer seiner Bewohnerinnen stehen, rief in den kurz abebbenden Jubel hinein, welchen Orden er gerade verlieh, und lief dann weiter.

Ich war erschöpft und schockiert und meinte, dass auch die alten Leute nicht mehr so frisch agierten wie am Anfang, aber jetzt, da Dr. Schmeese wieder zu mir zurückkehrte und die Fernbedienung drückte, ging sogleich ein wilder Ruck durch das Seniorenkabinett.

Jetzt flogen die Namen der Diktatoren und Tyrannen nur so über die Leinwand. Der Direktor ließ sie jeweils nur so lange stehen, bis der Chor der Senioren die mit den abscheulichsten Verbrechen der Menschheit verbundenen Namen einmal laut und heftig ausgerufen hatte. Auch Namen von Filmbösewichtern waren zur Auflockerung eingestreut – King Kong, Gul Dukat, Poison Ivy, Herr Grundeis und nicht zu vergessen Charles Montgomery Burns.

Mir war nun klar, dass ich meine Mutter aus dieser Kaderschmiede des Bösen befreien musste. Aber ich war paralysiert, und meine innere Lähmung wurde auch nicht davon aufgebrochen, dass auf der Leinwand schließlich der von mir schon insgeheim vermisste Name Hitlers auftauchte.

»Jetzt kommt der Hitlerblock«, flüsterte mir Dr. Schmeese überflüssigerweise zu.

Sofort füllte der Hall enthusiasmierter Hitlerrufe den Saal. Immer inbrünstiger schrien die Senioren.

»Die sind ja geradezu hysterisch«, rief ich erschreckt zum Doktor herüber.

»Ja, ja. Hysterisch, erzhysterisch. Das ist die Geschichte, die in uns brodelt. History and Hysteria, Hitler und die Hysterie, der Hysteriehitler, ja genau, der Hysteriehitler, das klingt klasse, das stimmt genau, der Hysteriehitler!«, er schlug auf den Mikroknopf und skandierte das Wort in den Saal hinein, bis die anderen es aufnahmen, um sich lauthals an der neuen Wortschöpfung ihres Meisters zu erfreuen.

Schließlich mischten sich immer mehr »Heil Hitler«-Rufe unter die Parolen, und eine Menge rechter Arme wurde zackig in die Luft geworfen.

»Jetzt müssen Sie aber einschreiten, Herr Doktor«, empörte ich mich. »Das ist ja Neonazismus. Das ist strafbar!«

Aber der Direktor lächelte mich nur nachsichtig an. »Das ist kein Neonazismus, das ist die Vorbereitung der Revolution, die den Altnazi und den Neonazi in uns gleichzeitig neutralisieren wird. Schauen Sie! Ihr ganzes Leben lang durften sie nicht ein Mal frei und ungestraft ›Heil Hitler‹ rufen, obwohl sie es doch mit der Muttermilch in sich aufgesogen haben. Ihre Eltern haben es mit Begeisterung bis zum Abspritzen gerufen, schwupsdiwups war der Krieg aus, und sie mussten es herunterschlucken, ihr ganzes Leben lang. Das macht Krebs und neuen Terror und noch mehr Hass. Und dieser Erzhass ist aus Mutters Brust direkt in uns alle hineingepumpt worden. Und jetzt lassen sie es raus, endlich, ist das nicht herrlich?«

»So eine Art Urschreitherapie? Sie sind es dann einfach los?«, fragte ich ungläubig.

»Unsinn. Natürlich nicht. Im Gegenteil. Es peitscht sie auf, sie fühlen sich stark und in ihrer Gemeinschaft unangreifbar. Wie damals. Aber das ist nur die Basis für meine Revolution. Denn ich leite das alles hin zum Erzgöttlichguten. I have this Nina-Hagen-Dream: Eine Revolution, an der sich alle freiwillig beteiligen. Ich würde nie eine Revolution gegen den Willen meiner Freunde machen. Zumindest so lange ich die Revolution im Griff habe.« Er lachte laut. »So eine Explosion des ganzen verpissten Gewaltsuds entfaltet ja eine ungeheure Eigendynamik, vollkommen entfesselt und hemmungslos und von keinem irdischen Wesen zu steuern, nicht mal von Godzilla oder Conan oder Cotzilla. Aber wenn sich alle ausgeschrien haben, wenn die ganze Welt den Sud hinausgeschrien und die Geschichte neutralisiert hat, dann bin ich derjenige, der die Energie wieder in die richtigen Bahnen lenkt und die geistigen Trümmer wegräumt. Dann bekomme ich als einziger Mann die Lebensmittelkarte für schwerstarbeitende Trümmerfrauen. Aber, wie gesagt, die Freunde müssen natürlich freiwillig dabei sein. Und ich liebe sie alle da draußen. – Ich liebe euch doch alle«, schrie er in den Saal und freudige »Mielke, Mielke«-Rufe antworteten ihm.

Mutter war in einem Irrenhaus gelandet. Als hätte man meine Gedanken gelesen, spürte ich plötzlich eine große, starke Hand fest auf meiner Schulter. Ich zuckte zusammen. Es war die Schwester, die in der anderen Hand meinen Autoschlüssel hielt.

»Ich hatte Sie angewiesen, draußen zu warten«, bellte sie wütend über die Hitlerrufe hinweg. Dr. Schmeese stellte sich mit beruhigend erhobenen Händen vor mich.

»Alles in Ordnung, Schwester Brunhild. Er ist ein Freund. Wer weiß, vielleicht sogar bald ein neuer Mitstreiter, vielleicht sogar mein neuer drittliebster Adjutant.«

Ich nickte eifrig, während mir zugleich in Anbetracht dieser germanischen Rachegöttin die Beine wegzuknicken drohten. Der Dr. Schmeese mochte wahnsinnig sein, aber er setzte sich für die Schwachen ein. Ich nickte und nickte, nur nicht aufhören, dachte ich.

»Geben Sie unserem Freund den Schlüssel, und dann bereiten Sie oben bitte die Waschschüsseln vor. Unsere Besten werden heute besonders verschwitzt sein.«

Zögerlich und voller Zorn übergab sie mir mit spitzen Fingern den Schlüssel, sodass das daran hängende Nilpferd peinlich vor Dr. Schmeeses Augen hin und her schaukelte. Dann verschwand sie so lautlos, wie sie gekommen war.

»Sie ist eine so gute Seele. Ganz mütterlich«, sagte Dr. Schmeese.

»Ich verstehe«, antwortete ich diplomatisch.

Aber Dr. Schmeese hatte sich schon wieder seiner Armee zugewendet. »Seid ihr bereit für das große Finale?«

Es erhob sich unbändiges Kriegsgeheul, und alle schlugen mit ihren Prügeln dermaßen auf Schilder und Boden und Wände ein, dass mir die Trommelfelle zu platzen drohten. Als der Lärm seinen Höhepunkt erreicht hatte, drückte Dr. Schmeese wieder auf die Fernbedienung und das Bild eines Mannes erschien, der mir irgendwie bekannt vorkam.

»Und wer ist der Vorbeter des Bösen?«, fragte Dr. Schmeese schneidend.

»Knops ist es! Knops Knops Knops«, schallte es aus gut hundert Kehlen zurück.

Da erkannte ich endlich den ehemaligen Intendanten und Chefredakteur des Fernsehsenders *History Today* – Gott, war das lange her, aber wieso war nun gerade er der große Feind? Ich konnte keinen klaren Gedanken mehr fassen. Dr. Schmeese hatte inzwischen eine weitere Stufe namens *Knops' kleines Hitler-ABC* gezündet. Er schrie immer wieder den Namen des Diktators und die Menge ergänzte ihn mit eigenartigen Vokabeln:

»Hitlers ...«

»Banker, Blondi, Blitzkrieg, Feinde, Frauen, Feldherren, Minister, Mörder und Moneten, Wüstenfuchs und Weihnachtsstern.«

»Hitlers ...«

»Knops Knops Knops.«

»Hitlers ...«

»Knops Knops Knops.«

Im Verlauf dieses chaotischen Wortwechsels brachen die ersten Kombattanten zusammen. Ihre Nachbarn scherten sich nicht weiter darum und schrien sich immer mehr in Rage. Nun rannten die Pfleger eilfertig herbei und bemühten sich, die Bemitleidenswerten wieder aufzurichten. Waren ihre Massagen, Tropfe, Spritzen und Traubenzuckergaben nicht hinreichend, luden sie die Opfer des Schmeese'schen Wahnsinns auf die Bahren und trugen sie im Laufschritt aus dem Rittersaal, in dem die Luft zum Schneiden dick geworden war. Auch ich hatte schon meine Krawatte gelockert und den obersten Knopf meines Hemdes geöffnet, ohne jedoch Linderung meiner Atemnot zu verspüren. »Warum?«, rief ich mit brechender Stimme, »warum gerade Knops, ein Aufklärer, einer von den Guten. All seine Filme gegen die Nazis.«

»Einer von den Guten? Gegen die Nazis?«, brüllte Dr. Schmeese schnappend zurück. »Er ist der Erzfeind der Revolution! Immer tiefer hat er uns in den Hitlerdarmverschluss hineingetrieben. Wie Peros von Dalmatien die Armee der Hirntoten mit Bildern von schwangeren Jungfrauen wiedererweckt hat, um sie aufs Neue in die Schlacht zu treiben, so hat der Knops mit seinem Serienfraß das Nazischwein in uns gemästet bis kurz vorm Platzen.«

»Aber Sie sind es doch, der alle den Hitlergruß machen lässt.«

»Eben! Ich treib aus ihnen wieder raus, was der Knops mit seinen Farbfilmnazipornos in sie reingestopft hat. Sie zweifeln?« Dr. Schmeese knickte ein wenig in den Knien ein, sah fasziniert nach oben, während er dort mit der Hand einen breiten Streifen in die Luft zeichnete: »Oh, was sehe ich da. Audienz auf dem Obersalzberg. Der Führer ganz privat. Wie nett, und wie die Eva lacht. Und da, schau nur, die vielen schönen Fackeln. Der Aufmarsch des geballten Volkswillens. Wundervoll. Hauptsache dabei, gestern Warschau, heute schon Paris und morgen all inclusive in El Alamein. Was die Bilder so erzählen, mein Herr, da muss man nur ein einziges Mal das dräuende Musikgeknödel und Gequatsche ausstellen. Aber das tun die brav Erzogenen nicht und hören den Lehrer Knops sagen, dass das verbrecherisch und unmenschlich war und überhaupt verboten ist.«

»Stimmt doch!«, rief ich empört, aber Dr. Schmeese beachtete mich gar nicht.

»Und was verboten ist, macht den kleinen Nazi in uns erst so richtig scharf. Durch die Augen stopft der Knops die Naziverseuchten mit Nazibolika voll und durch die Ohren quer runter tackert er ihnen den Arsch zu, damit die braune Matschepampe auch schön drinnen bleibt.«

»Das ist doch wohl auch gut so«, versuchte ich Dr. Schmeese erneut zu unterbrechen, und diesmal schaute er mich bass erstaunt an.

»Haben Sie denn nie *Der Sinn des Lebens* von Monty Python gesehen? Es braucht nicht mehr als ein Pfefferminzplätzchen, hören Sie auf meine Worte, nicht mehr als ein hauchdünnes Pfefferminzplätzchen!«

In aller Bedrückung wagte ich einen letzten Widerspruch. »Aber Knops muss doch längst tot sein«, rief ich kläglich.

»Natürlich nicht. Solche Leute sterben nicht von selbst.«

»Dann muss er an die Neunzig sein. Wie kann er Ihnen da noch schaden?«

Dr. Schmeese stellte sich auf die Zehenspitzen und flüsterte mir ins Ohr: »Er leitet eine als Seniorenheim getarnte Filmakademie in Baden-Baden.«

»Er macht was?«

»Er setzt die Alten ans Schnittpult, lässt sie seine Filme neu zusammenschneiden und überschwemmt die Welt mit Propagandamaterial.«

»Und dafür wollen Sie ihn lynchen?«

Schmeeses Füße sanken wieder ganz fest auf den Boden. Er stemmte die Hände in die Seiten. »Nicht doch. Wir müssen ein Zeichen setzen! Er landet natürlich vor einem ordentlichen Revolutionsgericht. Mit allem Brimborium. Fahnen und Claqueuren und so weiter. Und dann wird er ratzfatz verurteilt. Und dann werden meine Truppen alle Fernseharchive besetzen, und wo sie auf Knops' Machwerke stoßen, setzen sie das gesamte Archiv in Brand. Wie Bakunin sagte: Wenn du eine Revolution machst, verbrenne zuallererst die Knopsfilme.«

Knops und Bakunin? Ich wusste nicht mehr, wo oben, wo unten war.

»Ich werde abwechselnd den scharfen Staatsanwalt und den von Zweifeln geplagten Richter geben. Es wird eine große, fast unmenschliche Anstrengung für mich bedeuten. Aber später wird dieser C-Movie-Attack im Kampf ›Gut gegen Böse‹ in den Geschichtsbüchern unter dem Titel ›Null Null Schmeese jagt Prof. Knops‹ zu finden sein. Als *das* Signal zur Großen Mutterländischen Revolution. Und nach Knops' Ende werden sich die Massen erheben und den Hagennazi in sich totschlagen, und sie werden heulen und sich die Kleider vom Leib reißen und die Hände wehklagend zum Himmel erheben und danach ganz entleert und glücklich sein. So wird es sein, denn es steht in meinen Notizen so geschrieben.«

Er sprang auf eine Kiste, die ihm eine eilfertige Anhängerin hergeschleppt hatte. Ich rief bettelnd zu ihm hoch: »Aber er hat doch das Große Bundesverdienstkreuz mit Stern und Schulterband, genau wie Ernst Jünger.«

»Na und? Sehen Sie das hier?« Er tippte mit spitzem Finger auf etwas Undefinierbares auf seiner rechten Brust. »Na?«

Ich zuckte hilflos mit den Schultern.

»Sie Schaf! Das ist das Walter-Moers-Nazisau-Gralsabzeichen in versteinertem Märtyrerholz.«

Dann wandte er sich ab und schrie ohrenbetäubend in sein Mikro hinein: »Doktor Schmeese versus Professor Knops. Es kann nur einen geben.«

»Schmeese ist die Macht!«, schallte es ihm aus allen Kehlen entgegen, und dabei war immer wieder das dumpfe Geräusch von auf dem Holzboden zusammenklappenden Menschen zu hören, manchmal begleitet vom Scheppern eines mitstürzenden Rollators. Die Pfleger waren nun alle im Einsatz.

»Sie bringen sie um«, schrie ich ohne Atem, doch Schmeese sah mich nur mitleidig an und sprach leise und düster in sein Mikrofon.

»Ihr wollt den Kampf, Ihr sehnt euch nach Befreiung. Auf die Stärksten von uns ...«, und nun ließ er kreuzweise die Hände über die brodelnden Seniorenreihen fliegen, als wollte er sie in aller Eile noch segnen, »wartet die Schlacht.« Und er schrie wieder: »Es kann nur einen geben.« Und die Leute im Saal jubelten und klatschten und schrien und weinten und manche warfen ihre Rollatoren weit von sich und ... und ...

Als ich aus einer tiefen Ohnmacht erwachte, lag ich an den Händen gefesselt draußen auf einer der Ruinenmauern. Der grob behauene Stein stach in meinen Rücken, doch ich vergaß den Schmerz sogleich, als ich die Augen aufschlug und den steilen Abhang vor mir sah. Dann hörte ich eine Stimme neben mir. In der Schwärze der mondlosen Nacht war sie nicht zu erkennen, aber es konnte nur Schwester Brunhild sein, die da ruhig und entschlossen zu mir sprach.

»Sie hätten das alles nicht sehen sollen. Aber nun ist es zu spät.« Sie verstummte, und ich wagte keinen Ton von mir zu geben.

»Der Direktor muss manchmal vor sich selbst geschützt werden. Er ist so voller Liebe, dass er nicht immer zwischen Freund und Feind unterscheiden kann. In der Theorie weiß er es besser als wir alle zusammen. Darum ist er ja auch ein so brillanter geistiger Führer. Unser Führer. Aber ohne Abstand, ganz von Angesicht zu Angesicht kann er das Böse und den Verrat nicht erkennen. Als wäre ein Lindenblatt auf diese Stelle seines Bewusstseins gefallen. Es ist aber die Liebe. Ich bin die Einzige, die das weiß. Seine Mutter hat es mir auf dem Totenbett anvertraut.«

Am liebsten hätte ich mir die Ohren zugehalten. Warum erzählte sie mir das? Sie hatte es doch gesagt, ich wusste ohnehin schon zu viel.

»Seine Mutter hat mir das Versprechen abgenommen, ihn vor der Schlechtigkeit der Welt zu bewahren. Das ist die große Bürde, die ich zu tragen habe. Manchmal zwingt sie mich sogar, gegen seinen Willen zu handeln, obwohl sein Wort für mich Gesetz ist.«

»Und was soll nach seinem Willen mit mir geschehen?«, krächzte ich mit fremder Stimme.

»Ich soll Sie ins Tal zu Ihrem Auto bringen und nach Hause fahren lassen.«

»Aber Sie wollen dem Doktor nicht gehorchen?«

»Nein.«

»Aber Sie müssen!«

»Ich muss gar nichts«, schnaubte sie zornig und zerrte an den Lederfesseln, die tief in meine Handgelenke schnitten.

»Sie wollen mich ermorden.« Meine Stimme kippte.

»Sie können das nicht verstehen. Es geht um etwas viel Größeres.« Sie zögerte. »Und genau das ist das Problem. Man würde Sie suchen. Die Polizei würde überall herumschnüffeln. Könnten wir uns dann auf die Novizin verlassen, wenn ihr Sohn tot am Fuße des Neuwalkürenroder Berges gefunden wird?«

»Ganz sicher nicht«, rief ich in das plötzlich aufleuchtende Licht am Horizont hinein.

»Still!«, zischte sie. »Ich muss nachdenken.«

Es schien mir eine Ewigkeit zu dauern, bis ich plötzlich Pfefferminze roch und spürte, wie ihr Atem über mein Gesicht wehte.

»Andererseits ist klar, dass du gleich zur Polizei rennen willst. Ich verrate dir etwas: Keiner würde dir glauben. Ach, deiner armen, alten Mutter würde das Herz brechen. Ein schrecklich natürlicher Tod. Schade, dass du nicht einmal etwas erben würdest, denn ihre Schulden im Sanatorium Dr. Schmeese wären so immens, dass sie sogar dein mühsam Erspartes verschlingen würden. Deine Frau würde dich wegen deiner fixen Ideen verlassen. Das Einzige, was dir noch bliebe, wäre Selbstmord. Oh, ich sehe so viel Leid auf dich zukommen, wenn du diesen Fehler begehen würdest. Aber du wirst ganz sicher ein braver Junge sein, nicht wahr?«

Ich versuchte mich zu wehren, als sie mir einen Wattebausch auf Mund und Nase drückte, doch ich hatte keine Chance.

Als die Sonne schon hoch am Himmel stand, erwachte ich von einem Klopfen am Seitenfenster meines Wagens. Ein kleines Mädchen streckte mir die Zunge heraus und rannte lachend fort.

Ich richtete mich mühsam auf, startete den Motor und fuhr los. Nach Hause, nur nach Hause.

Keitel wollte fortfahren, doch Dengler erhob sich aus seinem Sessel: »Herr Keitel«, sagte er und zeigte auf seine Armbanduhr. »Ihre Zeit ist abgelaufen.«

»Wie meinen Sie das?« Keitel stieg nur langsam aus der Geschichte empor, in die er sich während des Lesens hineinversetzt hatte. »Wollen Sie mich bedrohen?«

»Herr Keitel, nicht doch. Sie lesen seit einer Dreiviertelstunde vor. Die Zeitbeschränkung ist eine der wenigen Regeln, die für den Wettbewerb gilt. Wie lange brauchen Sie denn noch?«

Keitel durchblätterte fahrig seinen Text. »Ich weiß nicht, mein Gott, vielleicht noch zehn, maximal zwölf Minuten.«

»Ja, aber dann kann man eigentlich kaum noch von einer Kurzgeschichte reden, nicht wahr?«

»Wollen Sie jetzt ein Seminar zu Gattungsfragen abhalten? Seien Sie doch nicht so kleinkariert wie Ihr Jackett! Es geht doch um die Geschichte an sich!«

»Aber auch um die Möglichkeit, sich eventuell einen Vorteil zu verschaffen, indem man durch mehr Inhalt für einen nachhaltigeren Eindruck sorgt«, wandte Dengler ein.

»Das ist lächerlich. Lassen wir das Publikum entscheiden. Kollegin, Kollegen, wollen Sie etwa aus formalen Gründen meinen Ausschluss erwirken?«

Weinrich zuckte mit den Achseln, als wäre das eine interessante Option, für die offen zu votieren er sich aber nicht traute.

Wallner stöhnte erneut genervt auf: »Herr Keitel, Sie brauchen immer eine Extrawurst. Aber mir soll es egal sein. Hauptsache, Ihre Geschichte endet heute überhaupt noch.«

Das war ein Schlag in die Magengrube, aber immerhin kein Ja für eine Disqualifikation. »Und Sie Herr Waterhuus?«

Waterhuus winkte ab. »Lesen Sie, in Gottes Namen. Ich würde gerne wissen, wie es weitergeht mit diesem verrückten Seniorenheim.«

Das tat gut. Endlich einmal. Und Dengler konnte nicht anders, als sich der Situation zu beugen. »Dann bitte, Herr Keitel, aber wirklich nicht länger als zwölf Minuten.«

Keitel konzentrierte sich ein paar Sekunden, dann fuhr er fort:

Zwei Tage später war ich wieder halbwegs auf den Beinen. Als Birgit, die sich wegen meines sturen Schweigens in Eifersucht zernagte, endlich einmal von meiner Seite gewichen war, rief ich sofort im Heim an, um meine Mutter zu überzeugen, umgehend abzureisen. Die Polizei wollte ich erst informieren, wenn ich Mutter sicher zu Hause wusste.

Ich hatte mir fest vorgenommen, mich von der Zentrale keinesfalls abweisen zu lassen, doch ich wurde ohne Probleme sofort zu Mutter durchgestellt. Sie war von außergewöhnlicher Liebenswürdigkeit, erkundigte sich nach den Kindern und sogar nach Birgit. Ihre Stimme war mütterlich sanft, aber gerade die vollständige Abwesenheit aller Härte und Kälte weckte die schreckliche Erinnerung an den Abend im Seniorenheim des Dr. Schmeese.

Zu berichten, dass Schwester Brunhild uns mit dem Tod gedroht hatte, traute ich mich natürlich nicht. Es war keine Frage, dass man uns abhörte.

Auf meine in verschiedensten Varianten vorgetragene Frage, wie es ihr dort erginge, antwortete Mutter stets gleich freundlich und geduldig, wie schön alles sei. Wäre ich nicht selbst Augen- und Ohrenzeuge der unglaublichen Geschehnisse auf Neuwalkürenrode gewesen, hätte ich das Telefonat nach einigen Minuten vollkommen beruhigt beendet und mich dem reichen Angebot der deutschen Fernsehunterhaltung gewidmet. So aber blieb mir nichts anderes, als einen Vorstoß zu wagen.

Wir alle vermissten sie so sehr. Auch ihre Freundinnen hätten schon mehrfach nachgefragt, ob sie nicht zurückkehren wollte. Das alles habe mich nicht ruhen lassen, und es sei mir schließlich gelungen, einen der begehrten Plätze im wundervollen Kevelaerer Louise-Henriette-Stift für sie zu ergattern, obwohl die Warteliste unendlich lang und eine Bevorzugung eigentlich ausgeschlossen sei.

Augenblicklich war es mit ihrer entspannten Haltung vorbei. Auf eine ihrem Alter unangemessene Weise fertigte sie mich ab und legte kurzerhand auf. Weitere drei Telefonate scheiterten auf ebenso unerfreuliche Weise. Mir blieb nichts übrig, als eine höhere Macht um Hilfe anzurufen.

Trotz aller Bedenken informierte ich die Klever Kriminalpolizei, dass sich hinter der Fassade des Seniorenheims Dr. Schmeese eine gefährliche politische Sekte eingenistet habe, die einen Umsturz plane und meine Mutter mittels einer perfiden Gehirnwäsche dazu verführt habe, als Aktivistin an diesem düsteren Vorhaben teilzunehmen.

Nachdem mich ein Kommissar aufgesucht hatte, um sich von meiner geistigen Gesundheit und der Ernsthaftigkeit meiner Anzeige zu überzeugen, wurde das Schloss Neuwalkürenrode endlich von den dortigen Behörden in Augenschein genommen, der Direktor befragt und meine Mutter in einem Vieraugengespräch nachdrücklich auf die Möglichkeit hingewiesen, das Heim freien Willens zu verlassen. Die Kollegen, so berichtete mir der Klever Beamte, hätten jedoch weder Anzeichen für die Existenz einer wie auch immer gearteten Sekte noch für eine geistige Verwirrung oder einen erzwungenen Aufenthalt meiner Mutter ausmachen können.

Ich musste mir eingestehen, kein anderes Ergebnis erwartet zu haben. Einem Dr. Schmeese war mit einer schlichten polizeilichen Befragung nicht beizukommen. Meine Bitte, einen Polizeipsychologen heranzuziehen und das Heim durch den Staatsschutz observieren zu lassen, wurde rundweg abgelehnt. Sollte ich mit meinen haltlosen Beschuldigungen nicht bald aufhören, würde man den Dr. Schmeese darüber in Kenntnis setzen und ihm empfehlen, Anzeige wegen übler Nachrede zu erstatten.

Jetzt konnte nur noch einer helfen. Professor Knops höchstselbst.

Vergeblich fahndete ich im Internet nach Informationen über das Seniorenheim Prof. Knops, nicht einmal eine Telefonnummer war aufzutreiben. Ich versuchte es bei Prof. Knops' letztem Arbeitgeber, einem Anrufsender, der sein Geld damit machte, dass halb bekleidete Damen Schnipsel alter Dokumentarfilme zeigten und obskure Quizfragen stellten. Ich gab mich als Sohn des engsten Beraters des DDR-Chefspions Markus Wolf aus, der Prof. Knops brisantes Material zu übergeben habe.

Die Dame am Telefon gab sich im Gegensatz zu den Moderatorinnen des Spätprogramms reichlich zugeknöpft. Mit Geheimdienstdokus habe man schlechte Erfahrungen gemacht, weil selbst die dümmsten Quizfragen den Eindruck erweckten, wirklich etwas wissen zu müssen, und darum zu wenig »Recall« erzeugt hätten. Außerdem arbeite der Prof. Knops schon lange nicht mehr für *History's calling*. Erst als die Verzweiflung mich unvermittelt aufschluchzen ließ, kramte sie unter der Erklärung, sie könne weinende Männer nicht ertragen, die letzte bekannte Adresse und Telefonnummer von Prof. Knops heraus.

Ich rief nur kurz an, um zu überprüfen, ob die Daten noch aktuell waren. Als sich eine Frauenstimme mit »Anschluss Prof. Dr. Dr. h.c. Knops« meldete, legte ich gleich wieder auf. Noch am selben Tag fuhr ich nach Baden-Baden.

Nachdem ich das Haus eine Zeit lang beobachtet hatte, stieg ich aus und klingelte an der Haustür, neben der ein kunsthandwerklich beeindruckendes Schild aus Salzteig das Haus zum Sitz der *Yesterday Productions Limited* erklärte.

Die Frau, die die Tür misstrauisch nur einen Spaltbreit öffnete, kam mir bekannt vor; es waren zunächst wohl ihre zusammengekniffenen Augen und der schmale Mund gewesen. Als ich vor Aufregung etwas kurzatmig erklärte, ich müsse unbedingt den Professor Knops sprechen, er befinde sich in höchster Gefahr, zeichnete sich in ihre Stirn senkrecht eine Zornesfalte ein. Und da erkannte ich, dass sie die jüngere Schwester oder Cousine Brunhilds, der Pflegerin von Neuwalkürenrode, sein musste.

»Verschwinden Sie, oder ich rufe die Polizei«, zischte sie und schlug die Tür ins Schloss.

Der Feind hatte also schon seine Leute ins Haus des Professors eingeschleust. Es war höchste Zeit, einzuschreiten. Weil mir augenblicklich nichts Besseres einfiel, drückte ich wie ein Wahnsinniger auf den Klingelknopf und ließ ihn erst los, als ein Polizeibeamter hinter mir sagte, ich solle mich langsam, ganz langsam mit erhobenen Händen umdrehen.

Ich wollte gerade beginnen, mich zu erklären und den Polizisten auffordern, eine Hundertschaft zur Rettung des Professor Knops aus den Fängen der Revolutionäre herbeizurufen, da erinnerte ich mich an die Sätze seines Klever Kollegen und verweigerte die Aussage. Hier war doch keine Hilfe zu erwarten. Sicher würde man die Klever Dienststelle kontaktieren und alles herausbekommen; ich durfte es mit weiteren Aussagen nicht noch schlimmer machen.

Nach zermürbenden Stunden in der Zelle holte man mich in den Verhörraum und erklärte mir, Prof. Knops habe großzügigerweise auf eine Anzeige verzichtet. Allerdings sei mir untersagt, mich dem Haus von Prof. Knops über eine Entfernung von dreihundert Metern hinweg zu nähern. Am besten sei es für mich aber ohnehin, die Stadt zu verlassen und mich in Behandlung zu begeben, ehe ich mich eines ernsthafteren Deliktes schuldig machte.

Niemand möge mir also vorwerfen, ich hätte es nicht zunächst im Guten versucht. Aber die Gesellschaft ist eine träge Masse und wäre den größten Gefahren hilflos ausgeliefert, wenn in entscheidenden Momenten nicht Einzelne über sich hinauswüchsen und die Grenzen des Erlaubten, ja sogar die Grenzen des moralisch Vertretbaren überschritten. So wie ich es schließlich tat.

Für den Fall, dass ich observiert würde, fuhr ich sofort auf die Autobahn Richtung Heimat, kehrte aber hundert Kilometer weiter wieder um.

Ich begann die Lebensgewohnheiten des Professor Knops auszuforschen. Am Anfang musste ich mich noch ein wenig vorsehen, aber nach nur zwei Tagen stellte die Polizei ihre Streifenfahrten durch das Viertel wieder ein.

Ein düsterer Plan reifte in mir. Ich bezog meinen Beobachtungsposten in einem Gebüsch. Wenn ich den fast hundertjährigen Professor, von dessen einst stattlicher Bildschirmpräsenz nur mehr das massive Haupthaar übrig geblieben war, zu seinem Hausarzt schleichen sah, stürzte mich das Mitleid in tiefste Zweifel, ob es nicht vielleicht doch eine Alternative gäbe, die ich bisher übersehen hatte.

Aber ich wusste, es gab keine. Niemand wollte auf mich hören. Nur eine einsame Tat konnte uns alle retten. Es ging um mehr als nur um mich und meine arme Mutter. Es galt, eine Revolution zu verhindern, die alle Grundlagen unserer Gesellschaft vernichten würde. Und wenn der wichtigste erste Schritt für die Armee des Dr. Schmeese auf dem Weg zur Machtübernahme ein erfolgreicher Knops-Putsch war, durch den man tausende neuer Mitstreiter gewinnen wollte, dann musste eben dieser Knops-Putsch mit allen Mitteln verhindert werden.

Es war eigentlich ganz einfach: Wenn ich Prof. Knops tötete, konnte Dr. Schmeese es nicht mehr tun. Einfach und in sich schlüssig wie alle großen Entwürfe in der Geschichte, sodass er nur gelingen konnte.

Damit sei es also nun gestanden: Ich habe den Prof. Knops ermordet.

In einem unbeobachteten Augenblick, als die Pflegerin das Auto verlassen hatte, um ihm seinen heiß geliebten Käsekuchen aus der Konditorei zu holen, schlich ich mich von hinten zur Beifahrerseite, riss die Tür auf und schrie mit aller mir zur Verfügung stehenden Stimme das Erstbeste, das mir einfiel.

Ich kann mich – ganz ehrlich – nicht mehr recht erinnern, was ich aus fünf Zentimetern Abstand in sein rechtes Ohr brüllte, aber es war so etwas ähnliches wie: »Ihre Spende fürs Muttergenesungswerk!«

Aber, wie gesagt, ich weiß es nicht mehr ganz genau, es ist doch eigentlich auch fast zu kompliziert auszusprechen, um es mit aller Macht hinauszuschreien. Andererseits besaß ich schon als Schüler ein außergewöhnliches Aussprachetalent und musste der Klasse die schwierigsten Zungenbrecher vorsprechen und Lieder wie »Tomatensalat, Tomatensalat« oder »Drei Chinesen mit dem Kontrabass« vorsingen.

Wie auch immer. Ich habe den Prof. Knops mit meinem Schrei zu Tode erschreckt und der Dr. Schmeese konnte daraufhin seinen Knops-Putsch nicht mehr ausführen. Auch sonst ist es seitdem ruhig geblieben. Kein Aufstand, keine Revolution. Mit meiner Tat habe ich den Dr. Schmeese in seinen Planungen um Jahre zurückgeworfen. Und wer weiß, ob er überhaupt noch lange genug lebt, um eine neue Strategie zu entwickeln. Auf meine Mutter wird er dann jedenfalls nicht mehr setzen können, hoffe ich.

Sie ist übrigens wieder zu Hause bei uns in Kevelaer. Fürs Erste nur zu Besuch. Um meiner Familie in diesen schweren Tagen beizustehen. Aber ich nehme an, sie wird bald ganz zurückkehren, jetzt, wo sie sieht, dass das Seniorenheim Dr. Schmeese unsere kleine Familie zerstört hat. Vielleicht würde es helfen, wenn eine Autorität wie Sie ihr das auch einmal bestätigte. Falls Sie Gelegenheit haben sollten, mit ihr zu sprechen? Dann hätte ich zu guter Letzt über das Land hinaus auch meine Mutter gerettet. Und das war ja mein ursprüngliches Motiv gewesen, in den Lauf der Geschichte einzugreifen. Ein Held hatte ich nie werden wollen.

Umfassend, offen und ehrlich habe ich damit alle Hintergründe meiner Tat vor Ihnen ausgebreitet. So wie mir der Zufall das Schicksal eines ganzen Staates in die Hände legte, lege ich nun das meine in die Ihren. Wie immer Sie entscheiden, Herr Oberlandesgerichtspräsident, ich werde mich beugen. Wenn ich eines in diesem Jahr gelernt habe, dann, dass trotz aller Schwächen allein unsere geltende Ordnung das Chaos im Zaume zu halten vermag; ein Chaos, das stets sprungbereit darauf wartet, auszubrechen und uns alle ins Verderben zu stürzen.

Keitel hatte den letzten Satz deklamiert wie ein Manifest, nach dem das Publikum kollektiv hätte aufspringen und applaudieren müssen. Doch nichts geschah.

Keitel starrte seine Zuhörer an, die Zuhörer Keitel. Nicht ohne Verzweiflung suchte er sich den schwächsten Punkt dieses Abwehrbollwerks aus und fixierte Weinrich, der sich unter seinem Blick wand, bis der es endlich nicht mehr aushielt und sich meldete.

»Ich fürchte, ich habe nicht wirklich alles verstanden. Wer da jetzt gegen wen und warum. Aber ehrlich gesagt«, er zuckte zusammen, als er sah, wie sich Keitels Augenbrauen bedrohlich zusammenzogen, traute sich dann allerdings doch, »ehrlich gesagt, war mir diese Geschichte doch sehr gewalttätig. Einerseits. Andererseits ist es natürlich auch ein Krimi. Aber der Name Hitler fiel doch sehr oft, und ich weiß gar nicht, ob man das jetzt so darf.« Die letzten Worte verschluckte Weinrich mehr, als dass er sie aussprach.

Jetzt meldete sich auch die Wallner. »Ich muss schon sagen, Herr Keitel, Ihr Interesse für Geschichte hat Sie beim Schreiben ganz schön weit hinausgetrieben. Das sind doch recht abseitige Fantasien, die Sie uns da präsentiert haben.«

»Wieso abseitig?«, fiel ihr Keitel ins Wort. »Sie müssen doch nur mal die Sendungen von Knops sehen und die Bilder von Schmeese. Das ist alles durch und durch logisch und in seiner Grundlage sehr realistisch, aber eben natürlich weitergeführt. Ich ...«

»Herr Keitel!«, unterbrach ihn Dengler. »Bitte halten Sie sich an die Regel, nicht Stellung zu Ihrem eigenen Text zu nehmen. Frau Wallner, fahren Sie fort.«

Die Wallner winkte ab, als machte es eh keinen Sinn, mit Keitel zu reden.

Nach einer Zeit des Schweigens stand Waterhuus auf. »Nachdem ja niemand mehr etwas zu dem Text von Herrn Keitel sagen möchte und heute der Tag der großen Bekenntnisse zu sein scheint, habe auch ich etwas zu erklären. Ich bedanke mich bei allen Vortragenden für ihre Texte. Ich habe viel über das heutige Deutschland gelernt, auch über die Kriminalliteratur und ihren Blick auf die Welt.«

Was sollte jetzt das? Keitel war fassungslos. Wieso zog Waterhuus jetzt hier ein Resümee? Das hätte höchstens Dengler, aber nicht Waterhuus gedurft. Und schon gar nicht in diesem Augenblick, wo Keitels Beitrag noch nicht einmal oberflächlich besprochen war.

»Das genau war, was ich mir von meiner Teilnahme an diesem Wettbewerb erhofft hatte. Dies und nichts mehr. Ich bitte Sie, meinen Beitrag als außerhalb der Konkurrenz laufend zu betrachten. In zwei Wochen werde ich eine wunderbare Traditionsbuchhandlung in meiner Heimatstadt übernehmen. Ich glaube, dass das gedruckte Werk und eine fundierte und persönliche Beratung gerade jetzt eine Zukunft haben, wo all die großen Ketten in das umgewandelt werden, was sie von Anfang an hätten sein sollen: Spielzeug- und Süßigkeitenshops. Diese neue Aufgabe wird meine ganze Kraft binden. Ich kann also weder Chefredakteur des *Kurbad-Kompass* werden noch leider weiter für ihn schreiben.« Waterhuus setzte sich und nickte Dengler freundlich zu.

Das war es jetzt also? Die ganze Resonanz auf die intensive Arbeit von zwei Monaten Dauer mit zahlreichen einsamen Abenden in fremden Hotels in fremden Städten, in denen Keitel die Texte und Werke Schmeeses studiert, sich den Sendungen Knops' ausgeliefert und seine Story mit allem Herzblut entwickelt hatte? Das Korrektheits-Wischiwaschi einer ängstlichen Heulboje, die argumentfreie Deklassierung durch eine Emanze, deren geschichtliches Verständnis nur bis in die Siebzigerjahre der Selbstbefreiung zurückreichte, und eine persönliche Erklärung zur beruflichen Zukunft eines Zuhörers?

Das war entwürdigend, es war so unglaublich entwürdigend! Keitel griff nach seinem Manuskript und stürzte ohne ein weiteres Wort zur Tür hinaus. Niemand sollte sehen, wie Tränen seine Augen füllten.

* * *

Während sich Keitel auf seinem Zimmer die Flasche an den Hals setzte, die er eigens für den feierlichen Augenblick nach seinem Auftritt erworben hatte, und auf diese Weise einen ausgezeichneten 1982er Vintage Portwein vernichtete, wurde Monk vom Klingeln seines Diensthandys aus seinem schauerlich unruhigen Nachmittagsschlaf gerissen.

Mit geschlossenen Augen tastete er nach dem Ding, das irgendwo auf dem Boden neben der Couch liegen musste. »Ja?«, sagte er gedehnt, als er endlich das Handy und die richtige Taste gefunden hatte.

»Die Welt ist ungerecht«, drang eine unangenehm gut gelaunte Stimme aus dem Minilautsprecher. »Damit die einen ihren Rockstarallüren frönen und den Tag im Bett rumhängen können, müssen Tagelöhner wie ich im Schweiße ihres Angesichts den Samstag durcharbeiten.«

»Sie sind der einzige Tagelöhner mit einem Jaguar XK vor der Türe, Doc Phillips.«

»Verdientermaßen, Monk, glauben Sie mir. Ich musste dafür einer Menge Menschen den Bauch aufschneiden.«

»Ich glaube Ihnen fast alles«, seufzte Monk und brachte sich mühsam in eine aufrechte Sitzposition.

»Der Satz verrät, dass Sie immer noch schlafen. Was halten Sie eigentlich von *Return To Sender*?«

»Haben Sie mich deswegen angerufen?«

»Metaphorisch schon. Ich hätte hier ein paar schicke Fasern, die man mit dem Kleidungsstück eines Mörders wiedervereinigen könnte. Ich habe sie unter Heckers Fingernägeln hervorgepult. Der arme Kerl muss verzweifelt versucht haben, sich an seinem Gegner festzuhalten, ehe er hinunterstürzte.«

»Welche Stoffart? Welche Farbe? Machen Sie mal rüber mit Ihrem Wissen. Hypothesen kann ich selbst«, raunzte Monk.

»Ah, jetzt sind Sie endlich wach. Dann werden Sie ja vielleicht in der Lage sein, irgendwo im weltweiten Internet auch Ihr Postfach zu finden. Da ist nämlich eine Mail mit meinem Bericht drin. Natürlich nur, wenn sie nicht an den Absender zurückgeschickt wurde, weil Ihr Speicher voll ist.«

Doc Phillips pfiff ebenso begeistert wie falsch die ersten Töne des Elvis-Gassenhauers, und Monk verkniff sich den Hinweis darauf, dass er die Anspielung auch ohne Folter verstanden hätte.

14. Kapitel

Monk linste durch einen Spalt im Vorhang. Sie hatten die Türen geöffnet und die Leute strömten in den Club. Die seitlichen Podeste waren bestuhlt, an die vierzig Leute saßen dort bereits an kleinen Tischen und vor der Bühne war genügend Platz für weitere gut hundert stehende Zuhörer. Stimmengewirr füllte den Raum. Der Vorsitzende des Elvis-Vereins war gerade hinter die Bühne gekommen, noch ganz begeistert von dem Ted-Herold-Konzert und der Elvis-in-Vegas-Show in der Konzertmuschel an der Trinkkuranlage.

Jenny hatte vor einer halben Stunde angerufen, um ihm zu erzählen, dass sie beim Durchpflügen von drei Jahren *Kurbad-Kompass* alle negativen Aussagen über Schmickler bestätigt gefunden, darüber hinaus aber auch weitaus interessantere Dinge zutage gefördert hatte, die Monk nun so schnell wie möglich nutzen sollte. Nur jetzt ging es einfach gerade nicht. Er durfte nicht mal dran denken. Er hatte hier immerhin eine Show abzuliefern.

Was erwarteten die Leute? Sie wollten den King sehen, oder wenigstens einen, der all die guten Gefühle in ihnen weckte, die sie mit seiner Musik verbanden. Ein bisschen Spaß haben, sich unterhalten, den Ärger des Alltags vergessen. Aber müssten sie nicht eher den Aufruhr in sich wecken wollen, den sie als Jugendliche spürten, als sie den Rock'n' Roll für sich entdeckten? Rebellisch eine andere Welt fordern? Eine Gegenwelt zu der, die sie mittlerweile vermutlich selbst vertraten? Als Chefs oder schlecht gelaunte Nachbarn, die die Kinder wegen des Lärms anschissen, selbst gehetzt von ihren Vorgesetzten oder unter Druck gesetzt von der Arbeitsagentur, gestresst vom Einkaufen und dem Papierkram und immer wieder dem Geld, dem Geld, dem Geld, das stets zu knapp war?

Wollte Monk das heute Abend erreichen? Mit fünfzig Jahre alter Musik in den Köpfen der Leute eine Revolte entfachen? Was kam denn noch alles nach Elvis? Die Stones und die Beatles, der Punk, zuletzt Hip Hop und Techno – und immer war es doch so gelaufen, dass irgendwann das Business auf der einen Seite und die Nostalgie auf der anderen das Widerständige und den Drang zur Veränderung abgeschliffen, weich gekocht, eliminiert hatten.

Nein, die Leute wollten Spaß haben und das war okay. Und Monk wollte seinen Frieden machen mit dem Elvis in ihm, und das war auch okay, und es wäre für ihn sogar ein verdammt großer Schritt nach vorne.

Er hatte sich ziemlich intensiv auf diesen Auftritt vorbereitet. Bei einer Handvoll Songs, die ein starkes Bläser- und Streicherarrangement brauchten oder einen Backgroundgesang, kam die Musik vom Band. Besonders für die frühen Songs aber hatte er ein paar seiner Musikerfreunde zusammengeholt, mit denen er in früheren Jahren im Proberaum Beatles-Cover gespielt hatte. Ein kleines Ensemble mit Schlagzeug, Bass, Gitarre und Klavier, möglichst wenig verstärkt, fast unplugged.

Der Vorsitzende schlüpfte durch den Vorhang nach draußen und bereitete das Publikum mit einer Reihe von Superlativen auf ein ganz besonderes After-Show-Konzert vor. Was Monk hörte, machte ihn ziemlich nervös, warum tat er sich das an, er musste doch gar nicht da raus. Doch, er musste und er wollte auch. Schluss mit dem Unsinn, er verhielt sich ja schon wie sein Alter. Draußen brandete Applaus auf und Monk in seinem schwarzen Anzug trat mit eiligen Schritten hinaus ins Rampenlicht und an das Nierenmikrofon.

Über die Lautsprecher wurden die ersten Töne von *Memphis Tennessee* eingespielt. Die Musik ließ Monk schnell an Sicherheit gewinnen. Ohne Applaus abzuwarten, machte er nahtlos weiter mit *Rubberneckin'*, und dann waren er und das Publikum schon aufgewärmt. Monks Bandkollegen nahmen ihre Plätze ein, und sie begannen mit einer schnellen und eigenwilligen Fassung von *Big Boss Man* und dann war es schon Zeit für eine Reihe von mitreißenden Klassikern von *Heartbreak Hotel* über *Hound Dog* bis zu *Blue Suede Shoes*. Die Band brannte, das Publikum tanzte, der Bassist war kurz davor, auf seinen Kontrabass zu springen, der sonst immer etwas unterkühlt-elitäre Schlagzeuger begann zu Monks Faszination plötzlich artistische Kunststücke mit den Stöcken in sein Spiel einzubauen, es machte einfach nur Spaß, auf wie vor der Bühne. Zum Abschluss dieses Teils setzten sich Monk und der Gitarrist auf zwei Stühle am Bühnenrand und brachten an zwei Gitarren eine sehr swingende, verspielte Fassung von *Lawdy, Miss Clawdy*, die wieder für ein bisschen Abkühlung sorgte und doch zugleich die gute Stimmung hielt.

Dann verließ die Band unter Applaus die Bühne und Monk leitete den zweiten Teil seines Konzerts mit *In The Ghetto* ein und er konnte in den Gesichtern der Leute ablesen, dass er es verdammt gut machte.

»Man kann und will nicht immer über alles reden, was einen im Innersten beschäftigt. Und man will auch nicht immer mit dem konfrontiert werden, was man vor Jahren einmal gesagt hat, ob es die Wahrheit war oder nicht«, wandte sich Monk nach dieser Ballade an das Publikum, so wie sein Vater es früher getan hatte. »Wenn es nicht um wirklich schlimme Dinge geht, respektiert man das im allgemeinen. Aber, und Ihr Elvisfans wisst das nur allzu gut, manche

Leute scheinen ihren Lebenssinn nur noch darin zu finden, anderen das Leben schwer zu machen und sich über alle zu erheben. Ich möchte meine nächsten zwei Songs diesen Menschen widmen, denen ich von Herzen intakte Nasen wünsche. Aber wenn sie leider keine mehr haben, muss ich bei allem Bedauern sagen: Sie hätten es besser wissen können.«

Ein cooler Bläsersatz schnellte wie ein scharfes Statement aus den Lautsprechern und Monk, der im Seitenprofil dastand, drehte dem Publikum im selben Moment impulsiv das Gesicht zu:

»If you're looking for trouble
You came to the right place
If you're looking for trouble
Just look right in my face
I was born standing up
And talking back
My daddy was a blue-eyed rock'n'roll-singer.
Because I'm evil, my middle name is Miserymonk
Well I'm evil, so don't you mess around with me ...«

Die Textsicheren unter den Leuten lachten und applaudierten, und Monk gab den Bösewicht in aller Ironie. Einen Song noch blieb er bei seiner persönlichen Message an diesem Abend und sang das wieder sehr viel versöhnlichere *Walk A Mile In My Shoes*, ehe der Musikplayback-Teil mit ein paar leichteren Songs im Stil von *Never Been To Spain* endete.

Noch ein letztes Mal betrat die Band die Bühne, und Monk spielte mit ihr eine lustvolle Version des, wie er ihn ankündigte, »Polizeiklassikers« *I Can Help*, Elvis' allererste richtige Single *That's All Right* und *Jailhouse Rock*, das Monk mit einer so unglaublich schmutzigen Stimme sang, dass ihn seine

Bandkollegen immer weiter anfeuerten, bis er eine Saite seiner Rhythmusgitarre zum Reißen brachte.

Sie rannten winkend von der Bühne, wurden zu zwei Zugaben zurückgerufen, und beim dritten Mal kam Monk noch einmal alleine zurück und machte die Sache mit einer irre sentimentalen, absolut überemotionalisierten Version von *I Can Dream* rund, genauso wie Elvis seine große 68er Comeback-TV-Show hatte enden lassen. Das war *Monk – From Liverpool to Bad Nauheim.*

Ein Rockabilly-DJ begann aufzulegen, die Leute tanzten und tranken, Monk und seine Band mischten sich unter sie und feierten den Abend.

Und dann trafen sich die vom Alkohol schon leicht fahrigen, aber immer noch klaren Blicke von Claudia Metz und Viktor A. Monk. Sie kam auf ihn zu, besser konnte es sich nicht ergeben. Hätte er den Anfang gemacht, wäre sie sicher aus Angst vor einem Verhör zurückgewichen. Claudia hob ihr Sektglas, Monk stieß mit seinem Bier an.

»Du warst so unglaublich«, sagte sie, »das hätte ich dir ehrlich nicht zugetraut.«

»Ich mir auch nicht.«

»Ja, so geht das manchmal. Schön, wenn es dann etwas Gutes ist«, sagte sie und verfiel in Schweigen. Umgeben vom großen Lärm der feiernden Elvis-Fans war die Stille zwischen ihnen bedrückend. Monk versuchte erneut Claudias Blick einzufangen, aber sie wich ihm beharrlich aus. Aus der Nähe war gut zu erkennen, dass sie mit ihrem starken Make-up nur notdürftig tiefe, dunkle Augenränder verborgen hatte.

»Ja, dann«, sagte Monk schließlich und tat so, als wollte er das Gespräch beenden.

»Und, seid ihr schon weitergekommen? Du weißt schon,

womit?«, nahm sie sich endlich ein Herz und sah sich sogleich vorsichtig um, ob ihnen jemand zuhörte.

Er gab ihr einen Wink, ihm nach draußen zu folgen. Als er ging, klopfte ihm sein Bassist grinsend auf die Schulter. »Treib's nicht wie Elvis, Monk.«

Sie verließen das Hotel, in dem sich der Club befand, und liefen ein paar Meter in den Kurpark hinein.

»Du hattest mächtig Ärger mit Schmickler«, stellte er eher fest, als dass er fragte.

»Wie kommst du darauf?«

»Erzähl du es mir.«

»Es gibt nichts zu erzählen, Viktor. Ich hatte kein Problem mit ihm.« Sie hakte sich bei Monk ein und trank einen Schluck Sekt.

»Er hat dir innerhalb nur eines Jahres zwei schlechte Besprechungen deines Kurhotels reingereicht.«

»So schlimm waren die doch gar nicht.«

»Findest du? Einmal hat er den Zustand der Möblierung als notdürftig gereinigte Third-Hand-Ware beschrieben, beim anderen Mal hat er dein Restaurant als Reanimationsanstalt für Tiefgefrorenes bezeichnet. Mich hätte diese Boshaftigkeit ganz schön wütend gemacht.«

»Ach, den *Kurbad-Kompass* darf man nicht überbewerten. So viele Buchungen kommen durch den gar nicht zustande«, Claudia winkte leichthin ab und drückte sich etwas enger an ihn.

Monk schämte sich für ihre hilflosen Ablenkungsversuche. »Und weil er so unwichtig ist, hast du nach der zweiten Schmickler-Keule gleich vier Mal hintereinander viertelseitige Anzeigen im *Kompass* geschaltet«, hakte er nach.

»Was willst du, Viktor? Das ist alles mindestens zwei Jahre her. Das Kurhotel gibt's schon gar nicht mehr. Das sind uralte Geschichten.«

»Dafür gibt es das *Belle Epoque*, und wer reist als einer der ersten an? Werner Schmickler.«

»Wenn du so gut informiert bist, weißt du ja auch, dass ich eine ganzseitige Anzeige im aktuellen *Kompass* habe. Ich musste mir keine Sorgen um Schmickler machen.«

»Schmickler hat auch schon andere verrissen, obwohl sie eine Anzeige gekauft hatten.«

»Aber nur, weil sie nicht dauerhaft inserierten. Das ist das Geschäft, ich habe es irgendwann akzeptiert und seitdem war alles gut«, ihre Stimme rutschte ein paar Töne höher.

»Claudia, in dem Luxuskasten steckt deine ganze Zukunft. Du hattest Angst vor Schmickler.«

Sie schüttelte schweigend den Kopf.

»Er hat dir gedroht, dich fertig zu machen, du hast Panik bekommen und hast ihn betäubt.«

»Unsinn! Alles Quatsch!«

»Deine Leute hatten die Badeabteilung abgeschlossen. Sie waren sich ganz sicher. Und selbst wenn sie nicht die Wahrheit gesagt hätten. Seit klar ist, dass Schmickler sich nicht hineingeschlichen hat, haben sie noch weniger Grund, zu lügen. Sie haben die Türen abgeschlossen, Punkt. Also muss jemand aufgeschlossen haben. Und das kannst nur du getan haben. Glaubst du wirklich, du kommst damit durch?«

»Viktor«, sie brach jetzt in Tränen aus und hängte sich ihm an den Hals. Er schob sie vorsichtig weg, hielt sie aber an den Armen fest.

»Morgen früh muss ich dich abholen lassen. Wir werden dich als Beschuldigte vernehmen. Ein ganzes Team. Den ganzen Tag. Und dann noch einen. Bis du uns endlich die Wahrheit sagst. Es geht um Mord!«

»Es sollte doch nur ein böser Scherz sein«, stammelte sie. »Wenn es sich ergab, eine kleine Abreibung, das hatten sie mir versprochen. Und dass er nie wieder so hässlich über uns schreiben würde.«

»Wer hat dir das versprochen, Claudia?« Monk griff fest in ihre Arme.

Sie sah ihn mit den Augen eines Tiers im Schlachthof an.

»Die haben dich benutzt, verstehst du das denn nicht?«, fuhr Monk sie an.

»Aber da komme ich doch nie wieder raus.«

»Ich kann dir helfen. Aber dazu muss ich wissen, wer das war! Wer, Claudia?«

15. Kapitel

Das ist richtig gut«, sagte Monk anerkennend und klappte die Mappe mit Jennys Protokoll der Vernehmung von Schmicklers Anwalt zu.

Sie hatten sich im Nauheimer Polizeiposten getroffen und trugen bei einem erstklassigen Kaffee, der im Widerspruch zu allen *Tatort*-Kaffee-Klischees stand, zusammen, was sie in den letzten Stunden herausgefunden hatten. Monk hatte zunächst von Doc Phillips und Claudia berichtet, Jenny ihm eben stolz das Protokoll und eine Reihe von Kopien ziemlich interessanter Dokumente überreicht.

»Kann ja nicht jeder Polizist am Wochenende Party machen«, stichelte sie grinsend.

Monk musterte sein Gesicht im spiegelnden Glas eines ausgeschalteten Computerbildschirms. Er sah wirklich schrecklich verkatert aus. Dabei hatte er nur wenig getrunken. Statt auf die Party zurückzukehren, hatte er Claudia nach Hause gebracht und war, nach einer eindringlichen Warnung, dass sie mit niemandem über die Sache reden solle, in seine Wohnung zurückgekehrt, um eine Mütze voll Schlaf zu nehmen.

»Das ist gesundheitlich auch nicht unbedingt ratsam«, sagte er. »Also gut, dann fahren wir zum Schlosshotel. Die werden uns sicher schon vermissen.«

»Keinen Streifenwagen?«, fragte er, als Jenny kurze Zeit später draußen auf ihren Fiat 500 zusteuerte. »Mit deiner Knutschkugel werden wir wohl kaum wen abtransportieren können.«

»Hast du denn noch keine Nachrichten gehört?«

Monk wies auf seinen Kopf. »Ausgeprägtes Ruhebedürfnis.«

»Die Soko ›Jonas‹ hat den Entführer erwischt. Er schweigt, aber sie haben in seiner Wohnung einige Hinweise darauf gefunden, wo sie nach dem Jungen suchen müssen. Alle verfügbaren Kollegen und Wagen sind im Einsatz. Aber wenn wir einen Wagen brauchen, schicken sie den schnell.«

»Nach all den Tagen«, sagte Monk bedrückt. »Hoffentlich lebt der Kleine noch.«

* * *

Obwohl Keitels Armbanduhr schon zehn nach zehn anzeigte, waren sie erst jetzt wieder vollständig in der Bibliothek versammelt. Mit Ausnahme Jensens, der wie angekündigt gleich nach seiner Gardinenpredigt abgereist war, und natürlich der beiden Toten. Offenbar hatten einige nach dem Frühstück lieber auf ihren Zimmern herumgetrödelt, als pünktlich zur großen Entscheidung zu erscheinen.

Dengler und Keitel hingegen hatten die Bibliothek bereits um viertel vor zehn Uhr betreten. Die ganze Zeit über vermieden sie miteinander zu reden, indem sie so taten, als wären sie mit wichtigen Vorbereitungen oder Überlegungen beschäftigt. Zu gerne hätte Keitel Dengler wegen des gestrigen Tages zur Rede gestellt. Dengler schien ihm alles andere als unschuldig an der fast gleichgültigen Aufnahme seiner Geschichte. Dass er Keitel mitten im Vortrag unterbrochen hatte, hatte den sorgsam aufgebauten Spannungsbogen der Story in sich zusammenstürzen lassen. Und Keitel hatte im Nachhinein das Gefühl gehabt, dass er von da an gegen noch mehr Widerstände seiner Zuhörer hatte ankämpfen müssen. Ein glasklarer Fall von Rache, weil Keitel zuvor Denglers Vortrag unterbrochen hatte, und zwar mit gutem Grund! Aber sich jetzt zu beschweren, hätte nicht nur unsouverän gewirkt, sondern den ja immer noch denkbaren Sieg gefährdet.

Keitel schaute in die Runde. Weidenfeld und Kinzig hatten sich über Nacht weiter die Augen aus dem Kopf geheult. Die kleine Kinzig tat Keitel ja auch ehrlich leid, aber dass sich Seelchen Laetitia Jensens moralinsaures Gewäsch so sehr zu Herzen genommen hatte, dass selbst Keitel bei ihrem Anblick den Impuls spürte, in seinen Taschen nach Antidepressiva zu wühlen, fand er maßlos übertrieben.

Uwe Weinrich saß ganz steif in seinem Sessel, aber an seinen unruhigen Pupillen war abzulesen, wie nervös er war. Wenn der Typ nicht völlig vernebelt war, machte er sich keine Sorgen um einen möglichen Sieg, sondern nur noch darum, ob jemand mit genügend Mitleid gewinnen würde, der ihn weiter beschäftigte.

Wallner hingegen plauderte erstaunlich entspannt mit Waterhuus über die Konzerte, die sie am Vorabend in Bad Nauheim besucht hatte, obwohl sie doch sicher beste Chancen hatte. Sie erzählte, dass dort auch dieser Elvis-Imitator aufgetreten sei, der sich ihnen gegenüber vorgestern als Hauptkommissar ausgegeben hatte.

Keitels Lust an Verschwörungstheorien ließ ihn die Variante durchspielen, dass es vielleicht ja auch umgekehrt sein könnte: Der Goldjunge war tatsächlich Elvis und nur nebenberuflich als Kommissars-Imitator tätig. Immerhin hatte Keitel mal ein Foto gesehen, auf dem Presley umringt von Polizisten eine Detective-Marke in die Kamera hielt. Außerdem gab es da diese Geschichte, dass sich Presley zu Nixon ins Weiße Haus eingeladen hatte, um ihm einen Geheimagentenausweis der Nationalen Drogenbehörde abzuschwatzen. Na ja, eine nette Idee, die zweite Karriere des Elvis Presley, aber der Typ hier hätte dann doch schon an die achtzig Jahre alt sein müssen.

Keitel spürte plötzlich, wie eklig feucht und kalt zugleich seine Hände waren. Die ganze Ablenkung über die Elvis-

Story hatte leider nichts gebracht. Er hasste diese Art von Prüfungssituationen, seit er durch sein Studium gerasselt war. Immer musste er dann wieder an diese schlimme Zeit denken und empfand die Demütigung, als wäre sie ihm gerade erst widerfahren. Sein eigener Vater hatte vermutlich hinter seinem Scheitern gesteckt, hatte Keitel Jahre später herausgefunden, als der Stern eine Story über seinen Hauptprüfer veröffentlichte. Der hatte unter anderem Namen als besonders berüchtigter Leutnant der Waffen-SS in derselben Division wie sein Vater gedient. Keitel fand heraus, dass die beiden sich ab und zu zum Mittagessen trafen. Nie hatte sein Vater davon erzählt, wenn der Name des Prüfers fiel. Wie konnte es trotz dieser Verbindung geschehen, dass der junge Keitel durchfiel? Doch nur, weil sein Vater grünes Licht dafür gegeben hatte. Jetzt saß Keitel wieder drin in der Vergeblichkeitsfalle, er spürte die Angst in sich aufsteigen, dass erneut eine Niederlage auf ihn wartete. Sein Magen fuhr Karussell. Nein, nein, nein. Diesmal würde es anders sein. Er hatte die fundierteste und eigenwilligste Story geschrieben. Und der Arm seines Vaters reichte nicht bis Nauheim. Dieser Arm würde bald überhaupt nur noch bis zu der Hüfte des Alten reichen, wenn er erst einmal in seiner Kiste lag.

Endlich trat Dengler an das Pult. Er bedankte sich bei allen Vorlesern, die trotz der furchtbaren Schicksalsschläge an diesem Wochenende den *Kurbad-Kompass* nicht im Stich gelassen hätten. Dann zog er wortreich sein persönliches Resümee. Sprach über die schwierigen Zeiten für die Kurbäder in Deutschland, die sich in allen Geschichten abgebildet haben. Über die resignierte Stimmung in den am schwersten von der Gesundheitsreform gebeutelten Städten, aber auch vom unbedingten Willen, die Krise mit neuen Ideen zu bewältigen.

Er habe aber in allen Geschichten, so Dengler, noch etwas viel Wichtigeres, etwas geradezu Existentielles in unterschiedlicher Umsetzung wiedergefunden. Am meisten habe ihn nämlich die gewaltige Energie beeindruckt, mit der die Figuren in den Stories um die Erfüllung ihrer kleinen und großen persönlichen Träume kämpften. Auf legale, aber eben oft auch ungesetzliche Weise. Wenn es wirklich um alles ginge, dann sähen sich die Menschen plötzlich dazu gezwungen, auch gegen ihre tiefste Überzeugung selbst furchtbarste Verbrechen zu begehen.

Keitel musste sich beherrschen, Dengler nicht zu unterbrechen. War es denn so schwer, eine einfache Entscheidung zu verkünden? Er brauchte doch nur einen Namen zu nennen? Aber nein, zuerst musste mal wieder eine Rede zur Lage der Nation gehalten werden. Am Ende würde der Sieger sich noch wie bei der Vergabe der Goldenen Kamera unterbrochen von hysterischen Lachanfällen bei seinen Eltern, Ausbildern und dem ganzen Team bedanken müssen. Also was jetzt: Keitel? Oder Wallner?

»Sie alle haben das in ihren Geschichten auf hervorragende Weise herausgearbeitet«, erklärte Dengler. »Ich war begeistert von Ihrem Stil, Ihrem Humor und vor allem immer wieder von Ihrer außergewöhnlichen Fantasie. Trotzdem muss am Ende dieses Wochenendes eine Entscheidung getroffen werden. Ich gestehe, ich hatte im Vorfeld meine Favoriten. Um so überraschender ist auch und besonders für mich der Name, den ich jetzt zu verkünden habe.«

Oh Gott, durchfuhr es Keitel, er würde doch nicht etwa die Heulboje ...?

Dengler atmete tief durch. »Auf kriminalliterarisch überzeugendste und emotional nachwirkendste Weise ist die Tragikomik unserer menschlichen Existenz von einem Kollegen erfasst worden, der leider nicht mehr unter uns weilt. Meinem am Freitag ums Leben gekommenen Schwager Werner Schmickler in seiner Geschichte *Bring mir die Asche der dänischen Königin.*«

Eine ganze Weile war nichts zu hören außer dem Pendelschlag der großen Standuhr und dem Gesang der Vögel, der durch die geöffneten Fenster drang und den unerträglichen Eindruck erweckte, die Natur feierte den Sieg des toten Schmickler. Nach einer Schrecksekunde sahen sich die Kurbadreporter an. Fassungslosigkeit und ungläubige Überraschung war allen Gesichtern gleichermaßen abzulesen.

»Das hat doch keinen Sinn, Herr Dengler«, ergriff Wallner zuerst das Wort.

»Wie soll denn Herr Schmickler die Chefredaktion übernehmen?«, fragte Weinrich verwirrt.

»Vielleicht soll er ja den *Kompass* von da oben aus leiten. Beziehungsweise wohl eher von da unten«, ätzte Keitel.

»Wenn das ein Scherz sein soll, Herr Dengler, ist er Ihnen gründlich missraten«, befand selbst die kleine Kinzig schniefend.

»Gut, ich verstehe es jetzt mal so«, versuchte Wallner etwas Ordnung in die allgemeine Empörung zu bringen, die Dengler mit unbewegter Miene hingenommen hatte. »Kollege Schmickler hat Ihrer Meinung nach die beste Geschichte geschrieben. Darüber könnte man wahrlich streiten, aber sie sind die Jury. Also gut. Da Ihr Schwager nun mal tot ist, hier aber über Ihre Nachfolge entschieden wird, kann ja nur die oder der Zweitplatzierte an Ihre Stelle treten.«

Die Wallner hatte natürlich recht! Keitel schöpfte Hoffnung und schluckte seinen höhnischen Kommentar, dass die oder der Zweitplatzierte vermutlich Hecker sein würde, herunter.

»Ich begreife Ihre Verwirrung natürlich«, sagte Dengler großmütig. »Aber, liebe Frau Wallner, bei aller Achtung vor

Ihrer überzeugenden Logik, ich werde keinen Zweitplatzierten benennen. Auch ich muss mich an die Bedingungen unseres Wettbewerbs halten, und die besagen nun einmal, dass einzig der Gewinner die Chefredaktion erhält.«

»Das liegt doch allein in Ihrer Hand«, ärgerte sich Keitel. »Dann drehen Sie die Reihenfolge halt einfach um.«

»Das wäre zutiefst respektlos gegenüber dem Toten. Nein, so wenig mir das selbst gefällt, die einzige mögliche Konsequenz ist, dass ich leider selbst bis auf Weiteres die Chefredaktion des *Kurbad-Kompass* behalten und meine Nachfolge demnächst auf anderem Weg bestimmen muss.«

»Ich protestiere in aller Schärfe!«, Keitel schrie jetzt beinahe. »Das wird ein juristisches Nachspiel haben!«

»Ich schließe mich Herrn Keitel ausnahmsweise uneingeschränkt an!«, erklärte auch die Wallner mit deutlich erhobener Stimme. »So geht das nicht, Herr Dengler! Wirklich nicht!«

Jemand klopfte und öffnete die Tür, ohne eine Antwort abzuwarten.

Jetzt nicht auch noch dieser Idiot, dachte Keitel.

* * *

»Sie haben uns hier gerade noch gefehlt«, schallte es Monk entgegen, kaum war er durch die Tür getreten.

»Schön, das zu hören«, lächelte Monk Keitel an. »Gibt es Probleme? Man konnte Sie bis zur Rezeption hören.«

»Das geht Sie gar nichts an«, befand Keitel.

»Mal schauen. Im Augenblick möchten wir vorzugsweise aber Frau Weidenfeld sprechen. Begleiten Sie uns bitte nach draußen?«

Die Gesichtsfarbe der Weidenfeld wechselte von Kalk- nach Polarweiß. Sie sah hilflos zu Dengler hinüber.

»Was wollen Sie denn von meiner Kollegin?«, schaltete sich Anna Wallner ein.

»Das wiederum geht Sie nichts an. Kommen Sie, Frau Weidenfeld?«

»Ich begleite sie«, sagten Wallner und Dengler zeitgleich.

»Nein«, beschied Jenny van Dooren knapp, die gleich hinter Monk eingetreten war.

Laetitia Weidenfeld erhob sich unsicher und folgte ihnen.

»Bleiben wir hier im Foyer«, sagte Monk. Er wollte die Tür zur Bibliothek im Blick behalten und die Eingangshalle war leer, sodass sie kaum gestört würden. Die Gäste waren nach dem Frühstück längst in die Region ausgeschwärmt. Sie nahmen in einer Sitzecke Platz, die abgegrenzt von zwei Säulen etwas abseits lag.

Jenny war immer noch leicht nervös, bemerkte Monk. Als sie während der Fahrt ihre Taktik besprochen hatten, war sie ihm gegen ihre sonstige Natur auf einmal ziemlich kleinlaut erschienen, wohingegen in ihm allmählich das Jagdfieber von seinem Adrenalinpegel Besitz ergriff. Monk hatte versucht sich zu erinnern, wie er sich bei seinem ersten großen Fall gefühlt hatte, um ihr ein wenig helfen zu können. Aber das lag schon zu lange zurück. Sie würde es schon machen, ein guter Partner.

»Erzählen Sie mir doch einmal, wie das am Freitagabend abgelaufen ist«, begann Monk im Plauderton.

»Ich weiß nicht, was Sie meinen«, behauptete Weidenfeld mit wackliger Stimme.

»Sie wissen genau, was ich meine«, sagte Monk. Er hatte fast Mitleid mit ihr. Sie war nur noch ein Nervenbündel. »Ich hatte gestern ein sehr aufschlussreiches Gespräch mit der Direktorin vom *Belle Epoque*. Und Sie haben darin eine herausragende Rolle gespielt.«

Weidenfelds Augen wurden feucht, erste Tränen liefen über ihre Wangen.

»Es ist alles so schrecklich schiefgelaufen«, brach es schließlich aus ihr heraus. »Und ich bin schuld!«

»Wie hätte es denn laufen sollen?«, fragte Jenny mit verständnisvollem Ton.

»Er sollte nur einen Schreck fürs Leben bekommen. Damit er es nie wieder wagen würde, so etwas Schlimmes zu tun.«

»So etwas Schlimmes, wie Sie zu vergewaltigen«, half Jenny ihr.

Laetitia Weidenfeld starrte sie an.

»Herr Dengler hat es Frau Metz erzählt, um sie zum Mitmachen zu überreden.«

Die Reporterin putzte sich die Nase und rang um Fassung. »Nach der Weihnachtsfeier in Stuttgart vor zwei Jahren hat er mich noch zu einem Glas in der Hotellobby überredet. Ich mochte ihn nicht, aber er tat mir auch leid, weil niemand ihn mochte. Ein Angeber aus Verzweiflung. Na ja, ein Glas, dachte ich. Und dann wurde mir plötzlich schlecht und er half mir hoch bis in mein Zimmer. Mehr weiß ich nicht. Morgens bin ich aufgewacht, halb nackt, an meinen Beinen ...«

Monk fürchtete, sie würde zusammenbrechen, aber das Gegenteil geschah, die Wut über das erlittene Unheil schien ihr Kraft zu geben.

»Warum haben Sie nicht Anzeige erstattet?«, fragte Jenny weiter.

»Lesen Sie keine Zeitung? K.-O.-Tropfen sind am nächsten Tag nicht mehr nachweisbar. Es gibt keine Spuren von Gewalt, wie soll man sich bewusstlos auch wehren. Diese erniedrigende Situation, dass Schmickler dann einfach frech behauptet hätte, es wäre einvernehmlich geschehen, ich sei aktenkundig ja psychisch labil, wahrscheinlich schämte ich mich nur, weil ich so betrunken gewesen wäre. Wem glaubt der Richter dann? Hätten Sie da Anzeige erstattet?«

Jenny zog unentschieden die Schultern hoch.

»Aber Herrn Dengler haben Sie sich anvertraut«, sagte Monk.

»Ich habe ihm viel zu verdanken.«

Monk legte zweifelnd den Kopf schief. »Er hat Ihnen angeboten, sich endlich zu rächen.«

»Um Schmickler zu zeigen, dass er nicht ungestraft davonkommt.«

»Sie wollten ihn töten.«

»Um Gottes willen, nein! Wir haben nur nicht damit gerechnet, dass Schmickler das Mittel nicht verträgt. Es ist so furchtbar. Das haben wir doch alles nicht gewollt!«

»Haben Sie ihm die K.-O.-Tropfen gegeben?«

»Das hat Siegfried übernommen. Weil Schmickler sofort misstrauisch geworden wäre, wenn ich mich mit ihm hätte verabreden wollen. Siegfried hat ihn in seiner Suite besucht und es ihm in den Wein gemischt. Als Schmickler bewusstlos war, bin ich hoch und habe Siegfried geholfen, ihn mit einem Rollstuhl in die Badeabteilung zu bringen. Siegfried hat ihn ausgezogen und seine Wäsche zusammengelegt. Darüber musste ich noch so lachen, weil er so penibel war. Oh Gott, dabei starb Schmickler neben uns, ohne dass wir es mitbekamen.« Sie brauchte eine Weile, ehe sie weitersprechen konnte. »Dann haben wir ihn in die Wanne gewuchtet. Dabei ist er Siegfried aus den Händen geglitten, aber das tat mir nicht leid.«

»Das sollte seine gerechte Strafe sein? Ein kostenloser Aufenthalt im Solebad?«, fragte Monk.

»Nein, nein. Siegfried hatte gesagt, dass er ihn dann mir überließe. Er würde draußen vor dem Badebereich auf mich warten und ich solle alles mit ihm machen, was mir gut täte.

Ich hatte mir schlimme Strafen für ihn ausgedacht. Ich wollte mit einer Eisenstange auf ihn einschlagen, einmal dachte ich sogar, ich würde mit einem Stock – aber als er da so nackt in der Wanne lag, ein böser, hässlicher Mann, aber eben auch ein hilfloser, lebendiger Mensch ... Ich habe versucht, ihn zu schlagen, aber ich konnte es einfach nicht. Ich bin nicht wie er.«

»Und dann? Sind Sie fortgelaufen?«

»Ich ging zu Siegfried hinaus. Er hat mich sofort verstanden. Aber er sagte, wir sollten wenigstens die Wanne mit Sole füllen, damit Schmickler morgens frierend im kalten Wasser aufwachen würde. Das würde ihm einen zusätzlichen Schrecken bescheren.«

»Aber was wollte Dengler mit Schmickler machen, wenn der wieder aufgewacht wäre? Schmickler hätte ihn doch zur Verantwortung gezogen.«

»Siegfried sagte, er hätte so viel in der Hand gegen Schmickler, dass der sich nicht trauen würde, zur Polizei zu gehen. Und sowieso genug, um ihn aus der *Kompass*-Redaktion rauszuwerfen.«

»Und dann ist er mit Ihnen zurück zum Schlosshotel gefahren.«

Weidenfeld nickte.

»Aber er ist nicht mit Ihnen hineingegangen?«

»Er wollte noch etwas am Auto nachschauen, er hatte ein komisches Geräusch gehört. Ich bin so schnell und unsichtbar wie möglich auf mein Zimmer geschlichen.«

»Das heißt, Sie haben nicht gesehen, wann er auf sein Zimmer gegangen ist?«

Weidenfeld sah ihn irritiert an.

Die Bibliothekstür sprang auf und schlug gegen die Wand. Keitel musste sie zornig aufgestoßen haben, denn er kam als

Erster heraus, mit einem Gesichtsausdruck, als würde er sich mit jedem prügeln, der ihm in den Weg trat. Wallner folgte, in eine heftige Diskussion mit Waterhuus verstrickt, dann stakte Nina Kinzig paralysiert heraus. Ein paar Sekunden später bildete Weinrich den Abschluss dieses Ausmarschs der Kurbadreporter. Sichtlich hin- und hergerissen drehte er sich noch einmal um, machte einen Schritt zurück über die Türschwelle der Bibliothek, gab dann aber seufzend auf und trottete die Treppe zu seinem Zimmer hoch wie ein Kind, das man soeben ausgeschimpft hatte.

»Sieht ganz so aus, als wäre niemand mit dem neuen Chefredakteur zufrieden«, sagte Monk.

»Siegfried hat entschieden, vorerst selbst weiterzumachen.«

»Das überrascht mich nicht besonders.«

Wieder sah sie ihn verwirrt an.

Endlich verließ auch Dengler die Bibliothek. Er sah sich suchend um und entdeckte die drei in der Sitzgruppe. Monk wies auf einen der freien Sessel, aber Dengler hob abwehrend die Hände.

»Ich bin vollkommen durcheinander. Mein Team lehnt meine Entscheidung leider ab. Sie überlegen alle, zu kündigen. Ich weiß nicht mehr weiter. Ich wollte doch nur ...«

»Sie haben mich missverstanden«, unterbrach Monk ihn. »Das war keine freundliche Einladung, sondern eine Aufforderung. Wir haben mit Ihnen zu reden.«

»Ginge das nicht später? Vielleicht kann ich jetzt im Einzelgespräch noch einige überzeugen.« Dengler wies auf die Tür zum Park, durch die alle außer Weinrich verschwunden waren.

»Herr Dengler, Sie stehen unter dringendem Tatverdacht, Ihren Schwager Werner Schmickler ermordet zu haben.«

Der Chefredakteur sank auf die Vorderkante eines Sessels. »Ich verstehe. Laetitia hat Ihnen unsere Aktion gebeichtet.« Er tätschelte ihr tröstend die Hand. »Wir wollten Werner für seine schlimme Tat bestrafen, aber es ist schiefgelaufen. Er hat diese Tropfen nicht vertragen. Es war eher – ein Unfall.«

»Herr Dengler, ich hatte ein anstrengendes Wochenende. Tun Sie mir den Gefallen und hören Sie mit diesem Geschwätz auf«, sagte Monk.

»Wir wollten ihn nicht töten. So glauben Sie uns doch.«

»Es ist völlig unerheblich, was ich glaube. Entscheidend ist, was wir wissen. Und wir wissen, dass Sie sowohl Frau Metz als auch Frau Weidenfeld dazu benutzt haben, Ihre persönlichen Interessen zu verfolgen. Sie haben beiden vorgegaukelt, ihnen einen Gefallen zu tun. Aber tatsächlich haben Sie sie zu unwissentlichen Helfern an einem vorsätzlich begangenen Mord gemacht. Und später Claudia Metz damit erpresst, nicht zur Polizei zu gehen.«

»Ihre Vorwürfe sind empörend!« Denglers Gesicht war hochrot angelaufen.

»Stimmt es etwa nicht, dass Ihr Verlag so tief verschuldet ist, dass er ohne fremde Hilfe längst in Konkurs gegangen wäre?«

»Und dass diese fremde Hilfe über zwei Jahre hinweg von Ihrem Schwager geleistet wurde?«, ergänzte Jenny.

»Das sind alles nur blanke Unterstellungen!«

»Dann sind die Schuldscheine über insgesamt 437.000 Euro, die wir gefunden haben, wahrscheinlich Einbildung.«

»Aber die ...«, Dengler sackte in der jähen Erkenntnis des Endes in sich zusammen.

»Aber die haben Sie doch in der Nacht, nachdem Sie Ihrem Schwager eine tödliche Dosis Gamma-Hydroxy-Buttersäure in den Wein gemischt und seinen Schlüsselbund an sich genommen hatten, bei ihm zu Hause aus dem Safe geholt und vernichtet, nicht wahr?«, fuhr Monk Dengler an. »Und dabei waren Sie doch so clever und haben den Safe-Schlüssel, den Herr Schmickler nach Aussagen seiner Putzhilfe immer an seinem Bund trug, so schön unter seiner Schreibtischschublade versteckt. Aber unglücklicherweise hatte Herr Schmickler die Schuldscheine schon lange zuvor an seinen Anwalt gefaxt.«

»Anwalt? Mein Schwager hatte nie einen Anwalt. Außer bei seiner Scheidung«, begehrte Dengler noch einmal auf, als hätte er jetzt den Beweis dafür gefunden, dass sein Gegenüber log.

»Sein Anwalt hat auf der Grundlage der Schuldscheine und weiterer gefaxter Dokumente einen Übernahmevertrag für den Dengler-Verlag vorbereitet«, sagte Jenny. »Sie kennen doch den Vertrag. Denn Sie sind wie verabredet am Freitagabend in Schmicklers Suite erschienen, um ihn zu unterzeichnen. Herr Schmickler hatte mit seinem Anwalt einen Anruf für den folgenden Morgen verabredet, um ihm hoffentlich von einem erfolgreichen Abschluss zu berichten. Ich war es dann allerdings, der ihn heute mit einem Tag Verspätung anrief, um ihm mitzuteilen, dass sein Mandant ermordet wurde.«

»Mein Schwager hat seine Geschäfte nie mit Anwälten abgewickelt. Nicht einmal den Verkauf seines Unternehmens. Anwälte seien Blutsauger, hat er seit seiner Scheidung immer gesagt«, murmelte Dengler, als versuchte er inzwischen weniger, Monk und Jenny von einem Irrtum zu überzeugen, als sich selbst zu beweisen, dass er für diesen Fehler in seinem Plan nichts konnte.

»Im Fall des *Kurbad-Kompass* schien ihm das wohl zu heikel zu sein. Vermutlich wusste er, dass Sie alles tun würden, um den Verlag zu behalten«, meinte Monk.

»Nur dass Sie sogar bereit waren, Gewalt anzuwenden, hätte er nicht gedacht«, sagte Jenny.

»Sie haben also mit Ihrem Schwager den Termin für die Vertragsunterzeichnung langfristig genug verabredet, um allen Reportern außer ihm das Märchen von dem Wettbewerb um Ihre Nachfolge auftischen zu können. So hatten Sie zum einen Ihre nötige Helferin vor Ort«, Monk wies auf Weidenfeld. »Und wenn der Mord wider Erwarten doch entdeckt würde, waren auf einen Schlag so viele Verdächtige in der Gegend, dass sich die Gefahr Ihrer Entdeckung deutlich reduzierte. Kein schlechter Plan.«

»Aber das kann ja nicht stimmen«, rief Laetitia Weidenfeld plötzlich. »Herr Schmickler wusste von dem Wettbewerb. Er hat eigens eine Geschichte dafür geschrieben.«

»*Die Asche der dänischen Königin*?«, fragte Monk. Er suchte einen Moment in seiner Tasche, zog einen Bogen Papier heraus und begann vorzulesen: »... stieß Barni ihm die Spitze erst in die Seite und dann in blinder Wut mehrmals tief in den Bauch, dabei furchtbare Schreie ausstoßend, in denen sich alles vereinte: der ungezügelte Hass auf den, der ihn vernichten wollte; das Entsetzen über die brutale Gewalt, die Barni wie viele andere sein Leben lang ahnungslos in sich getragen hatte; das Wissen, dass er mit seinem Kampf um eine Zukunft zugleich all seine Pläne und Hoffnungen unwiederbringlich zerstörte, und in all dem und über alles das hinaus die Angst! Diese furchtbare Angst vor den anderen und vor sich selbst. Und die Angst vor dem, was bis zum Ende nunmehr bitter folgen würde.«

Monk legte das Blatt vor sich auf den Tisch. »Das ist, was ich noch nicht begreife, Herr Dengler. Sie haben das ganze aus dieser Tat resultierende, elende Unglück so genau und so erschütternd vorhergesehen. Und haben trotzdem nicht von

Ihrem Plan abgelassen. Können Sie mir das erklären? Es ist doch Ihre Geschichte?«

»Ist das wahr, Siegfried?«, fragte Laetitia Weidenfeld beinahe flüsternd. »Du wolltest ihn tatsächlich töten?«

»Es war Notwehr, genau wie bei Barni. Man hat keine Wahl«, antwortete Dengler leise.

»Ich bezweifle, dass der Richter das auch so sehen wird«, sagte Monk.

Dengler schaute aus dem Fenster. Es würde wieder ein schöner Spätsommertag werden. Ein Tag, an dem die Kurgäste auf den Bänken sitzen und vielleicht ein wenig in seinem *Kurbad-Kompass* blättern würden, auf der Suche nach einer besonders guten Konditorei oder einem Tipp für einen erlebnisreichen Ausflug für Gehbehinderte.

»Wissen Sie, was Schmickler in wenigen Monaten aus dem Blatt gemacht hätte?«, fuhr Dengler plötzlich Monk und Jenny an. »Als Erstes wollte er den Redaktionssitz in sein schreckliches Haus nach Mülheim-Kärlich verlagern. Um Kosten zu sparen. Von einer ›Kaschkau‹ hat er in seinem furchtbaren Dialekt gesprochen, weil er das Wort mal im Börsenbericht des *heute-journal* gehört hatte. Er hätte unsere Kunden wie Zitronen ausgepresst, als ginge es denen nicht schlecht genug in diesen Zeiten. Und er wollte alle Reporter entlassen, die im Monat nicht ein Mehrfaches ihres Honorars an Anzeigen akquirierten. Wissen Sie, wer da noch übrig geblieben wäre? Wissen Sie das? Keitel und Hecker! Und niemand sonst! Und Keitel hätte er aus Hass hinausgeworfen. Ein halbes Dutzend Existenzen hätte er zerstört. All meine Arbeit, meine mühsam über Jahre aufgebaute Gruppe journalistischer Persönlichkeiten in einem einzigen Gewaltstreich vernichtet und durch strunzdumme analphabetische Anzeigenakquisiteure ersetzt. Und zu guter Letzt hätte er zweihundertfünfzig Jahren Familiengeschichte ein Ende bereitet und das Magazin mir nichts dir nichts eingestellt. Und damit hätte er sein eigentliches Ziel erreicht. Sich an dem nichtsnutzigen Mann seiner Schwester zu rächen, der sie mit seiner gnadenlosen Hingabe an einen Haufen bedruckten Papiers angeblich in den Krebs getrieben hat. Wenn Sie das ›persönliches Interesse‹ nennen wollen, bitte, dann habe ich tatsächlich die arme Frau Metz und die von mir innig geliebte Laetitia dazu benutzt, meine persönlichen Interessen zu verfolgen.«

Über Laetitia Weidenfelds Wangen liefen wieder stille Tränen, sie griff nach Denglers Hand.

»Und den Mord an Kai Hecker? Haben Sie den auch aus so uneigennützigen Gründen begangen?«, fragte Jenny.

Anstelle einer Antwort hob Dengler nur kurz die Hände und ließ sie wieder auf die Oberschenkel zurücksinken.

»Ihnen war ja klar, wie sehr Schmickler Hecker als Redakteur brauchte. Da konnten Sie sich leicht ausrechnen, dass Hecker zumindest ansatzweise in Schmicklers Pläne eingeweiht sein musste. Was im Übrigen stimmte. Laut seinem Anwalt hatte Schmickler Hecker zwar keinerlei Details verraten, ihm aber schon in naher Zukunft einen Aufstieg beim *Kompass* versprochen. Entweder Sie planten von Anfang an, Hecker als Gefahrenquelle auszuschalten ...«

»... oder Hecker hat Sie zur Rede gestellt, als er von Schmicklers gewaltsamem Tod erfuhr«, übernahm Monk. »Wie auch immer, Sie haben ihn über die Brüstung geworfen. Wir haben Fasern eines Tweedstoffes unter seinen Nägeln gefunden, die von Ihrem Jackett stammen dürften.«

»›Zur Rede gestellt‹«, schnaubte Dengler. »Der Junge hat mich schamlos erpresst. Ich sollte den Wettbewerb zu seinen Gunsten entscheiden, dann würde er schweigen. Aber ich lasse mich nicht erpressen. Von niemandem.«

»Und Sie haben ihn von der Galerie gestürzt.«

»Das habe ich nicht gewollt. Wirklich nicht. Er war wahnsinnig aggressiv. Dabei habe ich ihn doch aufgenommen, nachdem er von der Schule geflogen war. Mein bester Lehrling. Eine furchtbare Enttäuschung. Weißt du«, Dengler wandte sich jetzt an Laetitia Weidenfeld, als ginge es Monk und Jenny nichts weiter an, »er bedrängte mich. Ich wehrte mich, er packte mich an den Oberarmen, ich könnte dir die blauen Flecken zeigen, ich hatte Angst, dass er mich hinunterstürzen würde, Angst um mein Leben, da stieß ich ihn in Panik weg. Er stolperte über die Teppichkante, verlor das Gleichgewicht, glaub mir. Ich wollte nicht, dass er stirbt. Schmickler ja, aber der Junge niemals.«

16. Kapitel

Und was machst du jetzt, Viktor?«, fragte Jenny, nachdem Siegfried Dengler und Laetitia Weidenfeld von einem Streifenwagen abgeholt worden waren und sie zu zweit in ihrem Fiat nach Nauheim fuhren.

»Ich fahre gleich brav nach Friedberg, schreib das Protokoll und werde zusammen mit Krüger noch einmal Dengler und Weidenfeld verhören.«

»Gestern Abend noch ein gefeierter Bühnenstar, heute schon wieder im Staatsdienst an der Tastatur. Wie hieß das Lied noch gleich, das du zum Schluss gesungen hast? *If I Can Dream*?«

»Nein, das letzte Lied hieß *That's All Right*«, log Monk schamlos und grinsend. »Warst du etwa schon wieder im Publikum? Ich dachte, du hättest den ganzen Abend über gearbeitet.«

»Ich brauchte zwischendurch etwas Entspannung. Und ich wollte sicherstellen, dass nicht wieder irgendwelche Nasenbeine brechen.«

»Sehr fürsorglich.«

»Darf ich dich was fragen?«

»Klingt persönlich.«

»Ist es.«

»Okay, du bist ja mein Partner.«

»Du hast einen hieb- und stichfesten DNA-Beweis, dass Elvis dein Vater ist, richtig?«

»Richtig.«

»Wenn du damit nach Amerika gingest, würdest du steinreich, ein zigfacher Millionär. Stattdessen sitzt du als A12er in Bad Nauheim und fährst einen Japaner, der bald auseinanderfällt. Erklär mir das.«

Monk schwieg für einige Sekunden, ehe er seine Finger zum Abzählen in die Luft hielt: »Vier einfache Gründe, okay?«

»Ich bin gespannt.«

»Eins und am wichtigsten: Ich bin der Sohn meiner Mutter. Sie würde sich im Grabe herumdrehen, wenn ich Geld von meinem Vater nähme. Sie hat es nie getan, obwohl sie es verdammt viel schwerer hatte als ich.«

»Sehr sympathisch.«

»Zwei: Ich mag meinen Job. Ich bin ein richtiger Polizist. Das hat mein Alter immer sein wollen, es aber nie geschafft. Eine Plakette macht noch keinen Cop.«

»Etwas eitel, aber cool gedacht: Du hast es weiter gebracht als er.«

»Drei: Ich brauche das ganze Geld nicht. Macht in solchen Dimensionen selten glücklich, vermute ich.«

»Eine reine Schutzbehauptung.«

»Du musst nicht alles kommentieren. Also vier … zugegebenermaßen: Ich will den Ärger nicht haben. Priscilla, Lisa Marie und all die anderen von der Memphis-Mafia haben seit Elvis' Tod hart an ihrem Imperium gearbeitet. Sie werden nicht plötzlich aus platten genetischen Gründen einen Schmarotzer an ihre Fleischtöpfe bitten. Und ich kann das gut verstehen.«

»Wie großzügig.«

»Nur halb. Als Erstes würden ihre Anwälte das Leben meiner Mutter durch den Dreck ziehen. Und dann würden sie mich durch den Wolf der amerikanischen Justiz drehen. Und dann noch einmal durch den der internationalen Presse. Ich würde am Ende vielleicht reich, aber auch ein verdammt feines Tartar sein. Und ganz ehrlich: Da bleib ich lieber ein halbwegs intakter Monk mit Abo auf einen ausgereizten Dispo.«

»Ich glaube, das ist mir auch viel lieber«, sagte Jenny und schlug einen Tick zu burschikos für ihre Art auf seine Schulter. »Oh!«, erschreckt schaute sie nach vorn und stieg im allerletzten Moment in die Eisen. Beinahe hätte sie das Ende eines Staus übersehen und wäre in den Wagen vor ihr gekracht. Die Reifen quietschten auf dem heißen Asphalt.

»Ein Stau auf dieser Straße, an einem Sonntagvormittag?«, fragte Monk nicht weniger überrascht.

Es waren aber doch nur läppische zwei Dutzend Autos, die nicht weiterkamen, weil an der Kreuzung vor ihnen ein Streifenwagen die Durchfahrt versperrte. Fast alle Leute hatten ihre Metalldosen verlassen und standen neugierig die Köpfe reckend um ihn herum.

»Vielleicht der vermisste Junge?«, meinte Jenny.

Sie stiegen schnell aus, liefen an den Autos vorbei und drängten sich mit gezogenen Dienstausweisen durch die Menge. Die Spannung in ihren Körpern wich sofort wieder, als sie den Grund für den Polizeieinsatz sahen.

»Man sollte Sie anzeigen!«, beschimpfte sie ein dicker Mann in Bermuda-Shorts und Socken in Birkenstocks. »Das ist Amtsmissbrauch, wie Sie sich hier mit Ihrem Ausweis vordrängeln, nur um besser sehen zu können. Aber mit uns kann man's ja machen!«

Monk grinste frech und gab Jennys Hüfte einen leichten Schubs, sodass sie an dem Meckerer leicht entlangrempelte. »Tut mir leid, das ist das Vorrecht der ungestümen Jugend. Da muss das Auge des Gesetzes auch mal selbiges zudrücken«, sagte er und stand schon in der zweiten Reihe: Logenplatz. Denn in der ersten standen mit offenen Mündern lauter Jungs und Mädchen zwischen fünf und zwölf und unter 1,60 Meter.

Es war die Oldtimer-Parade des Elvis-Festivals, die dort gemächlich und in aller Pracht von Nauheim nach Friedberg rollte. Selbst einem Monk, der seinem Wagen nur einmal im Jahr eine Wäsche spendierte, blieb die Schönheit der Formen, Farben und Details nicht verschlossen.

Zweieinhalb Tonnen schwere und fast sechs Meter lange Straßenkreuzer mit Panorama-Windschutzscheiben zogen an ihnen vorüber, leuchtend rote, vor PS-Kraft gefährlich leise vibrierende Mustangs und ein goldener Rolls Royce; sie sahen Cadillac-Heckflossen, die einfach nicht enden wollten, und wenn sie es dann doch irgendwann taten, gingen sie in torpedoartige raumschiffwürdige Rücklichter über, die den Wagen nochmals verlängerten; sie wurden geblendet von Chromkühlergrills, die wie perfekte Gebisse aufblitzten und von Stoßstangen, die den kühnen Schwung eines Dalí-Schnurrbartes besaßen; der Blaumetallic-Lack eines Pontiacs wollte sie glauben machen, der Wagen wäre wie einst Aphrodite dem Ozean entstiegen. Und sonnenbebrillte Ladies in rot-weiß-gepunkteten und schwarz-weiß gestreiften Sommerkleidern winkten fröhlich aus weißen Chevrolet-Cabriolets, selbst wenn die Gestauten nur zaghaft zurückwinkten, weil sie sich plötzlich ihrer extrem uneleganten und beigelastigen Freizeitbekleidung bewusst wurden.

»Tolle Show«, schwärmte Monk, als das letzte Rücklicht hinter der nächsten Kurve verschwunden war und sie zurück zu Jennys Fiat 500 gingen. »Aber deiner ist auch sehr schön«, sagte er und klopfte dem Kleinen freundlich auf das Faltdach.

»Okay, dann darfst du auch weiter mitfahren. Er wird nämlich schnell eifersüchtig«, meinte Jenny. Sie drehte das Radio an und Oasis transportierten sie aus den Fünfziger- und Sechziger-Geburtsjahren der Parade-Autos auf musikalischem Weg mit *Champagne Supernova* zumindest schon mal in die Neunzigerjahre zurück. Nur noch knapp zwanzig Jahre weiter und sie wären schon wieder in der Gegenwart.

Monk mochte den Song dieser Angeber-Band, auch wenn, oder vielleicht sogar weil sie so viel bei den Beatles geklaut hatten. Er ließ das Fenster heruntersurren, hängte den Arm und halb auch den Kopf hinaus und genoss Musik und Sonne. Er spürte, wie Jenny ihn aus den Augenwinkeln ein wenig belustigt und vielleicht sogar ein wenig zugetan beobachtete, und er freute sich dankbar, dass sie ihm diese Minuten wortlos ließ.

Als der Song ausgeblendet und von einem vertraglich zu guter Laune verpflichteten Moderator übersprochen wurde, der unglücklicherweise den deutschen Beitrag für den *European Song Contest* ankündigte, drehte Monk das Radio schnell wieder aus.

»Und wie nutzt du den Rest deines freien Wochenendes?«, fragte er und ärgerte sich darüber, dass er eine Sekunde lang tatsächlich hoffte, sie würde »mit dir« sagen. Anscheinend war er doch mehr Sohn seines Vaters, als ihm lieb sein wollte.

»Ich fahre jetzt nach Hause und schau mal, ob mein Headbanger schon vom Open Air zurück ist.«

»Ist der so ein richtiger Headbanger? Mit langen Haaren, die er klatschnass geschwitzt durch die Luft wirbelt? Wo sie sich dann mit den klatschnassen, langen Haaren seiner Kumpels vermischen?«

»So, wie du das schilderst, hört es sich nicht sehr schön an.«

»Ist es doch auch nicht, oder?«

»Ich mag seine Haare ja sehr«, lächelte sie versonnen, und Monk stellte erleichtert fest, dass er kein Anzeichen von Eifersucht verspürte. Es bestand also noch Hoffnung für seinen Seelenfrieden.

Sie hielt direkt neben seiner 81er Reisschüssel.

»Na dann, eine charmante Zeit«, sagte Monk, »wir sehen uns!«

KBV KRIMINALROMAN

Angsar Sittmann
EIN FÜNF-STERNE-MORD

Taschenbuch, 192 Seiten
ISBN 978-3-942446-85-3
9,20 EURO

Eine Reise an die Mosel? In die älteste Stadt Deutschlands? Romantische Weinberge, römische Baudenkmäler und erfrischender Viez? Warum nicht, denkt sich Privatdetektiv Castor L. Dennings, als er von dem gefürchteten Restaurantkritiker Niedermayer beauftragt wird, dessen gestohlenen Laptop aufzutreiben.

Allzu nervös reagiert sein Kunde auf Fragen nach dem Inhalt, und sehr schnell wird Dennings klar, dass Niedermayer etwas zu verbergen hat. Der Ausflug in die Provinz hält unerwartete Überraschungen parat. Bereits am ersten Abend wird der Kritiker tot in einem Restaurant in Schweich aufgefunden – erstochen mit einer Serviergabel. Dennings erfährt nun sehr viel mehr Aufmerksamkeit, als einem Detektiv eigentlich recht sein kann. Nervöse Köche, organisiertes Verbrechen und ein übereifriger Kommissar erweisen sich als schwer verdauliche Zutaten eines mörderischen Mahls.

KBV KRIMINALROMAN

David Daniel
HERZRASEN

Taschenbuch, 260 Seiten
ISBN 978-3-942446-65-5
9,50 EURO

Der Düsseldorfer Privatdetektiv Alexander Herz, knapp bei Kasse, hat eine persönliche Rechnung zu begleichen. Er versucht auf eigene Faust, den Kunsthändler Nicolas Narkov zu überführen, der seinen Kunden gefälschte Gemälde unterschiebt.

Zugleich nimmt Herz den lukrativeren Auftrag eines Adligen an, für den er mit einem wertvollen Gemälde im Gepäck nach Dublin zu einer Auktion fliegen soll. Auf der Reise lernt er die charmante Adriana kennen. Die Probleme beginnen, als ihn Leute verfolgen, die um jeden Preis das Bild in ihre Hände bekommen wollen. Kriminalkommissar Markus Lohmeier muss derweil den Tod eines Aushilfswachmanns aufklären, der auf mysteriöse Weise vom Dach eines Düsseldorfer Rüstungskonzerns gestürzt ist. Unfall, Selbstmord oder gar Mord? Keiner der beiden Ermittler ahnt zu diesem Zeitpunkt, wie eng ihre Fälle miteinander verquickt sind.

»Es gibt Bücher, die lässt man nach den ersten Zeilen links liegen und fasst sie nicht mehr an. Und es gibt Bücher, die verschlingt man geradezu. David Daniels Kriminalroman ›Herzblut‹ gehört zur zweiten Kategorie.« (Rheinische Post zu »Herzblut«)

Regine Kölpin (Hg.)

AUFGEBOCKT UND ABGEMURKST

Taschenbuch, 320 Seiten
ISBN 978-3-942446-42-6
9,90 EURO

Auf der Suche nach Erholung packen Jahr für Jahr Tausende von Campingfreunden das Hauszelt ein, bestücken den Wohnwagen mit Konserven, polieren das Wohnmobil auf Hochglanz und machen sich auf die Reise. Sie rotten sich auf großen Plätzen zusammen, bevölkern Wälder, Wiesen und Küsten … dem Campingfreund scheint keine Grenze gesetzt. Und doch wartet in diesen 25 höchst unterhaltsamen Kriminalstorys auf all jene, die mit Esbitkocher und Mobil-Klo losgezogen sind, niemand Geringeres als Gevatter Tod!

Bernd Stelter, Tatjana Kruse, Thomas Kastura, Jürgen und Marita Alberts, Klaus-Peter Wolf und viele andere Krimigrößen haben sich auf Einladung von Regine Kölpin auf eine mörderische Survival-Tour begeben und den Häring zur Tatwaffe erkoren.

»Wer auf skurrile und amüsante Krimi-Kurzstories steht, der ist mit dieser köstlichen Anthologie bestens bedient.« (mywoman.at)

»Kurzkrimis, wie sie das Leben hoffentlich nicht schreibt, die aber lange Sommernächte vor dem mobilen Urlaubsgefährt ganz prächtig würzen können.« (Wohnmobil & Reisen)

KBV KRIMINALROMAN

KBV KRIMINALROMAN

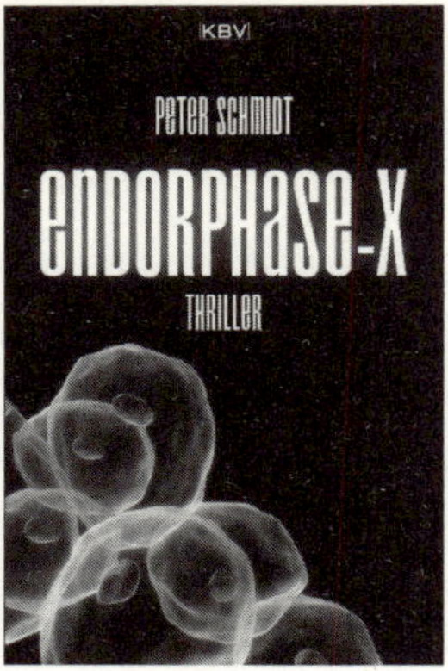

Peter Schmidt

ENDORPHASE-X

Taschenbuch, 248 Seiten
ISBN 978-3-940077-77-6
9,90 EURO

Ist der Tod bestechlich?
Ein amerikanischer Pharmakonzern hat ein Enzym entdeckt, mit dem die Geißel der Menschheit endlich besiegt werden kann: der Krebs.
Wie wählt man die Patienten aus, wenn dieses Mittel nur in sehr beschränktem Maße zur Verfügung steht?
Wieviel Geld kann man von Menschen verlangen, die dem sicheren Tode geweiht sind?
Für die Transaktionen macht man sich auf die Suche nach einem Vermittler, der diskret und loyal mit einer Klientel todkranker Milliardäre umzugehen versteht. Man findet einen solchen Mann in Frank Carlsen, der alle wichtigen Voraussetzungen erfüllt: Studium der Medizin, Biochemie und Psychologie, Arbeit in verschiedenen Geheimdiensten, weltgewandt und hochintelligent – aber auch arbeitslos und pleite.
Carlsen macht sich mit dem gebotenen Fingerspitzengefühl und der nötigen Skrupellosigkeit an seine heikle Aufgabe und entdeckt erst nach und nach, dass er in ein undurchsichtiges Geschäft mit dem Leben verstrickt wird, bei dem auch der Tod abkassiert …

»... eine furiose Mischung, die den Leser sofort fesselt und trotz des anspruchsvollen, gut recherchierten medizinischen Hintergrunds mit Spannung und Witz bei der Stange hält.« (WAZ)

»Brillantes Comeback … Das ist der Stoff, aus dem wirklich gute Thriller sind ... besser als jemals zuvor.« (FOCUS online)